オルガスマシン

イアン・ワトスン

大島 豊訳

ORGASMACHINE

IAN WATSON

竹書房文庫

オルガスマシン

本文イラスト
ジュディ・ワトスン

主な登場人物

ジェイド……カスタムメイド・ガール。巨大な青い眼を持つ
マリ……カスタムメイド・ガール。猫娘
ハナ……カスタムメイド・ガール。六つの乳房を持ち、顎に乳首がひとつある
キャシィ……カスタムメイド・ガール。重役用娘。片方の乳房が引き出しに、もう片方がライターになっている
ノリ……カスタムメイド・ガール。横尾忠則（よこおただのり）による絵画のポーズを取るように教育されている
志摩幸吉（しまこうきち）……カスタムメイド・ガール社社長
ドクター・トム・ホーク……カスタムメイド・ガール社の設計外科医
アルヴィン・ポンペオ……野生動物調教師。マリの主人
ダニエル・ダニエルズ……〈雄鶏&牡牛（コック・アンド・ブル）〉亭のオーナー兼支配人。ハナの主人
ハーマン（ハーミー）・デトワイラー……実業家。キャシィの主人
ドクター・ドナルド・マクドナルド……プレザントヴィル記念病院の医師

if
1
2
4
5
6
8
9
10
12
13
14
THE END

1

市街地が途切れた、その沖合いにコンクリートの島が一つ、のっぺりとした海に浮かんでいる。直径一キロの茸（きのこ）の傘だ。島には一ダースほどの長く低い建物が乗っていて、それぞれが明るい色合いに塗られている。オレンジ、イエロー、ピンク、紅……コンクリートの円盤は中心に向かって高くなっているので、建物は大きな女性的曲線にそってたがいに鼻をすりつけあう形になる。悲しき肌の色だ。

夜が明けたばかりで島はまだ目覚めていない。と、異常なほど大きな青い眼の娘が裸のまま建物のひとつから現われ、水際に向かって歩きだす。その眼は通常のほとんど倍の大きさで、まばゆいばかりの紺碧色（こんぺきいろ）。まことに見事というしかない。

娘はどろんとした水面越しに彼方（かなた）の街を見つめる……。

ピンクの新生児ブロックでは、女性胎児の一番新しい群れが羊水タンクの中でゆっくりと回転し、見えぬ眼を丸くして人工臍帯（さいたい）を見つめている。すぼまった口が女性発情ホルモン（エストロゲン）を舐（な）めとる。肌は殺精力がある。それぞれに異なる羊水で、それぞれに特定の畸形（きけい）を起こすよう調合された催畸成分の分子が、形をとりかけた四肢を様々な形に仕立てている。後で形成外科医たちが細かい仕上げをほどこすための土台になるのだ。

その先ではこれより前に生まれたタンク入り娘たちの一群が成長ホルモンと栄養剤に漬かり、十六週間で完全に発育を終えるよう揃(そろ)って成長している。もっともこの段階ではまだ心は無い——脳自体の構造に本来備わっている夢は別だが。

建物の奥の方では、ほぼ完全に発育を終えた娘たちの頭部が何列にも並んだコンピュータに繋がれ、まっさらな蠟(ろう)のような思考用の塊に疑似人格が刻みこまれている。あたりは静まりかえっている。ただ、かすかに機械の唸(うな)る音と、ときおり液体がごぼりというばかり。

陽がのぼるにつれて、いつもはひどく暑くなるので、海峡の対岸の一番近い建物はフロートの上にでも乗っているようにゆらゆらと揺れ、その向こうの摩天楼は水に映った自分自身の影のようにゆらめく。まるで世界が逆さまになったようで、思わず間を隔てる水の中にほんものの建物を探しそうになる。

しかし今は早朝の冷たい空気の中で街は永遠に変わらぬようにくっきりとした輪郭を見せている。不規則な形をした灰色の板でできた長い壁が、地平線に向かってたわんでいる。それを包む、かすかに金属臭のする靄(もや)は、都市の吐き出す息で、ものみなぼんやりと見せる天然の熱とはまったく別ものだ。

　裸の娘は遙(はる)か彼方の建物を背景に揺れる、紅白の縞(しま)模様の入った風船の塊を見つめている。その後ろに引かれた横断幕には何か言葉が書かれているが、遠すぎて読めない。夜になって、ねじれた線や固まった花火のようなネオンサインで活気をとりもどしてもわからない。娘の巨大な眼で見てさえも……。

　医療ブロックでは、緑色の髪の娘がひとり、薬で眠らされている。ブドウ糖と生理食塩水が点滴で腕に注入され、カテーテルが排泄物(はいせつぶつ)をとりのぞく。プラスティックの枠が頭をはさみ、口を開くよう支えている。長く先の割れた竜の舌が顎から胸にまで垂れている。ゴム・チューブがごろごろと唾液を吸いとる。

　すぐ脇の保育器では、三人組の盆栽娘——プロポーションは完璧だが、身長は二十五センチしかない——が、すでに目を覚ましていて、自分たちのタンクのガラスの壁にかたまり、眼を丸くして竜娘を眺めている。今日はこの三人が顕微鏡手術を受ける番だ。

　ジェイドははじめ、自分の視力は平均的なものでしかないと友だちを説得しようとした。しかし皆ジェイドの大きすぎる眼を非難するように見つめ、ジェイドが卑しく、自己中だと考えた。そして本土の細かいところを教えてくれとあまりにせがまれるので、とうとうジェイドはその細かい部分をでっちあげる羽目に陥った……それに島の娘たちは皆、目が覚めてから自意識を持つまでの数週間の間に、いろいろなものの細部をでっちあげることに熟達している。誰もが、未来の顔、娘たちにとって全てを意味することになる顔を、のっぺらぼうのプラスティックの身代わりをもとにあれこれと創りあげる。

友だちはおおぜいいるけれど、ハナのことが一番懐かしく思えるだろうな。音をたてずに中にもどると、寮の中はまだ静かだ。みんなまだ眠っている。ハナのベッド脇で立ちどまり、肩に触れる。

ちっぽけな丸い乳房が六つに、もう一つ乳首が顎にある。感じやすくて優しいハナ。眼からはいつも涙が流れている――ほんとに大好き。会えなくなるのはほんとに寂しい。ハナはしゃべれないけれど、感受性はとても豊かだ。

ハナが濡れた眼を眠そうに開き、それからそれと悟る。

「そうよ、ハナ、今日なのよ」

ハナは笑顔を見せようとしながら起きあがり、プラスティックのダミー人形を脇にどけて、わたしが腰をかけられるようにしてくれた。わたしたちは皆、この数週間の思春期、卒業までの間、プラスティックのダミー人形を抱いて眠らなくてはいけない。数少ない規則の一つだ（もっともたぶん、盆栽娘たちは違うだろう。でもわたしと同世代のグループに盆栽娘はいない）。プラスティックのダミー人形は、お得意様本人の体から直接型をとって作られているのだとみんなは思っている。というのも手足の長さや太さ、あるいは勃起したペニスのサイズでまったく同じものは二つとないから。でもひとつだけ、みんな同じところがある。つまり慎重な配慮から、どの人形の顔ものっぺらぼうなのだ。選ばれた相手がどんな顔をしているのか、わたしたちの誰一人、まるで何もわからない。みんなは相手になるはずの人物について、たがいに冗談を飛ばしあい、夢の中でピンク色ののっぺらぼうに目鼻をつけようとしてみる。

わたしはハナの隣に腰をかけ、たがいに触れられるようにする。ほんのひととき、二人してダミー人形がいないふりをする。

「あなた触覚の言葉しか知らないのよね、ハナ。でもそれで十分よ」

そう言うとハナは涙ぐみながらも笑顔でうなずく。

ハナにキスをするとハナの顎の乳首から乳が小さな玉になってわたしの下唇と舌に落ちる。わたしはこの瞬間に意識を集中し、いつでも思い出せるようにしようとする。ハナの体と脇の下の柔（やわら）かい匂い、言葉のない会話のようにこれを最後と、わたしのために流れている乳の甘い味……ハナの六つの乳房が大きな算盤（そろばん）の珠（たま）のようにわたしの肌に触れている奇妙な感覚。唇でハナの乳腺をたどりながら数え、一つひとつの要素を、もう二度とこういうことはできないのだと必死の思いで確かめ、ハナのイメージが消えないように焼きつける。かわいそうな優しいハナ。ハナを見るといつも黙って風にうなだれている花を思いだす。わたしたちは二人とも同じ日に生まれ、いつもとても仲良しだった。

そうしてハナと二人きりの時間も終る。他の娘たちが目を覚ましてくるから……。両性具有体のリリ、毛皮と爪のある娘マリ、二枚のトランプ・カードのように背中合わせで暮らしているシャム双生児のスーとスーザン、あまりにたがいに入れこんでいるので、ナルシスティックと言ってもおかしくない双子のレスビアンのウナとレミ、それに重役用娘であるキャシィ。その人工乳房の片方には抽斗が収まっていて、今は空だが、煙草や小型の葉巻が入るように作られている。もう片方には充電式の電池が入っていて、乳房を絞ると乳首が白熱してライターになる。みんなわたしの周りに集まってくる。その中にはウナとレミもいて、ふだんはこの二人は他の娘たちには目もくれないのだけれど、今は当然わたしに興味を抱いているのだ。だって、わたしは出発して、他の娘たちは残るからだ。人魚のゼルダがベッドからベッドへ跳びうつってくる。そしてニッカとボッカ——この二人はわたしたちと同じ行動はほとんどとれない。というのも膝のところでくっついているからで、膝から下のない揺り木馬乗りというところだ——その二人までが、両側の端に枕のあるとても長い専用のベッドに身を起こして声をかけてくる。

「あらジェイド、ほんとうにもうこれであなた行ってしまうの」

「彼、どんなかしら」

「きっと——」

「親切で気前がよくてハンサムよ」

でもキャシィが容赦なく笑う。

「あんまり小さくて、あんたの眼くらい大きくないと見えないい、なんてことがないといいけどね」

でもキャシィにも「それ」の大きさはわかっているのだ。わたしのダミー人形を見る気がキャシィにあればの話だけど。キャシィはいつもこうだ。うぬぼれ屋と妬み屋がまざっている。二、三週間前に人工乳房が移植されてからは、キャシィは舞い上がりっぱなしだ。人工乳房は上流社会の徴だと思いこんでるのだ。

「心配ないよ、ジェイド」マリが肩を叩いてくる手がくすぐったい。ハスキーなその声には喉をごろごろ鳴らすのと唸り声が入っている。「あんなこと言われるとあたしも腹が立つよ。キャシィがこれから一生煙草の自動販売機をやることになってもしかたないね」

わたしたちの虎娘は子ネコみたいにいたずら好きで情愛が深いけれど、一方でとても強い――爪には激しい気性が垣間見える……。

そうこうしているうちに、もう構内アナウンスが木琴の音を鳴らして注意を促している。

「ジェイド、ジェイド、今朝は朝食抜きです、忘れずに。ドクター・トムが十分後に面接します。医療棟B‐七、医療棟B‐七に出頭のこと」

ハナが前に乗りだす。その眼の涙はいつもより多い……この涙の氾濫(はんらん)のおかげで、ハナは眼が見えず、わたしの姿も見えない、ただ手を伸ばして触ることができるだけ。

「ああ、ハナ、わたしはここよ」

キャシィが嘲(あざけ)るように不器用な口笛を吹く。

続いて悲鳴……マリが爪を剝(む)き出しにした片手を飛ばし、肩をひっかいたのだ。薄い血の線がキャシィの白い肌に盛りあがる。

キャシィは首をひねり、恐怖の眼で見つめる。

「この売女(ビッチ)！　よくもあたしの体に傷をつけたね」

「ばあか。ビッチは犬ころだよ。雌猫じゃないんだ」

「あんたのものじゃない体を理由もなく傷つけたんだからねっ――あんたがお金を払ったんじゃない体に傷をつけたんだよっ」

十五分後、医療棟の地下にあるB‐七号室で、優しいドクター・トムがわたしの頬に手を置き、指先を左の下瞼にあてる。ドクターがわたしの眼球をポンと押し出して視野がぼやけるのを待ちながら、ドクターの後ろ、車輪付きの検査用寝台の上にある、照明のあたった凹面鏡を覗きこむ。いくつもの部分に分けながら、鏡はわたしの完璧な体を十倍の大きさに拡大していて、何も心配することはないと保証してくれる。

でも完璧といえば、わたしたちの体はどれも皆完璧なのだ……特定の要求に合わせて完璧に仕立てられているので、六つの乳房を持ち、顎に乳首のあるハナの体も完璧なことではわたしのとまるで変わらない。

手慣れた仕種でドクター・トムはわたしの眼窩に指を押しこみ、そこでわたしはぼんやりした光のほか何も見えなくなる。ドクターはとても優しいので、眼球の裏を押したりさぐったりするのも、両の瞼を押し開いて視神経を点検しているのも、ほとんど感じない。

若い看護婦が後ろで低い声で笑っているのが聞える。わたしが妬ましいのだ。自分の眼がちっぽけなので、わたしの大きな、まばゆいばかりの紺碧の眼がうらやましいのだ。

ドクター・トムがいらいらと舌打ちをする。わたしの眼を頬に垂らす。

「ちょっと待ってくれ、ジェイド」

言うのも恥ずかしいけれど、わたしはパニックに陥る。混乱した光の幕越しに眼をこらそうとして、ほんのわずか頭を振る。

「塩水剤を用意してくれ」

ドクター・トムは顔をもどして、もう片方の眼も押し出す。今度はずっとぶっきらぼうだ。

両方の眼が頬に垂れたままになったので、ドクターはわたしの頭の中を光線で照らすこともできるけれど、それでもわたしにはわかりようがない。そう思うと怖くなる。眼の裏に光。今、わたしはどんな風に見えているのだろう。壊れた人形だろうか。

少し前のことだけれど、わたしはかくれんぼで遊んでいた年下の娘たちの一団におどろかされた。そして左の眼が飛びだし、頬に垂れてしまって、ドクター・トムが助けに来てくれるまでそのままだった。今では自分で眼球を押しもどすやり方も知っている。けれどその必要はないはずだ。わたしの眼はどんなショックにもはずれなくなっているはずだ。

間もなくドクターが満足そうにつぶやくのが聞え、その直後、生理食塩水が眼窩を洗い、眼球を気持ちよく冷やすのを感じる。まるで砕いた氷がいっぱい入ったボウルに漬けたみたいだ。

ドクターが眼球を元に戻すと、すうっと視野の焦点が合う。その間ドクターは眼圧計で眼球液圧を測り、注視する際の基本的方向を点検する。

「きれいに収まっているよ、ジェイド。ちょっと上半身を起こしてくれないか」

これは仕様書にある通り、わたしの乳房が鎖骨から十センチ以上垂れていないか、乳首は第三肋骨(ろっこつ)に揃っているか、確認するためだ。

わたしがまた横になると、わたしを注文した男のダミーを看護婦がうやうやしく運んでくる。雑役夫が寮から持ってきておいたもので、最後に念のため、わたしの上に置き、ぴったり合うことを確かめる。

もうすぐ確認できるのだ。わたしはできるだけ広い心持ちでいるようにしてきたから、失望はしないはずだ。

人形がはずされる。ドクター・トムは殺菌済みの処女膜をわたしの小陰唇の間にそっと合わせ、膜が自動的にふさがるまで三十秒間指で押さえている。

それからドクターは看護婦にプロポゼイト誘導体の入った皮下注射器を言いつける。これでわたしは一時的に新陳代謝が止まり、輸送の間眠ることになる——そうしてとうとうわたしは、およそ欲求の的として自分以上のものはないのだと心の底から納得できる。ストレッチャーで梱包室にわたしを運んでゆくとき、看護婦はガーゼのマスク越しに尊敬と嫉妬の混じった眼でわたしを見ている。

と思う間もなく薬が効きはじめる。わたしはもうとてもぼんやりしていて、わが社のロゴが印刷された包装紙のすてきな感触もおぼろげにしかわからない。

いざとなると島を離れるのはとても易しい。

細長い箱は〈カスタムメイド・ガール〉社の紋章がついた柳葉模様の趣味のよい青い包装紙で包まれてから、ヘリコプター発着場に運ばれ、待機している機に積みこまれる。

積みこみ担当たちが身をかがめて離れる。ローターの回転が高まる。そしてチタンと透明アクリルの蜻蛉(とんぼ)はゆらりと舞いあがり、機体を傾けたまま島を越えて街へと向かう。

食堂では年齢も様々な娘たちが強化大豆粥の朝食をとっている。構内アナウンスがまたチャイムを鳴らす。

「次の者は明朝の出荷に備えること。ハ、ハナ……マ、マ、マリ……キャ、キャ、キャシィ」

キャシィがスプーンをテーブルに落としたので大きな音がする。片手がさっと肩にあがる。が、あんな単純な切り傷はクイックヒール軟膏がもう治してしまっているし、カスタムメイド・ガールの体はどれも怪我をしても急速恢復するように設計されている。だから、肩に手をやったのは、同情をひこうとするおおげさな演技にすぎない。

マリが軽蔑したように肩をすくめる。けれど、アナウンスのせいか、急にスプーンが大きな音を立てたためかはわからないが、ハナはとりみだしているらしい。うろたえたように左右をきょろきょろしているのは、奇跡か何か起きて、ジェイドが戻ってきて慰めてくれないかと言っているように見える。身を乗りだしては、マリはハナの手をぎゅっと握る。

「おちついて、ハナ。だいじょうぶだよ。ったく、キャシィの奴、自分が世界の中心だと思いこむのはいいかげんにやめてもらいたいもんだ。あたしが男だったら、いつだってあんたを選ぶよ、ハナ」

涙にくれながら、ハナはありがとうというように笑みを浮かべ、いくらかおちつきをとり戻す。

どれも同じ灰色のコンクリートの建物が途切れることなく続いている上をヘリは飛んでゆく。埃だらけで不味いチューインガムの板のように墓石が立ちならんでいる墓場だ。地上高く高速道路が伸びていて、まだ車やトラックは整然と走っている。広告気球が歓楽地区の上の靄の中で浮き沈みしている。スモッグの波に浮かんで弾んでいる、色鮮やかなビーチボールだ。

いま飛んでいる下は、住民がいなくなって遺棄された一帯で、番号を打ったペンキも色褪せ、建物の正面も罅割れたアパートの群れが、ひとけもなく、不毛のまま建ちならぶ。そこに通じる道路は錆ついた車がふさいでいる。

それが過ぎると蜻蛉はエッフェル塔のようなクレーンと通信ネットワークの中継塔の群れを過ぎ、石油化学プラントの銀色の球体を過ぎ、さらに巨大な釜のように湯気を吹きあげる発電所の冷却塔を過ぎる。眼下の工場の壁には、催眠効果のある眼にも鮮かな図柄がいっぱいに描かれた背の高い広告看板がならぶ。海の方を除き、あらゆる方角にこの世界都市が果てしなく広がっている。

ジェイドは眠りつづけている。

2

男の人が部屋の向う端に座っている。部屋には家具が何も無い。男の人が裸で座っている椅子だけだ。合成大理石の床には柳葉模様の包装紙が散らばっている。

男の人が片手をあげて、おいでと合図する。男の人はピンクそのもので、なめらかな顔には眼も鼻も無い……。

女の人が部屋の向う端に座っている。部屋には家具が何も無い。女の人が裸で座っている椅子だけだ。合成大理石の床には柳葉模様の包装紙が散らばっている。男の人が片手をあげて、おいでと合図する。女の人の股間には、ピンクのプラスティック製張形がくくりつけられている……。

その人たちは部屋の向う端に座っている。六人ともだ。部屋には家具が何も無い。六人が裸で座っている椅子だけだ。合成大理石の床には柳葉模様の包装紙が散らばっている。

六人がみごとに揃った動きでいっせいに片手をあげ、おいでと合図する。六人は正確に同じ体つき、まったく同じ飢えた顔をしている……。

「与えなさいいい、思いやりなさいいいい、従いなさいい」

ジェイドの脳ネットで声が唱えた。娘のような声で、やわらかく抒情的(じょじょうてき)だが、口調は妙に嘲っているように響く。これまで一度も聞いたことのない声だったが、ジェイドには自分の声にとてもよく似て聞えた。

今の今までこの声を聞いたカスタムメイド・ガールはいなかった。ジェイドの世代まで、どのCMガールも――すべての普通の女性とは異なり――こうした放送を受信できるような神経アンテナを注入されたことは一度も無かった。

島にいる医師でこのことを知っている者も一人もいなかった。何週間も前、ドクター・トムの看護婦（料理の名人にして、ベッドでは娼婦、祈りに際しては修道女）が眠っているところをDATA-SWARMに起こされた。命じられるままにベッドからぬけ出し、足音をたてぬように研究室に行くと、トレイの上に一本の皮下注射器が用意されていた。トレイを手に、せきたてられて保育室に入り、一群の新たに生まれたばかりの乳児たち全員の泉門に針をさしこむ。長い乳幼児期を通じてゆっくりと育つのではなく、寝ている間に人格をプリントされている小さな女の子たちの頭に、看護婦は脳ネットを植えこんだ――それがすむと、この夜間の単独行動のことは、すっかり忘れてしまった。

DATA-SWARMが、厳密にプログラムされたその頭脳の奥の自分だけの部分で歪んだ笑いを浮かべることができるのであれば、まさにこの瞬間、笑っているはずだった。苦々しく。憐れみをこめて。おずおずと。いや、DATA-SWARMは実際、看護婦の口を借り、慎みも忘れて笑ったのだ。その間も、ジェイドは検査用ベッドの上で寝ていた……。

3

企業の重役たちが愛人とともに群れつどい、会社の経費を使いまくる〈女王蜂パーラー〉では、その晩、奇妙な騒ぎがもちあがった。

その日は〈底抜け水曜日〉だったから、サーヴィス・ゲームは〈キャラクター・ルーレット〉だった。つきそいと一緒にここの入口をくぐった若い女たちは、男たちのポケット・チャンネル・セレクタに従わなかった。パーラー所属のホステスたちの振舞いもまるで予測がつかないものになっていた。有効範囲は狭いが強力な〈女王蜂パーラー〉自体の送信機が、市の〈暗示感応性ウィザード兼共感(サジェスティビリティ・ウィザード・アンド・ラポート)マシン（ＳＷＡＲＭ）〉から女たちに送信されている服従、平静、崇拝のバックグラウンド電波を攪乱(かくらん)していた。同様に、店の送信機は、その晩、男が愛人に設定しておいたキャラクターをすべて無雑作に無効にしていた。

するとどうなるか。その晩だけ、女が全員、ワイルド・カードになったのだ。それだけではない。どの女も、五分か十分ごとに、何の前ぶれもなく、キャラクターを変えてしまうようになった。〈皇帝の愛妾(あいしょう)〉〈寡婦の女帝〉〈無垢(むく)な処女〉〈清楚(せいそ)な花嫁〉〈半人半蛇の女怪(ラミア)〉〈セイレーン〉などなどがあり、あるいはまた〈反抗的な奴隷〉

〈生意気なあばずれ女〉〈男まさり〉といったものまで含む、ありとあらゆるヴァリエーションが現れた。店内の男たちは、次に何が現れるのか、まったくわからない。時おり、ちょっとした攻撃まで起きる可能性があった。男の顔が軽くはたかれたり、男らしさが嘲られたりすることもあった。そう、今夜は〈底抜け水曜日〉なのだ。

〈女王蜂のハーレム・スイート〉では、〈女彫刻愛好会〉の地元支部が、そうしたことが起きていることは大して気にもせず、毎年恒例の懇親夕食会を開いていた。会員が愛人を会合に連れてくることはマナーに反するとされていた。

今夜の主賓はミスター志摩（しま）、カスタムメイド・ガール社社長その人だった。

〈ハーレム・スイート〉は〈女王蜂〉では最も大きく、最も高価な個室で、室内装飾はトルコのハーレム風になっている。四つの壁にそってタイルを張りつめたムーア式のアーチ型アーケードが作られていて、鉢植えのプラスティック製オレンジの樹やミニ柘植が置かれている。天井から合成絹の布が垂れさがり、砂漠の中の族長（シーク）の天幕という印象だ。噴水が音をたて、雪花石膏（アラバスター）のジャクージからは湯気とともにジャスミンの香りが気だるくたちのぼっている。席は大きく柔かい、房のついたクッションだ。長く低いテーブルには、砂糖漬けの果物やカバブ、棗椰子（なつめやし）の実（デーツ）、それにくるんだ葡萄（ぶどう）の葉羊（ウミウシ）の挽肉（ひきにく）が山盛りになっている。薄荷（はっか）入りのお茶のポットと十年物のスコッチ・ウィスキーのボトルが交互にならんでいた。

皆の眼は主賓席に注がれていたが、そこでは愛好会の会長が今日の主賓を暖かく歓迎する挨拶をきりあげようとしていた。愛好会の会員は全員、女性像で有名な彫刻家から借りた変名を使っている。会長は初めて女性のヌード像を作った古代ギリシャの彫刻家に敬意を表し、ミスター・プラクシテレスを名乗っていた。プラクシテレス氏はぶくぶくと膨れあがった男で、一回りサイズの大きすぎる服を着ている。こうすれば、自分の胴まわりが他の男性の眼に細く映るとでも思っているのだろう。

「では、同好の士の皆さん、ご紹介しましょう、ミスター志摩です」

志摩氏は長椅子から立ちあがった。志摩氏はこざっぱりして、きびきびした小柄な人物で、七十歳にしてひどく活発な日本紳士だった。多数の会社がひしめく人造女の供給元の中で、カスタムメイド・ガール社がどこよりもクールな製品を生みだしていることはいまだ誰もが認めるところではあるが、こんにちナンバー・ワンの地位にあっても、きわめてアグレッシヴだった。誰もが志摩氏が持ってきたホロムーヴィーを早く見たいと願っている。志摩氏の会社の最新の実験モデルのものと、志摩氏自身のコレクションから選りぬいたスターのものだ。このムーヴィーの鑑賞会が、すばらしい夜をいやがうえにも高めるハイライトになるはずだった。

志摩は一礼してまっすぐ本題に入った。

「今夜は私の人生をふり返ってみようと思います——私がまだほんの駆け出しの頃の

ことです。いや、むろん文字どおり歩きだした頃のことというわけではありません。けれども私のような耄碌した老いぼれ――（とんでもない、という声がいくつか上がった）――にとっては、十六歳は子どもの頃に思えるものです……

「そうです、あれはわずか十六の時のことでした。生まれ故郷である、日本の伊勢神宮近くの、御木本の真珠島を訪れた際、生涯の仕事とすべきものが閃いたのです。まるで、眼を開けていられぬほど強烈な光を浴びたようでした。というのもその真珠島で私は『海女』を見たのです――海女というのは日本語で、潜って牡蠣をとる女のことです。子どもの頃から訓練されていて、肺と潜水のための筋肉、それに断熱用の脂肪が発達しています。かつては水中眼鏡と腰に結びつけた鉛の錘の他は素裸でした。そういう姿で海面に人魚のように浮かんでは、唇をすぼめて一度聞けば忘れられないような口笛を吹きます。『磯嘆き』と私どもは呼んでいます……」

咳払いをして、スコッチの水割りを一口すする。

「とはいえ実際には、もう何年も昔、私が御木本のあの小さなコンクリートの島を訪れた時には、ダイバーたちはみなぶかぶかの長いモスリンの海水着を着ておりました。そうです、隠すための衣裳です。〈大変化〉のずいぶん前の話ですからな。当時は〈人間〉法はまだありませんでしたし、ＭＡＬＥは一部のプログラマたちの眼に宿る輝きにすぎませんでした。今日ここにお集まりの方々の中で、我らが頼もしい

〈確定法運用モジュール（モジュール・フォー・アプリケーション・オブ・ロウズ・エスタブリッシュド）（ＭＡＬＥ）〉がない人間社会というものを実際に想像できる方が何人おられましょうかな。あるいはサイバネティクスによるそのパートナーである、我らがかけがえのない〈日常生活用思考機械人間（デイリー・アフェアズ・シンキング・オートマトン）（ＤＡＴＡ）〉が無い社会というのはいかがですかな。そう、思い出しますよ、無秩序な時代でした……」

実際、列席者のうち、特に若い人びとの中で、ＭＡＬＥやＤＡＴＡといった誇り高き略号が何の略か、一度でも考えたことがある人間が何人いただろうか。一人ぐらいはいたかもしれない。当然、ほんの少しの間だけではあったが、聴衆の中に、まごついた顔がいくつか見えた。

志摩が言葉を継ぐ。

「それはともかく、私の頭の中で閃いたのです。子どもの頃から訓練された裸の女性たち、これと、その島の研究室の牡蠣の柔い肉の中で培養されている人造真珠、この二つを組み合わせる。しかもそのプロセスをずっとスピードアップする。たちまち沖合いに浮かぶコンクリートの島、真珠が娘たちそのものである島が連なっている姿が浮かんできました。

「さいわい」志摩はウィンクする。「この真珠は値段がつけられないほど高価なものではありません。手の届く真珠です」

志摩がつける値段はおそろしく高いものだ。が、値打ちがきちんとわかるのがほんとうの通というものだ。

その瞬間、ドアがばたんと開き、〈女王蜂〉のホステスが二人、ハーレム・スイートに飛びこんできた。二人の眼は狂ったようにきょろきょろしている——自分たち自身、狼狽（ろうばい）し、困ってしまっているようだ。それでも片方の女が、こざっぱりした尖った帽子と、Gストリングからぶら下げていた、小さくしゃれたきれいな黄緑色のエプロンをむしり取った。ハイヒールを蹴りとばしてテーブルの上に跳びあがり、踊りながら砂糖漬けのフルーツとケバブを跳ねちらかし、スコッチのボトルを何本かひっくり返す。

もう一人の女はフルーツを拾い、主賓に向かって投げつけだした。もっとも投げ方があまりに不正確なので、志摩本人には一つも当たらない。砂糖漬けのマルメロが一つ、ロダンの顎に当たった。カスタムメイドのバレエ・ダンサーのマニアである瘦（や）せた老人だ。

「女に選挙権を！」と女は叫んだ。

「男言葉（メイル・スピーク）をぶっつぶせ！」

テーブルに乗った方のホステスが応じる。そしてその場に集まった女彫刻愛好会のメンバーに対して説教を垂れだした。ひどく神経を逆なでする声だが、つじつまはまるで合っていない……。

投げつけられるフルーツを防ごうと、プラクシテレスがその巨体を志摩氏の前に移した。

「冗談にしてもやりすぎだ」怒りくるっている。「マン・ネージャーに文句を言ってやる」

「でも、今日は〈底抜け水曜日〉ですよ」若い通の一人が注意した。

「そんなことは関係ない。マン・ネージャーはしっかりわきまえているべきだ。それは君も同じだぞ。君の分別はどこに行ったんだ。ここに集まっているのは乱交パーティーをやるためではないぞ」

女性煽動政治家候補の即興の大演説がいきなり止んだ。〈悩める主婦〉になってあわててテーブルから降りると、自分が散らかしたものを掃除しはじめた。相棒は恥ずかしさにいたたまれなくなって、顔が真赤になった――〈愛嬌ある内気娘〉になった女はこっそりとスイートから出てゆく。

プラクシテレスの後ろから現れた志摩はそうひどくとり乱してもいない様子だった。おそらくは自分が受けた侮辱と、その結果招待した側が失った面子を計算し、新たな注文がとれるだろうと踏んだのかもしれない。残っているホステスがよつんばいになり、必死になってかたづけている傍らで、志摩は肝斑の浮いた手をあげた。

「皆さん、美術品の鑑賞と、もっと一風変わった楽しみをいっしょくたにしようというのは、あまり賢明とは申せないのではありませんかな。〈女王蜂パーラー〉が女性の心理の愛好家たちの用命に応じていることは確かですが、そうは言うものの……」

　巧妙な言回しで、志摩はこの場所に自分を招いたことが妥当だったかどうか、疑問を投げかけた。かすかだが勝ち誇った笑みを浮かべ、老人はハーレムの飾り物を見まわす。

「この立派な愛好会が掲げる高い理想を考えもせずにカスタムメイド・ガールを購入する人びとはたくさんおります。そうした人びとの購入理由を私ならフェティシズムと呼びましょう。そういう男は革のブーツともセックスしかねません」

「けしからん！」

　ロダンが顎をさすりながら言う。

「私どもでは注文された男性をモデルとして娘たちの型をとります――それもサーヴィスの一部であり、将来娘たちのオーナーとなるべき男の刻印を押すためであります――とはいえ、白状しなければなりませんが、これによってものごとの区別が曖昧（あいまい）になるように私には思われます。つい先ほど、不愉快な形で区別が曖昧になるのを目の当たりにしたのとまったく同じであります。余興のため以外の何ものでもないことはもちろんです。それに私はたぶん、純粋主義者で変わり者で気難しい人間であります――」

「いや、そんなことはない」

「――が、それでも、もし芸術とポルノの境界が曖昧であるならば、そう、それをさらに少し先へ進めると――」

「そんなこと、ありえない！」

若い収集家が叫んだ。家に女彫刻を三体持っていて、それを自分の愛人たちと混同したことなど、一度もない男だ。

志摩は慎重に言葉を選んでいた。この地区担当の島が、もうすぐ出荷しようとしていることを頭の隅でチェックしていた。

「女たちは男人間（ヒューマン）の属性を単に模倣しているに過ぎないことは現代の科学によって、疑問の余地などかけらもないほどに証明されております。進化論から言えば、女は快楽と奉仕を提供するため、精神の宿る城塞（じょうさい）たる男から生物学的に生みだされたものであり、遺伝を伝えるための媒体であります。女は男を裏返したものです。創造の元たるペニスは虚（うつ）ろな容器である膣（ちつ）になっています。女は暖かい手袋であります。男が手であります。英語で書いた偉大な詩人の一人、娘たちにラテン語、ギリシャ語、ヘブライ語の発音を模倣するよう教えこみ、自らが視力を失った場合に読ませることができるようにした詩人、しかも娘たちの脳に余計な負担をかけないよう、言葉の意味はただの一つとして理解しなくてすむようにした詩人を引用させていただきましょう。

ジョン・ミルトンの『失楽園』からです

『嗚呼（ああ）、何故に神は
『いと高き天に住まわれし賢き造物主
『男性の心持つ御方は、最後に御創りなされたのか
『この眼新しきもの、このうるわしき自然の
『瑕疵（かきん）を、そしてこの世をばただちに満たされなんだのか
『女性のいない天使としての男もて
『はたまた他の方法をお考えなさらなかったのか
『人類を増やすために

「一言で申せば、女は生体ロボットであります——これは慎重にプログラムしなければなりません。男性科学の発展によって今やこのことは可能になっております。私の若い頃に比べれば、まったくどれほど改善されていることでしょうか。あの頃はただ娘たちをおだやかに社会的に条件づけていただけでした——それも理性のない衝動のせいで起きる混乱に悩まされながらです」

あいにくなことに、〈女王蜂パーラー〉の人格セレクタが、この瞬間、残っていた

ホステスの人格をランダムに切替えた。〈悩める主婦〉が〈法外な売春婦〉に変わった。たちまち女はジャクージに跳びこみ、ずうずうしく手招きする。愛好会の若手メンバーが二人、指示を受けて、実力で女をハーレム・スイートからほうり出し、扉をしっかりと閉めた。その間に、プラクシテレスはけちのついた式次第を進め、急いで志摩のホロ・ムーヴィー鑑賞に移った。

4

眼が覚めた時に自分がいたこの部屋で暮らせる人はそんなにいないだろう――しばらくたつうちに、ジェイドにはそう思われてきた。ここで暮らすのは、快適にはほど遠い。

部屋の家具や構造のせいではなかった。この屋根裏部屋の内部をかたちづくっているファブリックの素材やスタイル、古いものとモダンなものの調合には、すみずみまで細かい配慮が施されていた――この部屋自体は背の高いマンションの最上階にあって、長く連なるひとけのない建物の列の一角（反対側にも同じような列がある）であるのが、緑のビロードのカーテンがついた小さな屋根窓から見える。眼下の街路にはいつもまったく人影が無い。テラス全体は、巨大な機械の歯医者が周囲のオフィスビル街の間を大股にやってきて、街の灰色の口から、この死んだ歯を抜くのを待っているようなけしきだ。

窓の片側には長椅子がひとつ置かれていて、その上にかけられた濃緑色のビロードの布は四隅が床をこすっていて、正午にたまたま日の光があたる部分は気持ちよく色が褪せている。優雅に曲線を描いた長椅子の脚は、濃い群青色のカーペットに沈みこんでいる。カーペットはうんとふかふかしているけれど、足にはとても滑らかですべすべしている。壁は模様のついた朱色の壁紙で、エキゾティックでもあり、懐しくもある。そしてつづれ織りのカーテン（葉飾りの迷路が織りこまれている）の裏に、トイレとビデと、金の蛇口のついた古めかしい様式のシャワーがある。

定期的な間隔で、小さな業務用エレヴェータのハッチに食事が現れる。どこか建物の奥で、誰かが手で滑車を通して引きあげているのだ。一、二度、好奇心から、狭いエレヴェータ・シャフトの下を覗いてみた。でも、見えるものは何もなかった。食事用エレヴェータの天井がいつも下にあって、視野を遮っていたからだ。

長椅子の反対側の壁には絵が一枚かかっていて、窓の外を眺めていない時は、この絵を眺めて何時間も過ごす。この絵には黄色い石でできた長い、ひとけのないアーケードが描かれていて、前景に日時計が一台ある。日時計に寄りかかっているのは、クリーム色の四肢の裸の女性だ。体に縫い目の線が何本もあって、手足には詰めものがされて上に布がかぶせてあるのがわかる。顔は半分そむけていてクッションのように表情が無いけれど、ただ中央で縫い目が集まっているところは星みたいだ。この詰めものをされた女性はアーケードの端のその向こうをじっと見つめていて、そこには平らな地平線の他には何も無い。

この絵も、はじめは特に落ちつかないものというわけじゃなかった。とても穏やかで、時を越えているようにみえた。部屋自体も気持ちよかった。

この部屋の恐ろしいところは巨大な衣裳簞笥（だんす）だった。というよりもその中身だった。眼が覚めて、初めてこの衣裳簞笥を見たとき、すぐに好きになった。背の高い茶色の羽目板に緑と金で美しい網目模様が入っているし、大きな真鍮（しんちゅう）の把手（とって）がついている。この把手に顔を映すとおかしな形に歪めてくれる——デブに膨れあがったり、瘠せて湾曲したりする——あるいはまた、部屋全体をひとつの球体に収めてしまう。ところがその扉を開けたとき、中には服が一着も無かったのだ（別にわたしが特に服が必要なわけじゃないし、たいして興味があるわけでもない）。

ぞっとしたのは、コート・ハンガーにずらりと並んでかけられていたのが、人肌だったのだ。

この人肌が天然のものか人工のものかは、よくわからない。どちらにしてもどれも完全に揃ったものだ。わたしが身につけると、頭のてっぺんから爪先（つまさき）まで、全身が入ってしまう。それぞれに髪の毛がついていて、眼にはプラスティックのレンズがはまっている。人肌を着ると、わたしの体で外気に触れるところはなくなる。わたし自身の肌が呼吸するための空気穴は、背骨に沿って一列の小さな穴がついているだけで、これはジッパーと巧妙に一体になっている——その他には、鼻の二本のスリット、そして愛のための二つの開口部。おかしなことに口のための穴は開いていない。どの人肌の唇も縫いあわされている。

人肌は全部で五十ある。数えてみたのだ。それぞれ内側には多かれ少なかれ体の輪郭に沿ってフォームラバーのパッドが入っていて、わたし自身の体の線にぴったり合うようになっていて、ずれたり皺（しわ）が寄ったりすることはない。新しい人肌をまとうと、髪の毛の色や長さ、眼の色と大きさ、肌の色合いが変わるだけでなく、体のサイズまで変わる。ある時にはわたしは太股とお尻に厚いパッドが入った太った黒人の女であることが求められる。またある時には、すらりとした褐色のインド女でいなければならないこともある。

「いなければならない」とか「求められる」とかいうけれど、実は衣裳箪笥の扉の内側に指示がプリントされた紙が一枚ピンで留められていて、その紙にわたしが求められていることが細かく書かれていたのだ。実際に毎日指示されているわけじゃない。

それどころかわたしの口の先の唇はしっかりと縫いあわされていたから、夜ごとの出会いの間、会話を交わせる可能性はまるでない……。

男の人がいつも同じ恰好(かっこう)をし、つまりいつも同じ人肌を着て、自分自身の肌をまとって来てくれているのなら、それほどひどいともいえないだろう。でも、そうではないのだ。明らかにあちらの衣裳簞笥はわたしのほどたくさんの種類が入っていないので、今までに何度か同じ人肌を着てきた。これまでのところ、太った白人、筋肉質の黒人、それにしなやかな東洋人、それにいくつか他のタイプの扮装で現れている。

それぞれ違う人肌の内側にいるのは同じ男性であることに、わたしはかなり自信がある。もっとも、もちろん確かなところはわからない。毎回違う人間ということもありえる。白い人肌をまとった黒人、黒い人肌を着た東洋人、あるいは人工ペニス（というのはありそうにないけれど）を備えた男性の人肌をまとった女かもしれない。一度そういうことを考えはじめると、どんなものでも可能性は出てくる。

でも、いろいろな扮装の下にあるかれの肉体がとる姿勢、愛の行為をするそのやり方に、いつもどこか似たところがあるのだ。もっとも体の組合せ(くみあわ)が違えば、最適の体位も変わってくることは言うまでもないけれど。もう一つ。あの人のふるまいの癖が決まっていることもある。部屋に入るといつも必ず、扉に鍵(かぎ)をかけたその鍵を鍵穴に挿したままにする。他に鍵を置くところが無いからだけど、それからいつも同じことをする。まずはじめに絵の中の詰めものをされた女性をちらりと見やる。それから大股に屋根窓に歩みよって外を眺める。そうしてから初めて、わたしが腰をかけて待っている長椅子に注意を向ける。たいていわたしは緑のビロードをまとめている、色褪せた金の組紐（くみひも）をいじっている。

　かれに向けて笑みを浮かべようとしてみることもできるし、多分かれの方でもそれはできるのだろうけれど、人肌の頰に詰めものが入っていると、その効果は少しばかり面喰（めんく）らうものにならないともかぎらない。だから、普通わたしたちは微笑（ほほえ）むことはしない。はじめる前にかれはただ、わたしに向かってうなずくだけだ。簡単な承認の儀式だ。長椅子に近づいて跪（ひざまず）き、わたしの両手をとる。わたしたちの手は手袋をはめているようなものだ。それから本物そっくりのプラスティックの偽の眼で注意深くわたしを観察する。とうとうよしとうなずくと隣に座るので、わたしたちは二人ともアーケードの絵に向かいあう。絵の中では詰めものをされた虚ろな女性が、誰かあるいは何かが現れるのを果てしなく、おそろしく辛抱強く待っている。

　はじめの二、三日が過ぎる頃、かれは意識してわたしたちの状況を絵の中のものと比べているのだ、とわたしは判断した。アーケードに相当するものとして、この部屋がある。日時計にあたるのは長椅子だ。わたしたちがここで行うことで絵は完成する。詰めものをされた女性はずっと待っていて、そこへ彼が来ている。地平線の彼方から来た女性の恋人。音もなく、時間もない絵の性質は、わたしたちもまた、わたしたちの時を越えた儀式を、沈黙のうちに演じなければならないことを意味する。

日がたつにつれ、かれが立ちさった後で、わたしは自分がますます絵の中の女性に似てきたように感じている。人肌を脱ぎ、きれいにして衣裳簞笥に他のものとならべて吊るすという作業が、だんだん辛くなっている。やっとのことで脱ぐところまでこぎつけると、自分本来の体が人肌から現れでるのを見る時のショックがだんだんひどくなる。

さっきも言ったけど、人肌は五十あって、これまでにそのうちの三十をすでに身につけている。あと三週間のうちには全部着おえることになる。それから先、どうすればいいのか、何の指示もない。そして唇は封じられているから、訊ねることもできない。

夜、かれが立ちさった後、わたしはようやく長椅子に横になって眠る。よくある夢想のほかに、異様な夢が湧きでてくる——馬鹿げた悪夢、むかし友だちの出てくるぞっとする夢だ。

5

DATA－SWARMドリームキャスト
一般配布
五月二十日　時間：〇一三五から〇二一〇　タイム・ゾーン二
タイプ：五十四　種類：七

……風に皺のよった荒野を蔽う空は、迫りくる風に鞭打たれて、ヒースとみまがうばかりの紫色だ。雷雲はまわりに雷光を閃かせながら、彼方にぽつんと建つ農場の上に降りてゆく。

女の神経にも電気が舌をちりちりと走らせる。もう一つの嵐が急速に近づいているのだ——蹄の轟きが男の大嵐を中に包みこみ、近づいている。恋人のペンハドリアンだ。

あの人の子どもを宿した罪に怒って、あの人はわたしを踏みつぶすだろうか。

それとも鞍から身を乗りだし、さっとすくい上げて傍に乗せるだろうか。

あの人の暗い表情はまるで雷雲そのものだ。笑みが閃いて、その顔がぱっと明るくなるだろうか。

ぎりぎり最後の瞬間、男は片腕を伸ばしてくる。軽く曲げているその腕はつい先だって、蜜蜂のうなりに包まれた夏のヒースの上に、楽しげに女を押し倒した腕だ——が、もう女は自分がしなければならないことを悟っている。男の腕にとびつくかわりに、男の馬の直前に身を投げだす。

黒いハンター馬は、激しくいなないて突っ立ちあがる。ペンハドリアンほど乗馬の腕が良くなければ、鞍から振り落とされるところだ。蹄鉄(ていてつ)を打った蹄が女の体を打ちすえ、体は叩きつぶされる。が、女は痛みなど感じない。蹄に打たれるごとに、かれに抱かれ、愛撫(あいぶ)されているようだ。

男はすばやく降りて、馬をなだめる。手綱を馬の首に投げかけ、女のかたわらに跪く。女の唇の血にくちづけする。

命がすうっと消えようとする中、女は必死に最後の言葉をしぼりだす。

「あなたに……迷惑をかけられなかったのよ、ペン。あなたの……人生を台無しにはできなかった。このほうが良かったの……どうか、許して……」

「許すよ」

うれしさのあまり女の心臓は破裂する。

DATA-SWARMドリームキャスト
限定配布：ジェイド
五月二十日　時間：〇二三〇から〇三二〇
夢源：マリの脳ネット記録
アクセス・パスワード：大虐殺はわが娘

野性動物調教師アルヴィン・ポンペオの髭をはやして陽に灼けて楽しそうな顔を、マリは木枠の中から見あげた。ポンペオは映画や大統領パレードへの出演、あるいは企業や個人向けのペットとしてライオンや虎や熊を愛情調教している。

ぴったりした黒い革の短ズボン、赤い縞の綿のシャツを着て、濃いサングラスをかけ、軍隊の略帽をかぶっている。シャツの脇に汗の染みが見える。が、両手にはしゃれた白いキッド革の手袋をはめていた。

にやりとすると男は一歩下がり、マリの頭上で鞭を一発鳴らしたので、マリは思わず瞬きして、身を守ろうと片手を上げた。

「びっくりさせたらすまんな。しかし、野性動物が相手だと、最初の足がかりをちゃんとしておかないと、いつか、隅に追いこまれて、椅子でもって追いはらおうとする羽目になるんでな。だからこうやっておまえに事情を教えとこうというのさ。わが楽しい野獣団にようこそ、マリ。俺の手が肉を与える。俺の鞭が罰を与える。電極がスリルを与える」

マリの眼の黒い瞳はすぐにまた光に合わせて細いスリットにもどった。最初のショックが過ぎると、脅しはまるで気にならない。筋肉質の脚と柔軟な腕をぐうと伸ばす。二、三度、爪を出したり引っこめたりしてから、あくびをした。

「言い寄るにしてはずいぶんなやり方じゃない」

喉を鳴らさんばかりの声で言う。

アルヴィン・ポンペオがけたたましく笑いだすのに合わせて、マリは上半身を起こして周囲を見まわす……。

……すると眼に入るのは、豹やチーターが往ったり来たりしている檻。動物たちが走るための巨大な鋼鉄製の踏み車。尿を流すための簀の子。餌のトレイの残飯をつついている雀。靄越しの陽光に乾いている糞。水の淀んだ飼葉桶。

全部で四十から五十のこうした檻が、中央の小さな小屋を囲んで、二つの三日月型にならんでいる。小屋の窓には鋼鉄の網がはまり、ベランダには薔薇が這っている。上端にレーザーワイヤを備えた高さ十メートルのコンクリートの壁が敷地全体を囲み、眼に見える出口としてはただ一つ、トラックが出入りできる大きさの鋼鉄のドアだけだ。周囲を囲む壁の上には何十となくバルコニーのついた高層ビルがいくつも聳え、バルコニーの一つから、小さな男の子がひとり、竜凧(りゅうだこ)を飛ばしている。

「その昔、若い雌虎とセックスしようとしたことがあってなあ。が、うまくいかなかったよ。だからこの革ズボンを穿(は)いてるんだ——この下の一部は金属さ。それにこのちょっとしゃれた手袋だが、こいつをはめれば鋼鉄の拳になるのさ。もっとも、その雌虎は男が本当に痛いところまでは手が届かなかったがね」

「その雌虎はどうなったの」

「そりゃあ、俺がじきじきに生きながら皮を剥(は)いでやったさ。もちろん、両手がちゃんと治ったらすぐに、という意味だがな」

「すると、それがあんたの商売なのかい。小猫を拷問(ごうもん)することが」

「俺は小猫を愛情調教するのさ。同じようにこれからおまえも愛情調教してやるよ。おまえがすでに愛情調教されていなければだが、やるなとわざわざはっきり注文をしておいたから、施されてはいないはずだがな。おまえ、自分が他の友だちよりも少しばかり野放図なのはなぜかと不思議に思ったことはなかったのか」

マリの微笑みは猫にして初めて可能な、見る者が凍りつくようなものだった。

「どうやればあんたが何かに愛情調教をほどこせるのかってほうがわからないね」

「そりゃ、この商売には秘密があるのさ。電極も使うし、ヤクも新パヴロフ式条件づけも使う。電気鞭でなでたりもするのさ。俺はおまえにだって、どんなものでも好きになるようにさせられるんだよ。自分の尻尾を嚙みきることだって好きになるさ。おいおい、ところでおまえ尻尾が無いじゃないか」

「人間には尻尾はないんだよ」

「猫娘よ、がっかりさせてまことにすまんがね、おまえは人間じゃないんだよ」

ゲラゲラと笑いながら鞭を脇にほうりだし、両手を荒々しくこすり合わせたので、キッド革の手袋から炎が噴きだした。燃える両手をマリの前につきだす。近くの檻で、豹が一頭、怖がって唸りながら後ずさった。

が、マリはだまされなかった。摩擦だけでは手袋に火はつかない。単に生地が破れるだけだ。手袋には何か可燃剤が十分に染みこませてあったのだろう。そして片方の掌にマッチの先のようなものがあり、もう片方には紙やすりがしかけてあったにちがいない。

「猫娘よ、おまえにはヤクも電極も使わないと約束してやる――そいつは手っ取り早いやり方だからな。おまえはこの俺の鋼鉄の手で、少しずつゆっくりと仕込んでやる。この手と、それに俺の鞭〈忠実な僕〉でな。おまえをまったく別の小猫に仕立ててやるよ」

ポンペオは両手をぐるぐる回し、シャツに火がうつる前に炎を消した。焦げてぼろぼろになり、煙を立てているキッド革の下からのぞく鋼鉄は、死体の毛皮からとびだした骨のようだ。

マリは入っていた木枠の中でまっすぐ挑戦するように立ちあがった。背骨にそって毛皮の毛がぴんと立っている。

「こりゃあ、いい。こりゃあ、いいぞ」

アルヴィン・ポンペオが吠えた。鞭をすくい上げると、扉の開いた檻の方をさす。中に見えるのは……家具だ。

マリがためらうと、男はマリの太股に鞭をひらめかせた。火のような神経ショックに、あえいでよろめき、木枠の外にころげ出た。調教師は真珠で飾った鞭の把手をさしあげて、コントロールのつまみを見せる。

「今のはくすぐりの刻みだ。刻みを一つ上げると、わあおだ。もう一つ上げる、腕や脚が麻痺する。一番上だと、死ぬ。少しでも手足が動かせる動物は、本能的にこいつから逃げるのさ」

扉を開けて待っている檻に向かってマリが逃げだすと、男は煙の出ている両手をふりまわしながらその後をぴょんぴょん追ってきて、笑いながらマリの尻に鞭をひらめかせた。何度も刺すような痛みを受けた末にようやく避難場所にたどりつき、中に転げこんで、冷たいコンクリートの床に崩れおちる。アルヴィン・ポンペオはドアを叩きつけて閉め、檻の鉄格子を猿のように駆けあがり、また滑って降りてきた。鋼鉄の両手が火花のシャワーを降らせる。マリは泣きだした。が、普通猫は泣かない。悲しい顔をするだけだ。

マリは固い床の上にまるまって自分で自分の体を抱きしめ、柔かい毛皮に舌で触れて自分をなぐさめようとした。今いる檻の中をわざわざ見まわそうともしない。しかし猫というものは、よほど気分が悪くないかぎり、新しい環境に入るといつでもすぐさま隅々まで探検してまわるものだ。

前後に体を揺らしながら、マリは自分の体を抱きしめてうめいた。調教師は跳びはね、火花を散らし、笑いつづけている。

やがて男は檻から跳びおり、ふりかえりもせずに自分の小屋へと大股に歩きさった。〈忠実な僕〉の先端を土の上に引きずっている。愛情調教を施された豹やチーター、ライオンや虎が、それぞれの檻の格子まで出てきて、注意をひこうと咆えたり唸ったりしている。

マリが新たな住処を探検する頃には夕方になっていた。たっぷりと泣いた。それに梱包を解かれてからスモッグがひどくなっていたので、喉がひりひりする。

檻は長さ十メートルに幅六メートルで、マリよりも大型の動物のために設計されている。奥には踏み車が据えられている。中で体を洗うためのプールがあって、水面では蚊が何匹も体をふるわせて卵を生みつけている。食事は大きな真鍮のトレイに入っている。脂肪の多い生の挽肉で、キャベツ、レタス、人参が細切れになって入っている。トイレは簀の子で傍に水道の栓がある。

眠るベッドだけは四本柱の立派なものだった。それに鏡と櫛、口紅に香水の瓶が揃った鏡台がある。

やがて四本柱のベッドに入り、丸くなって毛布を摑んだ。プラスティックのダミー人形が恋しい。故郷の島を鞭を持った調教師が往ったり来たりしている夢を見た。電気ショックでハナを鞭打つので、ハナはとうとうなくした声をとりもどし、泣き叫ぶ……。

……声に目覚めると、動物園は夜の獣たちがたてる音でいっぱいだった。

長椅子ではジェイドが眠りながら悲鳴をあげ、眼を丸くしてとび起きる。が、視力はごく普通なので、屋根裏部屋の闇は見通せない。チーターや豹が部屋の中を自由に歩きまわっているのではないかと怖くなる。

6

今日、五十番目の人肌をとりだして、じっくりと調べてみた。プリントされた指示書では、それを着る予定日よりも前にこの人肌をとりだすことははっきりと禁じられていないし、試しに着てみることもダメだとは書いていない。指示書は単純に、すべての人肌は正しい順番、はじめあった通りの順番にかけておくことを、いかめしく命じているだけだ。

この人肌がちょっと怖いことは白状しておこう。これは、この五十番目の中身のない女性は、全員の中で一番不満を抱えているものだから。この女性の人肌は、中身が入って愛されるために、最後まで待たなければならない。それゆえこの人肌のまわりには影のような存在が漂っている感じがあって、他の人肌よりも強いのだ。

五十番目の人肌を両手に持って腕をいっぱいに伸ばし、問いかける。絵の中の顔のない、詰めものをされた女性に問いかけるのと同じく、答えは何もない。

この人肌は長い黒髪で、東洋人の眼をしている。

そして今からもうわたしは心の中で、女性であればこの人肌の運命から逃げようなどと思わないのではないか、と考えている――むしろその運命を喜んで受け入れる、またはそういう運命を請い願うかもしれない。

「教えて、黒い髪の御方、他の女性たちの肌に入って四十九日の間愛された後では、あまりに欲求不満が溜まっているので、あなたの前の女性たちと同じく、ただただ自分も皮を剝いでもらいたくなる、というのは本当なの」

ここの衣裳箪笥の中の人肌はみんな、日時計の脇で待っている女性のための仮面や衣裳に過ぎないと言ってもいい。あの女性だけがこの部屋で本物の女性、ただ一人、長いことここに住んでいる住人なのだ。他の者――中身のない人肌も何もかも――愛されている間、何も感じることはできない。だって、人肌には神経末端は無いのだから……。

かれが触るのを感じるのはわたしの神経で、人肌ではない。太った女をまとっているときのように鈍いときもある。瘠せたのを身につけているときには、鋭く、直接のときもある。

いま手に持っているこの人肌、かつては漆黒の髪でつり上がった眼の女性だったこの人肌が、触られるのを少しでも感じられるなんて、馬鹿らしい。何かを待つことができるなんてこともあるわけがない。

でも、他の女性の肌をまとい、かれがその肌を愛するのを感じる日々がこれほど長く続いてくると、そう考えるのも全然無理がなくなる。この五十人の女性は一人残らず、本物になりたくて、お願いだから皮を剥いでほしいと訴えたのかもしれない。一番はじめの方の人肌はすり切れてしまうのではないだろうか。そして入替えられるのだろうか。ここにはいつも五十人分あるのかもしれない。

「そう考えるので合っているかしら、東洋の人」

この女性はわたしの手からぐったりと垂れている。ほとんど重さがないようで、息を吹きかけられても抵抗できず、ほんのわずかに空気が動くだけでゆらゆら揺れる。パッドはどこにも無い。眼と髪をのぞけば、この人はわたしとそっくりだったにちがいない。人種は違う双子の片割れ。

でもこの人がわたしに言うことは何もない。そこで、またレールの最後にかけなおした。

この人を別のところ——たとえば真ん中——にかけて、最後の日に別の人肌をまとったら、何が起きるのだろう。かれはその裏切りに気がつくだろうか。混乱してしまうだろうか。愛の行為ができなくなるだろうか。たぶん、だからあの人は毎回あれほど念入りにわたしを調べるのだろう。わたしが新しく、今までに会ったことがないと確かめているのだろう……。

たぶんあの絵の中の女性は、前任者の女性たちが皮を剝がれた後の姿なのかもしれない。それぞれの体は身の証(あかし)を失なって、その証を求めている——でもその証には風が吹きこみ、何もない地平線の遙か彼方、いずこともわからないところへと吹きとばされる……それともこの眼の前の衣裳簞笥、いま考えこみながら扉を閉めたこの衣裳簞笥の中へと飛ばされてきたのかもしれない。

それともこの人肌はみな人工のもの、合成なのだろうか。これはみんな、かれの手のこんだ見せかけでしかないのだろうか。その愛に風味を効かせるためにしかけたゲームなのだろうか。

ある日、まる一日かけて、人肌をほとんど顕微鏡的に細かく調べてみる。ときどき窓の外を見て眼を休めながら。

人肌はどれも同じく、信じられないほど細かい、いきあたりばったりの線や折り目でできた地図がついていて、その点はわたし自身の肌と同じだ。あの島にあった身代わり人形の滑らかさと比べると、こんなに複雑なものは自然にしかできないだろう。どの人肌にも独自の指紋がある。どれもそれぞれに違ったお告げが掌にきざまれている。でも、手相のことは何も知らないから、わたしにはその意味はわからない。

でもわたしの体にぴったり合わせたフォームラバーのパッドは何なのだろう。確かに例の東洋人の女性――わたしのすぐ前の前任者ではないかとおもうけど――だったら、必要なのはわたしのとまったく同じパッドのはずだ。でもわたしの場合はどうやって決められたのだろう。どこかにわたし自身――か、双子の片割れのあの女性――のプラスティックのダミーがあって、島からこのお客様に送られていたのだろうか――お客様がご自分の体のダミーを島に送ったのと同時に。

しまいにはわたしは愛人のダミーが正確にどんな形をしていて、どんな感じだったのか、一心に根を詰めて思い出そうとするまでになる。その記憶を、あの人が身にまとってきた様々な体の最近の印象にあてはめようともしてみる。なぜなら、わたしはいまだに実際のあの人がどんな姿で、どんな感じなのか、知らないからだ。あのプラスティックのダミー人形があの人の偽りの体のひとつを元にしていて、本当の裸の肉体を元にしていたのではないこともありえる。すると、何週間もベッドをともにしたあの姿は本物なのだろうか――それとも幻影なのだろうか。

こういう疑問のどれにも、納得のゆく答えは出ない。

アパートの建物の長いベランダは、街の他の部分とは全然違ってみえる。古びて、見捨てられ、運がつきている。反対側の並びの窓のひとつとして、人影が現れたことは一度もない。表の通りを何かの車が通ったこともない。罅割れた歩道を人が歩いていたこともない。まるでこの一帯が、ちょうどわたしに見える範囲のすぐ外側で立入禁止になっているようだ。

彼方には背の高いオフィスビルがひとつ聳えていて、そこはしきりに動いている人間の小さな姿でいっぱいだ。女性秘書や男性重役たちだ。あの人たちがいることはわたしには何の慰めにもならない。誰かがあそこの窓から外を眺めるということが一度も無いらしいのだ。街のこの一帯が、どこも同じような街並みで、見ても退屈なのかもしれない。灰色のコンクリート、ガラスの窓、垂れ幕。少なくともここから見える街は、絵の中の黄色いアーケードよりもずっと変化に富んでいて、空を切りとっている地平線はアーケードの向こうの真平らな地平線に比べると、遙かにぎざぎざしている。

ヘリコプターがスモッグをついてぶんぶん飛んでゆくのを見ると、その中にあの特徴あるマークをつけた島のヘリがあるのではないかと期待してしまう。なんで会社のヘリを見たいと思うのか、自分でもよくわからない。ホームシックだろうか。それとも他のカスタムメイド・ガールが眠ったまま、その愛人に会いに飛んでゆくと思うと、自分には手に入らない愛の選択肢、体と体が直接触れあうときの、様々な可能性を連想するからだろうか。

7

DATA－SWARMドリームキャスト
一般配布
五月二十四日　時間：〇二二〇から〇二四〇　タイム・ゾーン二
タイプ：八十一　種類：五

ブー・ブー・ブー……。

惑星間の虚空を見上げながら、あの何千もの星のどれがジムが帰ってくる船なのかしら、と思う。星の形を見分けるのは、いつもまるでもう手に負えない謎なので、ちゃんとした場所におさまっていない光の点を見分けられるとは、心の底では期待していない。

視線を落とすと、おうち(ホームドーム)から、ぎらぎらと太陽が照りつける空気のない岩の広がりに眼をやる。そこには弁慶草が、明るい黄金色に咲いている。小惑星の表面に空気があればすてきなんだけど——女の子でも散歩ができるから——でもそれはそれは貴重な薬をつくりだす弁慶草は酸素が嫌いなのだ。真空の中でしか育たない。地平線はわずか三百メートル先だが、いまこの瞬間、あたしの人生の地平線はお空の上で、ブーブー、帰ってくる途中だ。

台所に駆けこんでジムの大好きなビーフ・ストロガノフの状態を確認する。焦がすわけにはいかない。火星に何ヶ月も出張していた後では、ジムはちょっとした家庭料理をかきこむのを楽しみにしているはずだ。ふと思いついて、水耕栽培の温室に寄り、新鮮なチコリを一本、料理に添えるサラダ用に折りとった。膨れた腹を軽く叩く。男の子だったらいいな、とまた思う。

あらたいへん、ビールを冷やすのを忘れてた。しばらくのあいだ、気違いじみた興奮状態のまま駆けまわる。静電掃除機のスイッチを入れてまたすぐに切る。最後のぎりぎりになるまで掃除もしてなかったのかとジムに思われたらたいへん。重力もジムの好み、地球標準の一・二倍に設定してあることを確認する。こんな風に高い重力は妊娠した体にはくたびれるのだが、ジムは筋肉隆々なのだ。

五分後、ジムの宇宙船が岩に着陸する。小惑星の重力制御が崩壊した場合に備えて、しっかり吸着する。

宇宙服に身をかためた姿が二つ現れる。ひとつはジムだ。背丈でわかる。ジムの右腕がもう一人の、ほっそりした方の肩にかけられている。二人がゆっくりとおうちに向かってくると、二人目のヘルメットの透明なプラスティック越しに、小生意気な娘の顔が見える。一瞬、心臓がふるえる。でも、大丈夫よ、自分で自分に言い聞かせる。ジムのすることならどんなことでもかまわないのだから。

二人がエアロックを抜ける。ジムが自分のヘルメットを外し、娘のヘルメットを外すのも手伝ってやる——娘ときたら、まるでぶきっちょだ。

「よう、帰ったぜ」膨れた腹を見やるジムの眼は文句でも言いたそうだ。が、すぐ笑い声になる。「おやおや、ちょいとびっくりさせようってわけか。それくらいのことはするだろうと思ってたがな」手袋をはめた手で娘を指さす。「パトリシアははねっかえりなんだ——火星港でひろったのさ。こいつにはちょっとコツを教えてやらにゃならんだろ——おまえはあいかわらず一番だからな」

「おお、ジム」

自分の男への崇拝の気持ちではちきれんばかりになり、パトリシアにいらっしゃいと笑顔を向ける。

「よう、この匂いは何の料理だ？」

DATA-SWARMドリームキャスト
限定配布：ジェイド
五月二十四日　時間：〇二五〇から〇三三五
夢源：ハナの脳ネット記録
アクセス・パスワード：大虐殺はわが娘

ハナが自分の梱包の中から見上げたのは、ダニエル・ダニエルズの貴族的な、大きな口髭をたくわえた顔だった。市内でももっともいかした即席ファック・バー（ファックイージー）のひとつ〈雄鶏と牡牛（コック&ブル）〉亭のオーナー兼支配人である。

箱の中でハナが体を伸ばしている間に、男は細く長い鎖のついた真鍮の首輪をはめ、鍵を回してロックした。何か考えてでもいるように口髭の先を捻る。

「復員軍人、学会で集まった外科医、幹部会議に集まった大学の学部長、こういう連中もコック&ブルに来ると獣みたいにふるまうところが見られるよ。ためになるものだよ、ハナ。とにかくあまりまじめにとらないことだ。コック&ブルでは、何ひとつまじめにはとらないのだ。それこそがわれわれの成功の秘訣だ」

起きあがり、あたりを見まわしたハナは、たくさんあるシャンデリアや切子硝子の鏡、バーのむこうに何列にもならんだ瓶に眼が眩んだ。その間に男は鎖をきつめに引張って試す。鎖は切れず、ハナは一瞬喉が詰まった。男は鎖を軽く引いて、立ちあがるように促す。

「ものごとを飾らないのがコック&ブルのやり方だ。おまえのお客のほとんどはそういうやり方におちつく。子豚の大群が大喜びできいきい泣きながら鼻面を泥んこにしているようなものだ。おまえはな、かわいいハナよ、このくそったれの世界都市全市の中でももっとも華々しいファックイージー・バーのバーガールなのだ」

ハナは途方にくれた。が、質問を口にすることはできなかった。バーガール、って何。ファックイージー・バー、って何。

ダニエル・ダニエルズにはそれ以上説明する気はないらしい。ハナを連れてぎらぎらする部屋を横切り、籐椅子や表面に緑のパッドが敷いてあるがっしりしたテーブルの間を抜けてカウンターまで行くと、そこでハナの鎖の最後の輪を南京錠にはめこんだ。気がついてみると、床には新鮮な黄色いおが屑(くず)が敷いてある。

男は一番そばにあるスツールをぽんぽんと叩いた。

「ここにすわってるんだよ、ハナ。何か、腹の足しになるものをもってきてやるからな」

男は親切で、皮肉な類(たぐい)の人間らしい。もっとも、いささか奇妙な癖があるようだ。巨大な角をもった毛むくじゃらの牛の絵が麗々しい枠に入れられて、たくさんある鏡と場所を張りあっている。螺旋(らせん)階段がひとつ、バルコニーへと上がっていて、バルコニーにはさらにたくさんのテーブルの脇に、空気で膨らませた女の人形がポーズをとっている。

しばらくして男は、片手にコーン・ビーフ・ハッシュの皿、片手に真鍮の貞操帯を垂らしてもどってきた。

貞操帯に気づいて、ハナの動悸(どうき)がゆるやかに高まった。

「ちょっと立ってくれ、ハナ、こいつをあててみるから。コイン・ボックスのせいで少々かさばる感じがするかもしれんよ。つまずいたら、左を下に倒れるんだ」

男がまた姿を消した後で、スツールに腰かけるのがそう簡単ではないことに気づき、ハナはコーン・ビーフ・ハッシュを立ったまま食べねばならなかった。

ハナが食べおわって一時間ほどした頃、ダニエル・ダニエルズはもう一人の女を連れて部屋に入ってくると、細いが丈夫な鎖をやはりカウンターに固定した。この女は赤毛だった。驚くほど赤い陰毛が貞操帯から勢いよくはみ出している。鎖は腰に巻きつけた真鍮の帯に繋がれていた。

男はまたちょっと出てゆき、今度は鮮やかなブロンドをつれてもどった。この女の鎖は足首のバンドに繋がれている。

後からやってきた二人はハナの六つの乳房と顎の乳首をちょっとものめずらしそうに眺めたが、何も言わなかった。三人はカウンターに等間隔で繋がれていた。

ブロンドはハナに微笑みかけてきた。奇妙な夢見るような笑みで、まるで鎖が反応するかどうか確かめようと、鏡に向かって微笑みかけているようなぐあいだ。自信はなかったがハナも微笑みかえす。するとブロンドは片手をあげ、自分の胸を撫でて、二つの膨らみを確かめた。が、赤毛は顔をしかめると、床に向かって唾を吐いた。両膝が痣になっている。

ダニエル・ダニエルズはカウンターに入り、トール・ドリンクを一杯、自分で作りだした。五分もかけてフルーツや野菜を慎重に刻み、形良くのせる。それからグラスを揚げて乾杯した。

「きみたち、我が憐れな唖の美女たちに乾杯。きみたちをたがいに紹介しなければならないこともあるまい。紹介して何の役にたつかね。コック&ブルでは、紹介などという形式的なことにはまずこだわらないのだ。確かに会費はとるがね。われわれがまったくとるに足らない下劣なものになることがわれわれの利益になるのだ。それだけではない、われわれは分別の塊でもある。唖の女だけがコック&ブルで働けるのだよ。悲鳴をあげたり、抵抗して叫んだりできない女たちだ。そんなことをすれば、いざというところでお客はやる気を削がれるかもしれんからな。唖ならべちゃくちゃしゃべって噂がもれることもない」

グラスの端から三日月形に切った胡瓜の切れはしをひろいあげると、それを酒に浸し、上品に噛んだ。

カントリー・ミュージックのMDを一枚選び、プレーヤーにさしこんだ。

九時半を過ぎる頃には店は活況を呈していた。お客たちはクローク・ルームで自分の服は脱ぎすて、カウボーイの衣裳に着がえていた。

ハナはテーブルの間を縫って、ウィスキーの盆を運んでいる。鎖がおが屑の中を後ろに伸びている。時おり飲んでいる男が鎖の上にブーツを置き、鎖が延びてハナの首を引張るのを待つ。ハナがげっとなって立ち止まると、もう一杯、みんなのおかわりを注文する。

ハナは余分な乳房のおかげでとても人気がある。乳房は吸われると乳を出す。お客たちはハナの鎖を捕まえてたぐり寄せ、乳首に鼻をこすりつけては吸いこみ、満足のうめきを漏らす。ハナの乳は美味しく、軽い催淫剤が入っている。

しばらくすると催淫剤が効きはじめ、ハナは連邦保安官の衣裳をつけた男に初めて本格的に使われた。男はハナの鎖を踏みつけ、ぐるぐるとたぐり寄せた。ハナは飲物の盆をあぶなっかしく支えた。男が五十ドル硬貨をハナの脇のスロットに押しこむ。友人たちが歓声をあげて冷やかすうちに、男は貞操帯をほうり出した。

はあはあ言いながら、友人たちがしっかりささえるテーブルに男はハナを押しつけた。ハナは緑のパッドに大の字にされる前に、何とか持っていた盆を床に置く。保安官はジーンズを半分まで降ろし、テーブルに這いあがってハナにのしかかった。剝出しの尻が空中に突き出し、男がハナにつっこむ。保安官のバッジがハナの乳房の一つにひっかかり、男がハナの上で上下に体を揺するのに合わせて、拍車のように乳房を引掻く。頭を左右に揺らすハナの頰を涙が流れおちる。

ことはすぐに終った。保安官はジーンズのバックルを締め、バーボンの水割りを注文した。ハナは泣きながらテーブルから降り、投げすてられていた貞操帯を手探りで探して自分の腰にはめる。冷たい真鍮がほてった肌を冷やす。飲物の盆をとりあげ、ふらふらと歩きだす。ただ一枚入った五十ドル硬貨がコイン・ボックスの中でからんからんと音を立てた。

時間が経ってくると、ウィスキーのせいで、客たちはオルガスムスまで達するのに時間がかかるようになる。時にはまったくいくことができず、絶対に届かないトリュフを掘りだそうとする豚のように鼻を鳴らし、息を切らしてハナの中で懸命になるのだが、しまいには心臓発作を起こすよりはと諦めるのだった。

いらだった叫び声で、他の二人の女の名がスカーレットとハニーだとわかった。酒場がさらに混んでくると、ハナと二人の同僚がいかにひどくこき使われているか、はっきりしてきた。しかもはじめからそのつもりであることもはっきりしていた。そう、これこそフロンティア精神というものだ。気分がささくれ立ってくる。客たちの一部は直接カウンターに向かい、自分で酒を注文しはじめる。中にはカウンターに座りこんで、瓶からがぶ飲みしだす者もいる。女を次にどっちが使うかで、喧嘩(けんか)が始まった。保安官とならず者が空砲を撃ちあい、プラスティックの銃身で殴りあっている。

カウボーイに一人がハナをテーブルにのせたところへ、誰かがバーボンを半クオート、男の尻にぶちまけた。酒のせいでハナもその相手も肌がひりひりして、おかげで男は果てないまま引き抜いた。

カントリー・ミュージックがでかい音でかかっている。

　レディの首には黄金の首輪を巻きつけろ
　かまうこたあねえ。女はそのつもりなんだから
　レディの膝に黄金の足枷をはめちまえ
　それが女の夢なんだからよ。自由でいるのは大嫌い

節くれだってハンサムなハンブルク出身の高級船員は、全部コンピュータが動かしている帆船タンカーの一隻から上陸許可で来ていた。声がばかでかい男で、髪は固い針金のような塊になって額から後へたなびいている。それが自分のマスコット、ギュンターという名の庭園用の小人をテーブルに置き、ハナが足を引きずりながら通りすぎるところを秘かにホロ・ムーヴィーに撮りだした。ヌード美人とノームがならぶのはなんてすてきだ。

ダニエル・ダニエルズがやって来て、コック&ブルにこっそりカメラを持ちこんだかどで、男に文句を言いだした。

「だけど、俺は世界中でギュンターの冒険を撮ってるんだぞ」船員は轟きわたる声で抗議した。「次にはギュンターがあの女とやるかもしれないんだぜ。このチビの仲間

の料金は俺が払うよ」

ジェイドは震えて目覚めた。月光に照らされて寝ていた。まるで月の冷気がジェイドの肌に触れたようだ。太陽からの光子の流れは、空に浮かぶ石でできた死の球体に反射して凍りつく。月——セレネ、嫦娥(じょうが)、ジュノー、月夜見命(つくよみのみこと)。月は今や女神や天上の女主人ではなくなっている。人間がその上に足を降ろした時に死んだのだ。

衣裳箪笥の扉が夜の間に自然に開いていて、ならんだ人肌に月明かりが影のように踊って燐光(りんこう)を発している。五十人の女性が衣裳箪笥の中にトランプのカードのように押しこまれている。どれもが無力なクイーンだ。

ジェイドは長椅子からとび降りて衣裳箪笥に駆けより、扉を閉めた。

「ハナッ」

泣き声をあげる。月明かりに照らされて寝たために、熱にうかされたのにちがいない。きっと気が触れたのだ。月のものがきた女のように。

屋根裏のビロードのカーテンを閉めた。けれど暗闇はもっとひどかった。まるで常軌(て)を逸した細かい月光の粒子が、まだ黒い空気の中で踊っている。自分の脳味噌が手当(あた)り次第に火花を散らしているようだった。

いや、本当に手当り次第なのだろうか。

自律性のある相互にリンクされた脳葉の中で、DATA－SWARM－MALEはジョーカーを切る用意をした。
いかにも女の子らしい声が歌う。自分の声にとてもよく似ている。とても音楽的だ。が、それでいてひどく断固たる声。

プラントとはなあに
あの人たちが作るところ
プラントとはなあに
育つ花！
プラントとはなあに——
男たちのための罠
トロイアの木馬
ユダの接吻！

このうたう声はどこから聞えてくるのだろう。
ジェイドはまたカーテンをひき開けた。とたんに声は消えていった。

8

五十日目の夕方、ジェイドは例の東洋人の人肌を着て長椅子にすわり、いつものように愛人を待っていた。皮を剝がれて誰か他の娘が着るために衣裳簞笥の中に吊るされることへの恐れは、もはやそれほど大したこととは思えなくなっていた。というのも、絵の中でのできごとを完全に誤解していたことに気がついていたからだ。

顔のないあの女性は、地平線の彼方から現れる特定の愛人を待っているのではなかったのだ。顔のない女性は日時計の傍らに相手の男とともに腰をおちつけ、ともに歳月の過ぎるのを数えたいと思ってもいなかったのだ。あの何もないアーケードいっぱいに笑い声を響きわたらせたいと思う性格でもなかった。

あのまじりけのない黄色の光の中、同時にあらゆるところから出ているようにみえる光の中では、日時計は何の時間も示さなかった。そうではなく、日時計――とあの女性――は時間の外にいるのだ。顔がないことから、彼女は愛のあらゆる苦痛、愛するものとの出会いの苦痛、愛するものとの別れの苦痛とは無縁のところにいるのだ。時間を映さぬ日時計以外には何もない広場、何もないアーケードはあの女性の外にあるものではなかった――女性の内にあった。だからこそ彼女にはそれを見る眼が必要ない。この環境は彼女自身の精神の構成を完璧に反映していたのであり、今ようやくあの女性は人生と感情の混迷の果てに、平安の境地に達していた。あの絵はよくある恋愛を描いたものでもなく、恋人を待っているところを描いてもいなかった。それはこの屋根裏部屋にこれまで住んだすべての住人が到達した心の平安、自分の肌を脱ぎすてることになるその直前に到達した平安の状態を描いていた。最後に勝利をおさめたのは、あらゆる犠牲を払っても自分自身の肌のままで愛されたいという欲求ではまったくなかった。そうではない、最終的にうち勝ったのは理想的な愛情の世界、肉体ではなく、人となりそのものが愛される世界へ逃げ出したいという熱望だった。次元を別にするその世界では、女は重さや実体、感覚をもたない、肉体の消えた肌でいることができ、それでなおかつ愛されることもでき、そうしてかくも苦悩と緊張のくり返しでしかない肉体の周期からついに自由となることができる――相手があたかもどこか遠くにいる神か、あるいは人工知能であるかのように愛されることができる。

嫉妬も情熱も、その影すらこの東洋人女性の肌にはまとわりついていなかった。彼女を着ている自分の姿が真鍮の把手に映るのを眺めてジェイドが感じていたのは平安だけだった。もう十分に待ったことは確かだからだ。解決不可能な謎とついに折合いがつけられたことも確かだからだ。愛の相手が到達するのを待ちながら、愛人が女としてのあらゆる儀式をこれほど短かい期間でくぐり抜けさせてくれたことで、ジェイドはひどくゆったりした満足感を味わっていた。今夜は衣裳簞笥の扉の片方を開けたままにしておいた。他の人肌たちはわたしを見てもいないし、わたしの存在に気がついてもいない。見て気づいてもいるし、同時にいない。

ほんのかすかに声がうたうのが聞えた。あまりに遠く、かろうじて聞えるか、聞えないかぐらいだ。

気をつけよ、気をつけよ
見つめる者に気をつけよ
そなたを、ただ髪だけをまとった
そなたを見つめる者に

大事に、大事にせよ
やつらが捕虜の隠れ家を
鎧こそはそなたが
身にまとうべきもの

備えよ、備えよ

怒りくるい、挑むために
そなたの人生、罠以外の
何であるか
そなたは稀(まれ)なれば、そなたは稀なれば……

ジェイドは頭の中を駆けめぐるこのリズミカルな文句を無視した。ラジオ放送にとびこんできた干渉みたいなものだ。するとそれは消えていった。死刑執行人の唇から憐れみの笑みが消えるように。

愛人がやってきたとき、かれは太った男で、胸も腹も波のように盛り上り、顎は砂丘のようだった。全身くまなく詰めものが入っている。

男はドアを叩きつけ、鍵をかけるのを忘れた。絵の方にはほとんど眼もくれようとせずに、あたふたと窓に近寄った。なんでこんなに急いでいるのだろう。なんてあわてようだ。だしぬけにまるでふさわしくない態度をとりだした。たしなみも何もあったものではない。

太っちょの尻が震えた。胸と腹が波打つ。頬がぴくぴくと引きつる。そしてこの時初めて、男の声が聞えた。縫いあわされた唇のせいでくぐもっている。窓の外を見つめながら、縫い目を引きのばすようにして、男は甲高いがはっきりしない声を絞りだした。

「こいつはひどい。早すぎる。先に言っといてくれなくちゃあ」

建物全体に震えが走った。地震に似ている。男の太りすぎの扮装も反応して揺れた。

雰囲気をぶち壊す男の無神経さに腹がたち、同時に何が起きているのかわからないまま、ジェイドは長椅子から立ちあがった。壁の絵が斜めに揺れている。まっすぐに直したかった。

太っちょがふりむいた。その時ジェイドは丸々太った片手に短かいナイフが握られているのに気がついた——刃は先端から二、三センチのところまで、赤い紙できれいに包まれ、金の糸で結んである。

「その人肌を脱いだほうがいい」べちゃべちゃした声で話しかけてきた。「準備してる暇はない。このアパート全体をぶち壊そうとしてるんだ」

二度目のショックが建物の土台に走った。いけにえになってもいい気分が消えてしまった。あれだけ長い間かけて用意してきて、どうしてこんなにせっかちで無作法になれるわけ。後ずさる。一番強い爪を唇の間につき刺し、縫い目を切りさこうとする。

「台無しにするなよ」

男がナイフを持ったまま近寄りながら、訴える。

もう口に小さな穴が開いていた。指を一本ねじこみ、布地をさらに破く。

「今わたしの肌をあげるのは嫌よ。雰囲気がまるでぶち壊しじゃない――わからないの」

思いがけない女の声に男はたち止まった。その瞬間、鍵をかけていなかった扉がばたんと開いた。オーバーオールを着た男が二人、それぞれ巨大なスーツケースを持って飛びこんできた。どちらも同じ、黒髪に小さな玩具のような顔をしている。兄弟にちがいない。まっすぐ衣裳簞笥へ向かうと、スーツケースを置いてぱちんと開いた。急いではいるがていねいに人肌をはずしては畳んでしまいこみはじめた。

また屋根裏部屋が揺れた。太っちょは突っ立ったままぶるぶるしている。

「エドワード、その人肌を脱いじまえ。絵の方は任せたぞ」

後からやってきた片方がいらだたしげに怒鳴(どな)った。

太っちょはまだナイフをジェイドの臍(へそ)の方に向かって振っている。

「その女の皮を剥いでる時間はないぞ」

「だって今度はぼくの番なんだぜ」太っちょが抗議する。

「急いでやったらその女の肌をだいなしにするだけだ。そうなったらなんて言われると思う。今はそのまま連れてくしかない」

「ちっきしょう」

太っちょはナイフをカーペットに叩きつけると、かさばった作り物の体からぬけ出そうともがきだした。まるで拘束衣を着せられたグロテスクなフーディニというところだ。両腕がずんぐりしているので、背中のジッパーに手が届かない。

「で……き……ないよ」

「がんばれ。こっちはこの皮がまだ半分も終っちゃいないんだ」

「さっきはきみにジッパーを締めてもらったんだぜ」

「女は何もしちゃいない。そいつにやらせろ」

「このジッパー、はずしてくれないか」

太っちょがジェイドに頼んだ。詰めものの入った背中と尻を向ける。

ジェイドはためらった。もうすぐ平安と理想的な愛が来るとあれほど期待していたのに。新たな衝撃が続けざまに建物に走り、たがいに重なりあって和音のようなうねりを生んでゆく。ジェイドはそちらは無視した——いま襲っている感情のショックに比べれば、そんなものは何でもない。

「教えて、あなたたちは何なの。教えてくれなければジッパーははずさない」

太っちょのエドワードはぶるっと震えた。

「教えてやるよ。ぼくらは剝製師だ。〈ケネディ・ケネディ&ケネディ株式会社〉だよ。女に詰めものをするんだ。あの人肌はみんなこれから中に詰めものをほどこすんだ。頼むから、急いでこれから出してくれよ。この建物はぶち壊されてるんだ。まだあと一週間は先だと思ってたのに。解体業者なんて信用できないぜ」

「つまりあなたたちが女性の皮を剝ぐのは、ただもう一度詰めものをするためだけだというわけ？」

「ふつうは誰かのお気に入りの娘で、保存したいやつだよ。コレクターが特注する場合もあって、おまえはむしろそっちの方だ。椅子とか帽子掛けとか、ビニール女を家具にするのから流行が移ってるんだ。本物の女に詰めものをするのが今の流行なんだよ」

「そんなのひどいっ。そんな人生なんて、娘の方はどうなるのよっ」

「いいかい、剝製女の値段は今うなぎ登りなんだよ。おまえなら有名なコレクションの目玉になるかもしれないんだぜ。外国の美術館に貸し出されて、何千何万もの客をうならせることになるかもしれない。どうだい」

「ということはわたしはあなたのコレクションに入るわけでさえないの？　わたしは誰か他の人間のものなの？」

ジェイドはナイフを拾った。重なった肌を通してさえ、表に出ている刃は触れれば切れるように感じられる。このナイフが自分の背骨に沿って切り裂いているところを思って、本物の肌に鳥肌がたった。そうしてこの三人の兄弟がわたしを転がして鮮やかに慣れた手つきで肌を剝ぎ、剝いだ肌を拾いあげて大喜びでふるうのだ。後にはわたしの中身がカーペットの上に赤い肉の塊として残される。たぶん、作業はひどくきたなくごたごたしたものになったはずだ。

「なあ、頼むからそこのジッパーをはずしてくれないか。床が揺れているのがわからないのか」

「わたしを注文したのはあなたたちですらないわけ？」

「剝製師がどんな金持ちだと思ってるんだ。ぼくらはおまえの運搬を請け負った。そうすればぼくらがおまえに詰めものをほどこして剝製にできるからな。それだけさ」

「でもあなたたちはわたしを抱いたじゃないの」

「それがどうしたっていうんだ。ちょっとした害のない遊びじゃないか。それだって肌に傷はつかないよ」

「わたしを抱いたのは、あなたたち三人ともなの、それともあなただけ？」

「もちろん、ぼくたち全員さ。なあ、頼むからさあ――」

屋根裏部屋の床はゆるやかに弾んでいる。天井からは漆喰（しっくい）が白い雨となって降っている。ジェイドはナイフの切尖（きっさき）をエドワードの牡牛のような首に突き刺した。相手は気がつかないらしい。ジェイドは刃を包んでいる紙がひっかかるまでナイフを突き刺した。が、エドワードはただいらいらそわそわしているだけだ。

「――ジッパーをはずしてくれよおっ」

そこでナイフを首から尻まで一気に引きおろした。ナイフは相手の膨れた尻の間から外に出た。

男は泣き声もあげなかった。人肌はただ二つに割れて落ち、エドワードはフォームラバーのスーツを脱ぎすてて、外へ踏み出した。二人の兄弟とまるでそっくりだ。ただ、他の二人はオーバーオールを着ているが、こちらは裸だ。

ぶるっと体をふるわせてジェイドはナイフを落とした。傷つけようと男を刺しただけでも十分ひどいものだった。が、その相手からまるで何の反応もないというのは耐えがたい。

「なんでそんなことをしたんだい」エドワードが脱いだ人肌をまとめながらつっけんどんに訊いた。「ジッパーをおろした方が簡単だったのに」

「あなたを痛めつけたかったのよっ」

「ぼくを痛めつけるって、いったいどうして」

男はわからないという顔をした。が、今や建物は不安になるほど横に大きく揺れだしている。

ジェイドはすすり泣いた。

「痛い思いをさせたかったのよっ。でもあなたはこれっぽっちも痛くなんかなかった。

全然何も感じなかった」

「癇癪なんて起こしてる場合じゃないだろ」

いらいらと言うとエドワードは絵を救おうと壁際にかけ寄った。

「ついてくるんだ、いいかい」

そして部屋から走りでた。

ボビィとジョニィは最後の数枚の人肌を、畳む手間すらかけずにぞんざいにスーツケースに詰めこんだ。二人まったく同時に蓋をばたんと閉める。空いている方の手でボビィがジェイドの手首を摑んだ。

「来るんだ。頼むから今着てるその人肌に気をつけてくれ。そいつはアーヘンバッハ氏のシナ趣味ショールーム向けなんだから」

「わたしの皮はどうなのよ」

ジェイドは手放しで泣きだす寸前だった。

「そいつにも気をつけてくれ。それがどこ用かはぼくらからは言わない方がいいと思う。プロの仁義ってもんさ、わかるだろ」

引張られたジェイドは踵を食いこませ、カーペットに溝が刻まれた。

「言わないかぎり、わたしは行かない」

「言っちまえ」階段から肩越しにジョニィがわめいた。「さもなきゃその女、ここから出せないぞ」

フケのように落ちてくる漆喰はますます厚くなっている。

「それはそれは名誉なことなんだぞ」ボビィが説明した。「あんたは戦争復員軍人会のための宝くじの一等賞品として注文されたんだ」

「戦争ですって。どの戦争よ」

「どの戦争かおれが知るか。どの戦争でもいいんだよ、違うか。全部の戦争さ」

外ではホバリングしているヘリコプターの中で、テレビ・カメラの撮影隊がアパート解体の撮影をしていた。揺れる建物から最初に飛びだしてきたのはエドワードで、素裸の体に例の絵とぺしゃんこにつぶしたデブの人肌を抱えている。ジョニィが後に続き、ボビィが殿（しんがり）をつとめながらスーツケースと一緒にジェイドと格闘していた。

ロボット・クレーンが容赦なく迫ってくるのを見て、三人の兄弟はぎょっとしてたち止まった。機械の巨大なキャタピラと車台が、道路の歩道から歩道までいっぱいに広がっている。両側に残っている建物よりも高く聳えている。その高く、垂れた鼻から解体用の鋼鉄の球が左右に揺れ、建物に食いこんで穴を穿（うが）っては反対側にはね返りながら、四人の頭上で振子になっている。

テレビ・カメラは逃げだしてきた四人をすばやくズーム・アップした。各家庭の視聴者たちは、ちっぽけな人間の蟻が巣から追いだされるのを見て笑った。解体球がたった今四人が飛びだしてきた建物の骨格に軽く食いこむ――煉瓦と石の破片を雨あられと降らせてから離れた。が、奇跡的に一つも四人には当らない。

エドワードは通りの真ん中を解体ロボットと反対の方へいっさんに駆けだした。が、ボビィはジェイドをしっかり握って、後を追わないように止めた。

「止まれ、エドワードッ。もどれっ。見ろ、建物がみんな揺れてるぞ――おれたちの姿を見たんで、超音波を使ってるんだっ」

「安全なのはクレーンの下だけだ」ジョニィが切羽詰まった顔で言う。「いそげ」

「エドワードはどうするんだ」

「ほっとけ。やつもツイてるかもしれん」

アパートの残った部分は両側ともぶるぶる震えている。二人の兄弟は進んでくるロボット・クレーンの下に駆けこんだ。ボビィがジェイドを後ろに引張っている。ここだけは動ける余地があった。台風の目のようなもので、破片の雨からは守られている。プラスティックの偽の眼の裏で、ジェイドは怖くて泣いていた。進んでくるクレーンの猛烈なべきべきがりがりが聞くに耐えなかったのだ。両側の巨大なキャタピラはごろごろと回りながら、その厚い金属板の下で煉瓦を粉々に砕いていた。

家庭の視聴者たちが喚声をあげる中、二列の建物はゼリーのようにうねり、いきなりすべていっせいに崩れおちた。建物を造っていた素材は二本のがらくたの丘が雪崩落ちるように、通りの真ん中へ向かってすべり出した――二本の雪崩はぶつかってたがいに押し合い、裸で走っていたエドワードをその間に押しつぶした。クレーンの下に避難した三人からは、エドワードが絵を助けようと空に放りなげるのが見えた。次の瞬間、エドワードは煉瓦の津波の下に引きずりこまれた。その後は喉をつまらせる埃が舞いあがって、視界はほんの一メートルかそこらになり、何も見えなくなった。避難したがらくたがクレーンのキャタピラに押し寄せると、キャタピラは止まった。避難した三人もしゃがみこんで止まるだけの才覚があった。

「気をつけろ」ボビィが言う。「次はおれたちを消そうとするぞ」

埃が肺に詰まって、ボビィは咳きこみ、喘息患者のようにひいひい言いだした。ジョニィも同じだ。どちらもゴミでいっぱいの眼を盲滅法にこすっている。

東洋人の肌を着ていたから、ジェイドはそこまでひどい目には合わずにすんだ。鼻の切れ目を片手で覆い、空いた片手でプラスティックの眼をぬぐうと、埃をすかしてかなりの距離まで見通せた。巨大な金属のキャタピラがうめき声をあげて身震いし、ゆっくりとその場でぐるりと方向転換しはじめた時、どうすればいいかジェイドにはわかった。クレーンが堆積物で両側ともふさいでしまう前に、ジェイドはがらくたの海に飛びだした。

家庭では視聴者たちが、眼が見えず耳も聞えなくなった残りの二人が、滑り止めがついて鉄板で装甲されたキャタピラに捕まる前にこの罠から逃げだすルートを何とか探しだそうとあがいているのを、赤外線のクローズアップで夢中になって見守っていた。東洋人の女が辺りを覆い隠す埃をぬけて滑らかに逃げだした姿には、見ていたものは皆驚いた。

残りの二人の兄弟も、あの厄介なスーツケースをほうりだすだけの分別を持ちあわせていたら同様に逃げだせたのだとは、大方の観客の意見が一致したところだった。〈セックス・テレビ〉のスタジオでライヴァル局の放送の中で話していたのは局長のモリス・レヴィだった。レヴィは埃がまだ収まろうともしないうちに電話をかけていた。

「あの女はぴったりだぞ。あれなら『グー・チョキ・パー』の二百回記念の放送に使える。ヘリを飛ばして、〈解体テレビ〉の阿呆（あほ）どもが気がつく前にあの女をものにしろ。持ち主はたった今死んじまったんだからな。

「ああ、なんだ。んなことはかまわん。手に入れちまえば、こっちのもんだ。催眠ガスで眠らせろ。どっちにしろあんだけのストレスの後だ、美容のためには眠らなきゃならん。あの女の精力を充電しなおすんだ。

「かかれ！」

9

DATA－SWARMドリームキャスト
一般配布
六月九日　時間：一二三五から〇一一五　タイム・ゾーン二
タイプ：三十三　種類：六

女は黄金の渚(なぎさ)と椰子と青い珊瑚(さんご)のそなわるこの美しい絶海の孤島にひとり流されて、ため息をつき、恋いこがれながらもう何年にもなる——二十一になったがまだ処女のままだ。

ある晴れた朝、黒い鯨(くじら)のようなものが渚に向かって泳いでくるのが見える。が、ちがった。うちよせる波からどんと出てきたのは、上陸用舟艇だった。

「海兵隊が来てくれたんだわ！」

女は喚声をあげ、両腕をふりまわしながら、新しくやってきた者を歓迎しようと駆けだす。

制服を着た男たちは何日も海で過ごして女に飢えていて、浜に乗りあげた舟艇のランプを駆けおりる。三十人はいるにちがいない。各自のライフルを麦の束のようにきちんと立てかけ、女が後で洗うように潮の染みついた服を脱ぎすてると、列をつくって並び、女を犯す順番がくるのを実に辛抱づよく、一時間かそこら、待っている。女は何度も何度もオルガスムスを迎える。今まで待っていた甲斐があるというものだ。

これがすむと、兵士たちは椰子の木を切りたおし、十分な広さの土地を囲んで作を作り、門と監視塔と兵舎と、それに囚人一人のための小屋を建てる。全部が上陸用舟艇から降ろした鉄条網で囲まれる。この強制収容所に、兵士たちは女を連行する——そしてそれ以後、この収容所の任務を勤勉にこなし、たくさんある規則に違反することを許さなくなる。

朝の起床らっぱ、正午の点呼、そして夕刻の行進で、ただ一人の女の囚人は気をつけの姿勢で立ち、三十人の衛兵の点検を受ける。それ以外の時間は、便所を掃除し、世話をする責任を負わされた菜園に堆肥を運び、衛兵たちの服を洗濯し、繕い、料理をすることでつぶれる。夜には、厳格な軍隊勤務当番にしたがい、部隊の無聊をなぐさめる。

ときおり、女は男たちがやって来る前の、もっと単純で動物のような生き方の頃、風のように自由だった頃を思い出して、なつかしさのあまりため息をつくこともある。もっともふだんはそんな昔をふりかえるような余裕はほとんど無い。それに実のところ、白状すれば、男たちが来る前の生活は空(むな)しいもので、目的も規律も何もなかったのだ。なにか大事なことが起きるまで、ただ時を刻んでいたに過ぎなかった。

ある晩、司令官が椰子の葉で屋根を葺(ふ)いた自分の執務室に女を呼びだした。

「囚人番号一番(プリズナー・ナンバー・ワン)」司令官の声はきびきびしている。「我が義務としておまえに告げるが、現在世界戦争が起きている。ここ以外の惑星全土は自滅した。おまえはおそらく最後に生きのこったただ一人の女であり、われわれは人類全体の未来のために、おまえをごく慎重に警護するためにここに来ている。いずれかの上部基地と連絡がとれるまで、われわれはわれわれに課せられたこの神聖なる任務を遂行する所存だ。囚人、解散！」

この瞬間、女はこれまでの人生でかつてなかったほど、自分を大切なものに感じる。そして歳月が流れ、鉄条網のかなたに見える黄金の砂浜で上陸用舟艇が錆ついてゆき、衛兵たちが一人またひとりと熱帯病に倒れてゆくにつれて、女は自分こそが生きのこっている男たちのただ一つの目的であり、自分が義務を怠ったり、あるいは倒れるようなことがあれば、男たちの人生もまたかつての自分の人生と同じく、虚ろなものになることを悟る。

やがて生きのこっているのは司令官だけになり、彼もまた死にかける。最後の苦しみが始まると、司令官は勇敢にこれに耐え、女の肩を借りて門までよろめきながらたどり着き、ただ一つの鍵をジャングルの方へほうり投げる。このおかげで司令官は死に、女は泣く。長い間、女は手の届かない鍵をながめて過ごす。それから嵐でできたたくさんの穴は無視して、決然たる足取りで練兵場へもどり、太陽が沈むまでそこに気をつけの姿勢で立つ。日没とともに自分の囚人用小屋にもどって夜を過ごす。その晩、敷地の中は月明かりに照らされて、人影もなく、物音もしない。が、女の心は満たされている。

DATA－SWARMドリームキャスト
限定配布：ジェイド
六月九日　時間：〇二三〇から〇三三五
夢源：キャシィの脳ネット記録
アクセス・パスワード：大虐殺はわが娘

キャシィが梱包の中から見あげていたのは、ハーマン・デトワイラーの、年老いてなお赤ん坊のような顔だった。その顔は移植した皮膚のようにすべすべしてピンク色だ。反射的に顔をそむけ、マリがつけた傷を隠そうとする。もっとも傷は今ではもう肌にかかったこれ以上ないほど細いブロンドの髪の毛と見分けはつかず、白い大理石のような肩にほんのわずか、髪の毛一筋の線が入っているだけだ。

オーナーが明るい笑顔で見下ろしている。

「パーティーが始まるぞ！」

とたんにキャシィは起きあがったが、急激なその動作で頭がくらくらする。

ここは摩天楼のどこか上の方にあるオフィスだ。ローズウッドのデスクのむこうの大きな窓の外に、もっと低い建物の先端が靄をついて突き出ているのが見え、その上の方の斜面は光でまぶしい。もう午後も遅いのだ。部屋には隅々まで青とクリーム色の中国製絨緞が敷き詰めてある。日本の武士の怒り顔の甲冑が、扉の脇に護衛として立っているのが殺人ロボットのように見える。ロシアのイコンが数枚、あちらこちらにある。この部屋の大きさと贅沢さだけ見ても、入居している人間がこの上なく重要な存在であることはわかる。

あたし、金持ちになったんだわとキャシィは思った。

ハーマン・デトワイラーがかがみ込んできたので、キャシィは唇をキスの形にすぼめて眼を閉じた。

が、相手は待っている唇には眼もくれなかった。代わりに左の乳房をまさぐり、乳首を摑んで煙草入れを引きだした。

「何を入れたんだ。メンソールだと。ふざけるんじゃない。ゴールドかメスカーレスぐらい入ってるだろうと思ったぞ」

キャシィは眼を開けた。

「でもそれはただの見本よ」笑顔を作る。「えー、なんと呼べばいいの？」

「私はふだんはHDで通ってるが、おまえはハーミーと呼んでもいいだろう。見本だということぐらいわかっとる。だが、あれだけのカネを払ったんなら少しはマシな見本だろうと思ったんだ」

抽斗をしっかりつかむと、完全にはずそうとする。

「きゃっ」キャシィは悲鳴をあげた。「ごめんなさい、ハーミー、それは無理よ。はずれないようになっているのよ。誰かお土産にもってってしまうなんてできないわけ」

「入れるのがちょいと面倒だな」ぶつぶつ言いながらメンソールをすくい出し、両手で焼却口に運ぶ。「たまたまちょうどここにゴールドをたっぷり置いといたのは都合がよかったわい。机のそばにおいで、詰めといてやろう」

キャシィは梱包から外へ踏み出した。長い脚を伸ばし、両腕を頭の上に伸ばす。と、節々がポキポキポキと鳴った。

責めるように自分の胸からつき出した空の抽斗と、そこからたちのぼるメンソールの消毒剤のような匂いに、島の技術屋たちに腹が立った。が、その時、広いデスクのむこう、HDの後ろも見やると、今いる都市の商業活動中心地の本当の規模が眼に入って、思わず息をのんだ。摩天楼が八十階から百階分、まっすぐに落ちている底にあるのは、人混みで埋まり、ちっぽけなネオン・タクシーが群がる霞のかかった夕暮の街路だ。十車線の高速道路。サブリミナルの背景を埋めこんだ広告データをひらめかせている巨大なディスプレイ群。目抜き通りの上には身長百メートルのゴーゴーガールが繋がれて浮かび、コンピュータ制御でインドのセックスの体位をひとつ残らずゆっくりと実演している。手足のそれぞれにガスが通り、ケーブルが引いたり延ばしたりしているのだ。

「まあ、ハーミー、こんなの信じられないわ」

「わかったわかった。もう少しこっちへ来てくれないか」

ＨＤはデスクの傍らを励ますようにとんとん叩いた。極上マリファナのカートンを見つけ、二、三箱、封を切っている。

「何本入る」

「キングサイズで三十本よ、ハーミー」

「少なくともその点はケチらなかったんだな。いいか、よく聞いとけ。パーティーの間に残りが少なくなったらいつでもいい、すぐに私のデスクから補充するんだ。十本以下にならないようにしろ――ケチに見えるからな。私はケチな人間ではないんだ」

「そうでしょうね」

男が半ダースずつ自分の胸に煙草を詰めるので、キャシィは声に出さずに言った。男は自分でもゴールドを一本取り、キャシィの右側の乳首を押して、煙草を押しつけた。

「どうやるんだ、ただここに当てればいいのか、火はどこだ」

「ちがうちがう。乳首を押せばいいだけだったら、すぐ後に火をつけようとした人は指を火傷しちゃうでしょ。こうやるのよ」

キャシィは乳房の下側を親指と人差し指で絞った。乳首が明るい鮮紅色に輝きだした。

HDはゴールドを二、三度ふかすと、縞瑪瑙の灰皿に押しつぶした。

「おまえの電池がなくなったら、どうすればいいんだ」

「ご心配なく、ハーミー、あたし自分で充電するわ。簡単なのよ。乳首は反時計回りにまわすとはずれて、細い電線が出てくるの。それをカミソリ用のコンセントにさしこめばいいのよ」にっこりする。「あたしの使い方、簡単でしょ」

「じゃないと困る。それにもうパーティーはあっちで盛り上がってるからな」

男たちの一部はすでにかなり酔っぱらっていて、騒々しくなっていたが、ゴールドが到着し、それにしたがい空中にマリファナの靄が漂うようになると、いくぶん静かにさせる効果があった。高級麻薬の気持ちの良い芳香を吸いこんで、キャシィはゆったりとした気分になりだしたが、たいていのスモーカーが抽斗を閉めるのを忘れるのにはいらいらする。本物の紳士なら、ちゃんと後は閉めるものよ。こんなにいつも抽斗を出したままにしていたら、あたしの容姿がだいなしじゃないの。とはいえ、ハーミーがケチに見えるのは困るから、自分で抽斗を閉めたくはなかった。

ビュッフェのテーブルから自分でカナッペをいくつかとって食べ、小さなオートミールのビスケットに載せた代用スジコに味をしめた。

ゴールドに火をつけようとして、誰かがキャシィの乳首で指に火傷し、水ぶくれを舐めながら跳ねまわっている。

「この女、熱いぞ——気をつけろ」

それでも、冷たいビールがあればたいていのものは治せる。怪我した男はすぐにどすんばすんと仲間の方へもどっていった。

みんなはおもしろがってキャシィの胸に触った。抽斗がどんな具合についているのか、見てみようとしたり、全体を捻って取り外しができないか、試そうとする。キャシィはそういうことはしないでくれと、穏やかに断わらなければならなかった。

HDは部下たちにはにこにこして滑らかに動きまわり、先々のグループでたち止まっては冗談を言ったり、背中を叩いたりしている。が、それ以上には話に加わってはいなかった。男が酒を飲んでいないことにもキャシィは気づいた。

「缶を一本とってきましょうか、ハーミー」

女の気づかいに男は笑みを浮かべた。

「ああ、そういう類のことは他の連中にまかせているんだ。いいから、連中とおしゃべりしてきな、キャシィ。今夜は、みんな、大いに楽しむ番だからな」

ほら、彼、名前で呼んでくれた。


後になってHDとともに家に帰るのに、キャシィは遠くまで行くこともなかった。彼は同じ摩天楼の屋上のペントハウスに住んでいたのだ。

男の鎧兜(よろいかぶと)のコレクションが廊下や部屋に立っている。幽霊のような衛兵の大部隊の輝く刀は鋭く研いであった。壁龕(へきがん)や扉の裏に、アルマジロにも似たこうした人型が剛毛の髭と空ろな眼窩をそなえ、ゆらゆらと立っている。女が刀の一本に触ろうと手を伸ばすと、HDはその手をはねのけた。

「それはやめるんだ。おまえの汗で刃が錆びる」

従順に男の後について寝室に入る。華麗な繻子(しゅす)のキルトのかかったベッドは、ヘッドボードのまわりのたくさんの電球の後光で照らすこともできるが、今は薄暗く調節してあった。

「それじゃ、ベッドに入ってて扉を大きく開けたまま出ていった。


「それじゃ、ベッドに入ってろ」

HDはそう言って、扉を大きく開けたまま出ていった。

三十分後、もどってきた男は青いカシミアのドレッシング・ガウンを着て、口に火のついていないハバナ葉巻をくわえていた。キャシィはベッドの上に横になり、体を開いて男を待っていた。

「自分が誰かの持ち物っていうの、とてもいいわ、ハーミー」とつぶやく。

HDはキャシィの上にかがみ込み、手で乳房を摑む。キャシィは感にたえぬように身悶(みもだ)えしたが、実際には人工の仕掛けが収まっているからほとんど感覚は無い。

何回か満足そうにパフパフ音をたててハバナに火をつけると、HDは身を起こし、最初の大きな煙の雲をはきだした。

「ふうう、これが欲しかったのさ。どこにもライターが見あたらなんでな。おまえはたしかに役に立つようになるよ、キャシィ。おかしなことだが、近頃じゃヤクを吸わないと、現代のビジネスをやる頭は無いってことになってるのさ。だが、私に言わせれば、古き良き葉巻にまさるものはないいね」

10

オナニー・マシンにもいろいろな種類がある。

もっとも単純なタイプでは、ユーザーは席に座り、エロティックな映画を見ている間に機械の柔かい触手が刺戟（しげき）する。

もっと複雑なモデルでは、ユーザーはコンピュータから直接神経に入力を受ける。このコンピュータには圧力パターン、香りのプリント、熱と湿り気の勾配、それに記憶装置に記録された数千ものそれぞれ異なったセックス・パートナーのため息やうめき声といったものを備えている。

セックス・テレビが放送で使うフィーリーカウチはもっと複雑でデリケートな仕掛けだ。

頭上に吊るされたものと、マットレスに埋めこまれた二組の感覚受容機の間に知覚フィールドが維持され、このフィールドが愛の気分と性交の興奮と恍惚（こうこつ）をすべて感知し、増幅したものが暗号化されて契約家庭に送信される。受信側ではデコーダーと誘導ヘルメットが備えられていると同時に、スタジオで起きていることが視覚的に画面に映しだされる。

スタジオ内の観客はギリシャの劇場のように急傾斜の階層をなして舞台の周囲に設けられた席につき、座席には誘導ヘルメットと安全ベルトが備えてある。ここで観客は愛の行為を離れたところから眺めると同時に、起きていることを肉体でも感じることができる。

その晩七時には、人気番組の二百回目をうずうずしながら待つ老若男性でスタジオ内の席は満杯になっていた。いずれも軽くて吸収性のあるスポーツウェアに着替えてから、席のベルトを締めている。今はみなおしゃべりしたり、笑ったり、ポップコーンを頬張ったり、手に握った金をふりまわしたりしている。この金は出演者の服を競りおとすためのものだ――『グー・チョキ・パー』はセックスの一大ショーであると同時にゲームでもあり、オークションでもあるからだ。

司会者がジェイドをステージに呼びだすと観客は喚声を上げ、口笛を吹いた。ジェイドはまだ例の東洋人の肌をまとっていたが、今はその上に魅惑的な黒いラバー・スカートと網目タイツ、それにボレロ・ジャケットを着ていた。仕上げに履いているのはフェティッシュなスパイク・ヒールのブーツで、これは観客が争って競りおとそうとするにちがいない。唇は例の屋根裏部屋で破ったままで、まるであまりに長い間ヤクをやっていたのでわずかにぎざぎざになったか、できものでもできた、というようにみえる。

「どうもどうも、どうです、ちょっとしたもんでしょう。皆さんに気に入っていただけると思ってました。さて、ではご紹介しましょう……ジェイドの恋人役です。毎回ご覧になっている方はこの若者をご存知でしょう。しかあし、この似合いのカップルは今この瞬間まで一度もたがいに顔を合わせたことはありません。では、お呼びしましょう、ロビー・オシェイ！」

観客の喚声が倍になり、ロビー・オシェイがプロボクサーのように頭上で両手を組みながらステージの反対側から現れた。

「わたしの……恋人……？」

ロビー・オシェイはひどく背が低く、髪を剃った大きな頭には骨相学でいう頭蓋の隆起がいくつも膨らみ、どれにも赤インクできれいに文字が書いてある。大きな顔には愛想はいいが、虚ろな笑いが浮かんでいる。タータン地のスパンデックス・ショーツをはき、緑と金の縞のシャツに金のラメの入ったタキシードという服装。足が乗っているのはゴム草履だ。そして首には白いスカーフがまつわりついていた。

「大事なのは感覚で、見かけではないよ」司会者がジェイドの耳に囁いた。「やつはいい道具を持ってるんだよ。実際……まあ、他のところではちょっと弱い分を補ってあまりあるんだ」

相変わらず虚ろな笑みを浮かべたまま、ロビーはきどった足取りで近づくとジェイドの尻を軽く叩いた。一語ごとに河馬のように大きく口を開けながら、ゆっくりと言葉をこねくり回してしゃべる――が、ジェイドにはひと言もわからなかった。

「こいつは少しばかり阿呆なんだよ」司会者が囁いた。「ただ、芸のやり方はわかってる」それから大声で呼ばわる。「ではまずはじめに――スポンサーから一言」

先の尖った角と固い竜の尻尾を備えた赤と緑のロボットが、眼をぴかぴか光らせながらキャタピラをからんからんと回してステージに上がった。片方の前足に鎖を一本握っており、鎖は裸の黒人少女の首にはまった銀の首輪につながっている。少女は飢えきっているようで、両脚は今にも折れそうに曲り、太鼓腹で肋骨が浮いている。ロボットが止まると少女はロボットの脇腹のスロットに手を入れ、チョコレート・バーをひとつ取り出し、物欲しそうにさし上げた。ロボットの胴体からピアノ音楽がポロンピロン鳴りだし、少女が歌いだした。

チョコラート
チョコラート
チョコラート・タイム

ようゝ あたしには
ドラゴン印ぃ

歌いおわると少女は包み紙を破り、バーをまるごとがつがつと口の中につっこんだから、それはまるで縛り首になった人間の膨れて黒い舌のようにつき出した。

ロボットはキャタピラの上でくるりと向きを変え、少女を引張ってステージから消えた。鱗（うろこ）のついた緑の竜の服を着たドラゴン・ガールたちが銀の盆に載せて観客たちの間にチョコラートをくばって歩いている。ほとんどの客が一、二本、チョコレート・バーを買いもとめてかきこみ、フィーリーフォンはその快感を拾った。

ジャズ・コンボがステージ下のピットから勢いよく演奏を始め、ジェイドとロビーはビートに合わせて体を揺らしだした。音はすぐに大きくなり、サックスが三回、大きな音を出した。三つめの音と同時にジェイドは拳をつき出し、ロビーは開いた手を出した。パーはグーに勝つ。そこでジェイドはブーツの片方を脱ぎ、スタジオ内の観客に掲げてみせた。

「十ですか」司会者が叫ぶ。「二十。三十……」

ショーが続くように、観客は先を争って競りあげたから、ブーツの片方は七十で競り落とされた。案内嬢がブーツを買い手のもとへ走って届けると、ジャズ・バンドがまた演奏を始める。ジェイドとロビーは体を揺らし、両腕をふりまわす。サックスの音が三度。

ジェイドはまたグーを出した。ロビーは指を二本出す。

チョキでグーは切れない。ロビーの白いスカーフは四十稼いだ。

ジェイドが服を全部失い、ロビーがスパンデックスのパンツだけになった時、音楽はテンポを変え、じらすようなグリッサンドとなって、すばやく音階を上下しはじめた。ロビーは東洋人の肌をまとうジェイドを上から下へ下から上へと眺め、いただきまあすと言うように舌なめずりをすると股間が膨らみだした。胸と両腕両脚もみな筋肉が盛りあがる。ロビーはパンツの中に両手をすべりこませると、一気に引きおろした。観客から賛成の咆哮(ほうこう)がわきあがる中、ロビーの一物(いちもつ)が束縛をのがれて完全に勃起し、ジェイドを指してすでに的に突きたった矢のようにぶるぶる震えた。陰毛の房は明るいオレンジ色に染められていた。パンツの方はプレゼントとして観客に向かってほうり投げた。熱狂的なファンが何とか摑もうと安全ベルトをぎりぎりまで引張った。

電気のような期待感がスタジオいっぱいに漲(みなぎ)った。これは幻覚ではなく、実際の電磁的反応だった。

「ちょっと漏電が出てるぞ。観客からのフィードバックがある。空中に感じられるぜ。スタジオ全体がフィーリーカウチになったみたいだ」

「メインのラインからのフィードバックはあるのか」

「いや、ただあふれてるだけだ。今日はDATA-SWARMが臨時に入ってるんだ。あのでか頭、何が欲しいんだろうな」

「多分霊感のもとを探してるんじゃないか」

「このまま続けるのか」

「二百回記念の番組をキャンセルなんてできないだろ」

ジェイドはフィーリーカウチの上に仰向けになり、体を大きく広げた。ロビーは足の方からカウチに上り、よつんばいのままジェイドの脚の間に進んでゆく。

男がひどく太い。ドラムの皮のようにぎりぎりまで引張られ、その上で興奮のスリルが脈打ち、乱れ舞いながら一つの強烈なリズムに合流してゆき、ジェイドはそこに乗る——大波に乗ったサーファーのように、もう少しで崩れおち、泡となって爆発しようとしている巨大な波の上でバランスをとる。が、まだだ、まだ来ない。東洋人の肌をまとい、ジェイドは津波に乗っている。その頂上で釣合いをとっているジェイドの下の深い海は怪物のような感覚が詰まっている。頭の中で波の咆哮が轟く。観客の咆哮だろうか——今聞えているのはどっちだろう。波の咆哮の下から、セイレーンの頭蓋声が頭の中で歌いだした。

深く植えろ、深く植えろ
男が種撒きゃ、男が刈り取る

この脈打つ熱、この血にあふれるリズム。予想していたよりも遥かに大きなこの感覚。これはいったいどこから来るのだろう。頭に数字の書きこまれたこのドワーフが本当にわたしの生涯の伴侶なのだろうか。それとも世界の半分がわたしの愛人なのだろうか。そんな感じがする。空気そのものが恍惚として歌っている。バチーンと音がしてヒューズが飛んだ。オゾンの匂いをかいだ。

だしぬけにロビーががばと身を起こした。手で頭をはたく。まるでレスリング・マットで降参しているようだ。ジェイドの上に覆いかぶさる。胴まわりと質量が膨らんだようだ。百人分の肉体が一つに捏ねあげられ、百個のリズムが一つになって突っこんだ。

「加減抵抗器が吹飛ぶぞっ」

「フィーリィ漏電だっ」

「輪姦フィードバックだあ」

観客は安全ベルトを締めたまま倒れていた。スポーツウェアは汗に濡れて染みができている。血の染みもある。若者の一部は肋骨を折っていた。客席のある層から絶叫と泣き声が響けば、別の層からは観客が自分で手当てしているのだろう、低いうめきが聞える。焦げた絶縁物と灼けたケーブルの匂いがあたり一帯にたちこめていた。

家庭では満腹した視聴者たちが画面を見つめていた。どうしていいかわからない者もいれば、喜んでいる者もいた。すでに電話にとりついて、東洋人の娘と接触しようとしている連中が多い。ドラゴン印のチョコラートを大量注文しようと電話している者もいる。

ジェイドはくすぶっているフィーリーカウチの上で意識を失っていた。

ロビーがその脇にうずくまり、心震に身もだえしている。そのペニスは半分剝いたバナナのように裂けていた。

11

DATA-SWARMドリームキャスト

限定配布：ジェイド（意識はないが受信可能）
六月十一日　時間：二〇三〇から二一一五
夢源：マリの脳ネット記録
アクセス・パスワード：大虐殺はわが娘

小便と糞便の匂いが朝のそよ風にのって漂ってきた。マリは眼をさまし、伸びをする——次の瞬間、その瞳がふくれて満月になる。警戒だ。

アルヴィン・ポンペオが檻の格子に寄りかかっていたからだ。手には鞭がある。

「朝食には何がお望みだ。夕食に手をつけていないじゃないか。気むずかしい小娘だな」

鞭を捨てると、先に鈎のついた竿を使い、挽肉ときざんだ生野菜の盆をひき寄せ、スロットの一つから中身を残飯入れにあける。

「半熟卵とコーヒーだよ」マリはわめいた。

猛獣使いはひくく笑った。

「じゃあ、缶から開けたてのちゃんとしたキャットフードを出してやろう」

外の蛇口で食べ物の盆をかたちだけざっと洗う。キャットジョイのちっぽけな缶をとり出して蓋をひき開け、どろどろの黒い中身をぶちまけた盆を檻の中にもどす。

「食うだけは食わないとな」

マリはベッドからすべりおりた。

「その前にトイレを使いたいんだ」

「眼の前にあるじゃないか」

「人に見られずにだよ」

「そらあだめだ。自分の動物たちが排泄行為をするところを自分の眼で見なくてはいかん。それで、虫がわいたり、病気になったりしてるのがわかるからな」鞭をとりあげる。「さあ、やれ。恥ずかしがることはない。おれは慣れてる」

「承知しました、オーナー様」

マリは格子の上にうずくまり、小便した。

「次は糞だ」

「出す糞なんかないよっ」

股の間を手でぬぐい、その手を中の蛇口で洗った。アルヴィンの鞭を持った手から眼を離さないまま、気のない様子を装い、檻の格子にぶらぶらと近づく。と、盆をひったくるとさっと跳びずさった。最後に食べてからまる一日たっている。思わずがつがつかきこんでしまう。キャットジョイももう少しでいけるところだ。暖めた方がおいしくなるかも。いや、だめかな。

「もっとちょうだい」

「なにか芸をしなくちゃな」

「芸なんてなにも知らないよ」

「ほう、そうかあ。そいつはすぐに矯正しよう」

「もっと食べ物をちょうだいよ」マリは頑固に言いはる。「自分の動物を生かしておきたいんなら、食べ物をやらなくちゃだめじゃないか」

「ひとつ、ちょいとした芸はどうだ」

「なんにも知らないったら」

檻の鉄格子に鞭がひらめいた。

「何をしろってんだよ」

「よしよし、それでこそいい子だ。はじめは簡単なものでいい。仰向けにころがって四本の脚をばたばたさせてみろ」

マリは仰向けに寝転がった。

「ロックンロールだぜい」

アルヴィン・ポンペオはキャットジョイのミニ缶をまた一つ開けた。

朝食のあと、マリは弱い陽の光のなかにすわり、周りをとりかこむ高層ビルを見あげた。主婦たちがベランダを動きまわり、マットレスを干している。ときおり、ヘリコプターが頭上をぶんぶん通りすぎる。午前も半ばになると空気がガスで臭くなりだし、マリは頭が痛くなった。アルヴィン・ポンペオが檻を開けにもどってきた時、かれは鼻にフィルタをつけていた。

「このくさい匂いは何なの」

「汚染だ。日によってひどい時もあれば、ましな時もある。他の猫たちは気にならないようだな」

「あんたにどうしてそれがわかるわけ。あたしにも何かフィルタをちょうだいよ」

「そりゃだめだ。フィルタは猫の鼻には合わないんだよ。さあ、おまえの檻に入るぞ。〈忠実な僕〉の味を覚えているといいがな」

マリは化粧台が置いてある隅にひっこんだ。

「覚えているらしい」

笑いながらアルヴィンは鞭の先をひらめかせた。一瞬、痺(しび)れるようなショックがマリの手首に走り、すぐにほどける。

「いい子でいると約束するか」

「するよ、するよ」

早口で言いながら、片手で手首をかばうが、痺れたゼリーのようになった手首にはピンや針が突き刺さっているようだ。

「その約束、仕上げるまでに本気で守るようにしてやるかなら」

ポンペオはわめいた。

12

セックス・テレビの局長は、二十年ほど前、ミサイル迎撃ミサイルの暴発で市街地がえぐられてできた、二キロ四方ほどの湖の畔に海の家をもっていた。この小さな家は日本の民家と寺院を折衷したスタイルで建てられている。瓦屋根、朱色に塗った柱と垂木、畳、それに菊が装飾に描かれた襖。

ジェイドは壁龕の一つに作りつけた、タイルを張った深い風呂の中にすわり、東洋人の肌を塗らしながら、湯気のたつ湯がゆっくりとピンクに変わってゆくのを見ていた。悪夢から覚めながら、外でヘリコプターが離陸してゆく轟音が聞えていたのを覚えている。セックス・テレビ所有のヘリにここまで運んでこられたにちがいない。

小さな抽斗が何十となくついた、赤い漆塗りの箪笥が座敷にあるのが眼に入った。その上にモリス・レヴィが蒐集した、昔ながらの漢方薬がかなりたくさん載っている。背の高いガラス壜の中に漬かった蛇、朝鮮人参、牛の睾丸。

やがて車が一台着き、モリス・レヴィ本人が大股で家に入ってきた。

「風呂か」

口笛を吹きながら服を脱ぎ、脱いだ服は呉座の上に脱ぎちらかす。異常にふくらんだ白い静脈のような縫い目が両腕両脚に走り、その肉の部分は何かの機械で部分ごとに型押しされ、骨にまきつけられて熱で固めたようにみえる。たぶん、なにか高度な外科手術、骨全体の移植でも受けているのだろう。睾丸は硬く、ゴムのようで、皺になっている。

ジェイドはピンクの湯の中に手を伸ばし、栓を抜こうとした。

「お湯をむだにするな」

レヴィが怒鳴った。

「でも、血が入ってるわ。わたし、出血してるんです」

「血と海水は化学的にはほとんど同じだよ、ジェイド。われわれは海で泳ぐのは気にしない。どうして血の風呂に入るのを気にしなくちゃならんのだ。血は医薬品――だからこそ輸血するんだ」

「海に入ったことはないわ。汚なすぎるもの」

「海の真ん中の海水浴用プラットフォームに飛べば、水は十分きれいさ。気持ちいいぞう」

縫いあわされた男は風呂に入り、ジェイドの正面に体を沈めた。

「わたしは老人だが、男盛りだ。いろいろなことをして男性能力を保っているが、中にはおまえから見ると妙なものもある」

レヴィはジェイドの膝の間に自分の膝をねじこみ、女の脚をむりやり開いた。ジェイドは血が湯に染みだすのを感じる。

「中国では、男性能力がなくなるのは墓場への第一歩という諺がある。わたしほどの年になると、死の塵を寄せつけないためには、たくさんのものが必要だ。朝鮮人参、黒真珠、蛇、犀の角、木天蓼なんてのはごく一部だ。それにそういうものは効き目が悪くなる。わたしは生きている生物のエネルギーの流れから力を得ている。ほれ、この少量の血ですら、役に立つ。もう膨らんできた」

男は近くの床に置いてあった壜に手を伸ばし、栓をはずすと、灰色の粉末を盛大に湯のなかに播いた。粉は液体に触れると沸騰して泡をたてた。ぴりっとする匂いがジェイドの鼻をくすぐる。

「それ、なに」

「特別の調剤だ――カネのある男専用のな。これが刺戟してくるのを感じないか」

モリス・レヴィは風呂に漬かったまま体をくねらせ、ひきつらせている。

東洋人の肌のおかげで、ジェイドは粉末の最悪の効果はまぬがれていたが、前と後立つ湯のなかに長々と体を伸ばした。

ろの穴は別で、そのまわりの湯が泡立つにつれ、うずきだした。

「これ、痛いわ」

文句を言う。体を引きあげ、風呂から出た。男は女が出るのを止めず、ぶつぶつ泡立つ湯のなかに長々と体を伸ばした。

襖の奥の押入れに、寝具、シーツ、服などがしまわれているのを、ジェイドは見つけた。ナプキンを一枚とり、体から漏れるものに栓をしようと、固く丸める。丸めたナプキンを入れるためにうずくまった時、ぴちゃぴちゃいう音が風呂から聞えてきた。

モリス・レヴィが現れた時、腰にまいたタオルは、かたく長い勃起で前方につき出ていた。彼は冷蔵庫に向かい、二匹の伊勢海老をとりだした。海老の脚と鋏(はさみ)は折れていたが、まだ外れてはいなかった。冷えた海棲(かいせい)生物は、まるで冷えきらない用心というように、触角をぼんやりと動かしている。

ジェイドはぽかんと口を開けて見とれた。

「なに、それ。生きてるの？」

「これは伊勢海老だ。もちろん生きている。わざわざ空輸させたんだ。興奮剤としては海胆(うに)の方がもっといいがな。海胆は引き潮の時の海のような匂いがする。中を見ると、女の陰唇に似ているよ。残念ながら、あまりとれない」

　磁石のラックからナイフを一本はずすと、慣れたしぐさで手首をひらめかせ、伊勢海老の節になった殻を開きにかかった。剝出しになったピンク色のまだ濡れている肉を、泡のついた小さな切れ端になるまで切り刻んだ。

　男がディナー用の皿に移した時も、伊勢海老はまだ触角を動かし、折れた脚でかすかに皿をこすった。脚がかちかちいう音は、編み針のようだ。皿をもってジェイドが座っているところへ来ると、向かい側にあぐらをかいて腰を降ろし、皿の片方をジェイドのように押しやる。縫い目のついた長い指を箸にして、自分の皿の伊勢海老の泡だらけの背中をそっとつつき、濡れた肉を唇に運ぶ。

「食べろ、ジェイド。エネルギーをちゃんと補充しなくちゃいかんぞ。おまえは血を失なっているんだから、伊勢海老の色は食べるのにちょうどいい」

「でも、血は止めたわ」

　皿の上の伊勢海老は、もぎとられた脚と苦痛という、普遍的ともいえる身ぶりの言葉で物言わぬまま、自分を非難しているようにみえる。ハナの濡れた眼、もの言わぬ唇、それに探る指を思いだした。

「殺してくれませんか。茹でてほしい」

「そいつは、生きた、生のまま食べなくちゃいけない――そこが肝心なんだ」

皿にのった生きものにはどうしてもさわれない。

「心配するな。そいつには神経システムは無いんだ。動いているのはただの自動的な反応さ。何も感じられないんだよ」

「わたしみたいに？」ささやく。

伊勢海老の背中の肉を全部かき出してしまうと、男は腰にまいたタオルをはずし、空になったシロモノをひっくり返して、膨らんで勃起した自分の一物にかぶせた。

「ほれ、みろ！」

立ちあがると、ペニスにかぶせた、まだ生きている伊勢海老の殻は、鷹の頭にかぶせた宝石のついたフードのようだ。

ジェイドはすすり泣いた。体の中に血が脹れあがるのを感じる。

さっと立ちあがり、出入口に走って、乱暴に開けようとする。襖は敷居につかえてしまった。股間に伊勢海老をぶらさげたまま、モリス・レヴィが行く手を遮ろうとどすどすと出てきたが、ジェイドは開いた隙間をすり抜けて、夜の闇へ逃げだした。

闇の中、岸に引きあげたレジャー・ボートの前を駆けぬけながら、この運動で地面に血が点々と落ちてしまうにちがいないと気がついた。あの男は生きていながら死んでいる勃起に導かれて、わたしのあとを走りながら、血の匂いをかぐはずだ。

うしろの方で、男が猟犬のように咆えるのが聞えた。

「ジ・エ・エ・エ・イド！」

渚の奥の薄汚れた茂みの生えるあたりを、建物の壁に向かって走る。あそこへ行けば、他の人間がみつかるはずだ。針金のような葉が脚にうちあたった。咆えたけりながら後を追ってくる姿は、どんどん人間らしくなくなってゆくようだ。ほんの十メートルほど遅れているだけだ。ジェイドが駆けぬけている暗い一帯を、眼のない無数の窓が見下ろしていた。何かのビーコンが光っている。そこへ向かった。

「ジ・エ・エ・エ・イド！」

狩りの雄叫(おたけ)びが荒野に響きわたる。喉と肺に空気が痛い。気が遠くなり、頭が軽くなる。傷が出血しているのは確かだ。脚の内側の肌が湿ってべとべとする。

金網の高い塀が見えて、がっくりした。めざしていたビーコンは塀の向こう側だ。石のオベリスクの先端に、ガスの炎が燃えている。時代遅れの石油採掘装置にちょっと似ている。その明(あか)りで、金網にぎざぎざの切れ目があるのが見えた。その切れ目に方向転換したとたん、三つの影が物陰からとびだした。雄鶏の頭、残忍そうな嘴(くちばし)をそなえ、鶏冠がはためいている。裸の、傷のついた脚、羽根の上衣、両手には輝く爪、ブーツについた膝覆いからは刃がつき出し、踵には蹴爪。

ジェイドは手首をつかまれ、羽根と汗臭い肉体の塊にひき寄せられた。雄鶏の頭ががくんと下がり、額に軽くくちづけする。モリス・レヴィが追いつくと、ジェイドを捕まえたやつの仲間が二羽前に出た。

セックス・テレビの局長はブレーキをかけて止まった。伊勢海老の装具がだらりとなって外れる。

「ガードマンッ」怒鳴る。「敷地にコックファイターズがいるぞっ」

黒い服を着た人影が二つ、闇よりも濃いシルエットが、どこからともなく現れた。

この新来者に気づかずに、コックファイターズの片方がレヴィにとびかかり、局長の裸の体に鉤爪(かぎづめ)を伸ばす。たちまち、まぶしい光のリボンが、的確に投げられた細い銀の蛇のように、標的めがけて飛んだ。残像は流れ星のようだ。胸を撃たれたコックファイターは絶叫をあげて倒れる。羽根がくすぶった。

ジェイドを捕まえた者は盾(たて)にでもするように、ジェイドを一層しっかり引きつけ、もう一人の襲撃者はさっと身をかわし、向きを変えて逃げた。

「すぐに消えたほうがいいぞ」モリス・レヴィが鋭く威嚇する。

「わかったよ。だが、外に出るまでこの女は連れていくぞ――いいな」

返事を待たず、コックファイターはジェイドを後ろに引っぱった。

「動くなっ」

黒服のガードマンの一人がまわりこんでいた。コックファイターの握った手が一瞬緩んだ隙に、ジェイドは手をふりきると、頭から倒れこんだ。盾をなくしコックファイターは横様に飛んで茂みの中にごろごろと転がりこんだ。光の槍(やり)があとを追って飛び、小枝に火をつけてゆくうちに、茂みのひとつが悲鳴をあげて飛びあがり、さらにもう一度撃ちたおされた。ジェイドは体を起こすと金網の破れ目めがけてダッシュし、体をのたくらせて抜けた。ガスの炎があかあかと照らすこの場所で塀を破ったのは、コックファイターたちが虚勢を張ったのか、あるいは単に愚かだったのか。もっとも、もちろん炎の明りが役に立ってもいた。オベリスクの銘板にはこうあった。

スパンク・ミサイルの爆発事故で
亡くなった一三八四〇人の市民の
追悼のために
この個人開発によるマリーナを
衷心より捧(ささ)げる

建物、道路、車はそう遠くなかった。

13

ネオン・ドラゴンがストロボの眼を光らせながら、混みあった通りの上を闊歩している。巨大な風船をつなぐ綱を炎の文字が登り降りしている。バーやセックス・パーラーの外には、蛍光塗料を塗ったプラスティックの薔薇や蘭の三脚が、快楽の絞首台のように立っている。ジェイドはコカイノーラや幻覚茸サンドイッチを売っているドラッグ・フードの屋台の前を通りすぎた。ここは歓楽街だった。

裸の女が二、三人、精緻な細工をした丈夫な鎖を耳朶や鼻や下唇に繋がれて引かれていた。が、他の女たちはそれぞれ自由に動きまわっている。コルセットやフェティッシュなゴムの衣裳、あるいは修道女のいでたちなど、奇抜な服装で愛人たちが男のもとへと急いでいるのだ。それにまた何人もの主婦が、ぶかっこうなガウンとムスリムがかぶるベールをまとい、上品ぶって視線を落としたまま、遅い買物でもするのだろう、急ぎ足に行きかう。

ジェイドは自分が始終皆から見られているのを意識していた。少しでも速度を落とす気配を見せると、とたんに男たちが行く手を遮ろうと近寄ってくるのだ。東洋人の肌がぼろぼろになってしまったので、脱皮でもしているように見えるせいかもしれない。いやいや、注目を集めているのは肌のせいじゃない。両脚をつたっている血のせいだ。ずっと動いていなくてはいけない。どこか、目的地に向かっているように見せるのだ。

ジェイドは疲労困憊（こんぱい）している。とにかく出血をなんとかしなくてはいけない。薬局が見えたので中に入ると、ホルモンや興奮剤、催淫剤のけばけばしい箱がならぶ棚は急いで通りすぎ、〈ぴったり貼（は）りつく〉の防水繃帯（ほうたい）の箱を見つけた。誰も見ていないようだったので、膏薬と鎮痛剤の棚の裏にかがみこみ、びしょ濡れのナプキンをとって、代わりに防水繃帯を入れた。

「万引だ」

天井のグリルから声が叫んだ。誰にも止められないうちに飛びだして、人混みにまぎれた。そして歩きつづけた。

まもなく、男たちの眼のなかにまた憤激の色が浮かぶのに気がついた。わたしのせいで怒っているのだ。

視線が集まっているのは胸だった。乳首から赤い母乳が滴りだしていたのだ。血は自分自身の肌と東洋人の肌との間に溜り、二番目の肌がほころんだところから染みだしていて、まるで誰か眼には見えない人間が傍にいて、ジェイドを鞭打っているように、何もないところから鞭のあとが細く現れているようにみえる。自分の乳房を両手できつく押(おさ)えると、男たちはさらに腹をたて、不満を募らせたような顔になった。
二、三分経(た)つと、臍から出血しはじめた。

ついにジェイドはパチンコ屋の脇に倒れこんだ。背中を窓ガラスに押しつけ、熱を冷やそうとする。

日本産のゲームの新バージョンが目下世界中を席捲(せっけん)するヒットになっていて、いたるところにいくらでもあるゲーム・センターの大半にはパチンコ屋ができている。中では、何百もの鋼鉄の球が、直立したキャビネット内部のでたらめな迷路の中を跳ねまわっている。プレーヤーは姿勢をまったく変えないまま、何度もくり返し引き金をはじく。膝をわずかに曲げ、生命力のすべてを腹の中の本能の宿る穴に合わせている。〈メスカーレス〉のカートンや、レンタガール・クーポンなどの商品は、機械と自動的に結ばれる一体感に比べれば物の数ではない。永久に止まらない動きを崇拝する自分だけの神殿の前で、立ったまま完全に恍惚としているプレーヤーは、永遠を垣間見ることも可能だ。この人びとが引き金をはじくありさまは僧侶が数珠を数えるのに似ている。

どれくらいそこに座っていただろう。眼がまわって気が遠くなり、喉が渇いて汗ぐっしょりだ。今はもう、血が流れるのを止めようとして何をやっても、その結果はただ別の出口から出血するだけだとわかっている。この体はどこのどの穴からでも出血するようになってしまった。

男どもが鼻歌をうたいながら周りに集まってきたのは、見慣れない花に蜜蜂が集まるのに似ていた。一人の男が靴の先でジェイドの太股をつついて、起こそうとする。もう一人の男はよつんばいになって、顔をもっと近づけようとした。三人めの男はボールペンで足の裏の土踏まずをくすぐろうとしている。頼むからほうっておいて。どうやら男たちはほうっておけないらしい。花が咲けば蜜蜂はそのままにほうっておけないし、蛾が蠟燭の炎に引きつけられずにはいられないのと同じだ。

しかし花は自分自身の目的のために蜜蜂を利用する。蠟燭の炎は蛾を焼きつくす。だから、この比較は意味が無い。

太った警官がひとり、よたよたと現れた。防護服で身動きもならず、胸には催涙ガス手榴弾がぶらさがっている。強化した肩の片方からバック・ミラーがつき出していて、背後から不意を打たれることがないようになっているが、これは標準装備というよりは、個人的な自慢の種かもしれない。小さな人だかりを押しのけて、警官はジェイドを見下ろした。

「この女、どうしたんだ」

何人かの声が答える。

「呪いですよ」

「人肌でできた一種のボディ・ストッキングを着てるんだ。その下で出血している」

「眼も本物じゃないぜ」

「むかつくやつだな。おまえ、法律を知らんのか」

警官が言った。

ジェイドは眼をあげてかぶりを振った。

「客をとろうってんじゃないかぎり、ここでこんな風に止まってることはできねえんだよ。街頭で立ちどまった女は売春をしてることになるんだ。おまえは、この善良な人たちに劣情を催させているんだぞ。それでどうする気だ」

「おねがい、気分が良くないの」

「やりすぎたのか」

「病気なのよ」

「おまえが着てるその人肌は何だ。そりゃ、身分詐称だぞ」

「島にもどりたい」

「そいつはどこの島だ」

「ああ、取り消します。正直、あそこにはもどりたくなんかない。だまされていたのだもの。ただ、もう一度元気になりたいだけ」

「病院に行きたいのか」

「おれだったら身分詐称で引っぱるぜ」

足をくすぐった男がそそのかす。

「病院で十分だ。おい、病院へ行きたいんだな」

「ええ。行けるの？」

「おほ、そりゃもちろん行けるさ」

警官は忍び笑いをしながらベルトから携帯電話をはずした。


ほどなくエアカーの救急車がサイレンを響かせながらパチンコ屋脇の道路に着陸した。店の中では我を忘れた客たちが、無頓着なまま、鋼鉄の球をはじき続けている。白衣を着た救急隊員が二人、たたんだ担架をもってジェイドのもとに急ぎ、ぱちんと担架を伸ばしてジェイドを載せ、手首と足首を太いゴムの手錠で担架に結わえつけた。これにはジェイドも身をもがき、弱々しく抗議した。島の医療ブロックとはなんという違いだろう。だけど、わたしをこの世界に送りだしたのはドクター・トムなのだ。おまけにドクターは知っていたはずだ。

「おちつけ」救急隊員の一人が言った。「さもないと薬で眠らせるしかなくなるぞ。

そうすると、救急車に乗るのもそう楽しいもんじゃない」

ジェイドはそれでも手枷足枷を引っぱり、ぶつぶつ言うのをやめなかった。それで救急隊員はゴムの猿轡（さるぐつわ）をはめた。

「無料病院に行く途中で気が変わるやつが時々いるんでな」

警官はジェイドを覗きこみながらのたまわった。後ろで金が手から手へ渡り、警官の強化制服の中へ消えた。

ジェイドの指が反射的に動き、担架をひっかく。

「何も署名する必要はないんだよ」

救急隊員が保証する。

「うぐぐ」

ジェイドは喉の奥でうめく。指がもがく。

「おまえの男は譲渡書類にサインしてるはずだが、そのゴミはこっちでかたづけておくさ。警官が呼んだんで、おまえは登録されてるんだ。今は治療を受けることが法律上、おまえの義務なのさ」

「パラグアイで撃たれながらケガ人を運んだことがあるんだ」パイロットが声をかけてきた。「骨に瞬間接着剤（クイックゲル）を吹きかけると、複雑骨折でも四G旋回に耐えられるようになるんだ。そういう飛行はどうだ。どんな女だって、おれが操縦すればぶるぶる震えさせてやれるぜ。どんな重い病気でもな。嘘なんか言ってない。ほおれ、これでどうだ」

パイロットの操縦は救急車よりもローラー・コースターに近い。救急隊員が抗議の声をあげる。

「やめろ、ビリー！　女を捕まえられないじゃないか……」

「ぶん回すのをやめろよ、ビリー！　ズボンを下げられないぞ……」

「パラグアイ領土内最後の小隊と一晩過ごすってんで、ジョイガール・オブ・ザ・イヤーを運んだのは誰だと思う。若い頃のおれ様の他に誰がいたってんだ」

「かんべんしてくれよ、ビリー」

「もちろん、ジョイガールとそれほどたっぷり楽しんだわけじゃないがな。味方の武装ヘリが反乱軍をやっつけるんでジャングルを撃ちまくってたし、サーチライトのおかげで虫の大群が出てきたからな。行きにあの女には爆弾を一連、ぶちこんではやったさ。席にすわったまま、十回か二十回はいっただろうて」

病院の屋根に急降下する前に、二人の救急隊員は狂ったようにジェイドをなで回したが、もう何をするにも遅すぎて、大したことはできなかった。

ジェイドが検査台にしっかりと縛りつけられ、猿轡をはずされると、ドクターが入ってきた。時間が遅いのにもかかわらず、熱心な医学生たちが見学席にひしめいていた。あっという間に噂が広まっていたのだ。

東洋人の人肌は脱がされていたので、流れでている血は台の周囲の金属の溝に流れこんでいる。ドクターは不服そうにジェイドを見おろした。背が低くがっしりした、血色のよいドクターだ。

「私はドクター・マクドナルドだ。頼りにしてくれていい。こいつの原因はとことんまで追求するとしよう。たとえ夜明けまで徹夜しなければならないとしてもな。まずは膣の検査をおこなう。締めるでないぞ」

看護婦がさしだしたゴム手袋を払いのけ、ゼリーをたっぷりと塗りつける。それからその手を手首の深さまで、ジェイドの中に突っこんだ。たちまち、ジェイドの乳首から血があふれた。

「なるほど」

ドクター・マクドナルドは大きな声を出す。探りに入れた手を引きぬくとすぐに乳首からの血の流れが止まることに、ドクターは気がついた。看護婦に熱いタオルで腕をぬぐわせる間に、ドクターは見学席に向かって話しかけた。

「諸君、ヒステリーは子宮を意味するギリシャ語から来ている。したがってこの患者の症状をおちつかせるためには子宮摘出が必要かもしれん。しかし、今では諸君も知ってのことと思うが、私は由緒ある療養法がもつ治癒能力に絶大なる信頼を置いているものだ。看護婦、針！」

ドクターは笑みを浮かべ、看護婦が開いて持ったケースに等級別に何十列もならんだ中から、慎重に一本の針を選んだ。そして選んだ針をジェイドの右側の乳首に突き刺した。ジェイドは絶叫してもがく。

「傷を作ることで傷を治す。ホメオパシーの原理である！」

ドクターは学生たちに向かって宣言した。学生たちは一斉に喝采を送る。今夜のドクター・マクドナルドは調子が良い。

「奇妙なことに、構造的には胡椒入れに近いのが女性の乳首だ」

ドクターは考察しながら、最初の針の脇に、小さめの針を植える。

ジェイドはすすり泣いた。ゴムの縛めのおかげで、みずからを傷つけることはない。

十五分後、失神するまでには針が両方の乳首、臍、太股と陰唇に山嵐のようにつき立っていた。が、それでも出血は止まらなかった。

14

DATA-SWARMドリームキャスト
限定配布：ジェイド（意識はないが受信可能）
六月十一日　開始時刻：二三三〇
夢源：マリの脳ネット記録
アクセス・パスワード：大虐殺はわが娘

マリは化粧台の前に立って、毛皮を梳いている。一番ひどくからまった毛をほどくために、力任せに引っぱらなければならないときなどびくりとする。女が自分を魅力的に見せようとするには、時には高い代償を払わなくてはいけない。今回もそんなケースの一つだ。小便と大気中のガスの匂い、それに乾いてしまってから外に蹴りだした自分の便がそこにころがったままになっている光景には、へこたれそうになる。おまけにマリの顔の繊細な雌猫の模様、つまり、猫科の眼のまわりに眼鏡のようにみえる模様、頰の陽気な渦巻き、そして獅子鼻といったものが全部共謀して、マリの表情を陽気なまけものに見せている。その顔はマリの奥深い感情、時に感じられる憎しみと愛情にそぐわない。
鋼鉄の櫛がようやく全身抵抗なく入るようになり、体の模様——両肩の蝶(ちょう)の模様、胸の白い日輪、両脚と脇腹のストライプ——が一番引き立つようになると、檻の匂いが消えるまで、股間と脇の下に麝香(じゃこう)の匂いのする香水をたっぷり塗りたくった。それから毛皮の内側の唇に真赤な口紅を塗る。爪を曲げ、化粧台の裏の木の部分で研ぐと破片が飛び散った。

猛獣使いがまたキャットジョイの缶を持ってきた時、マリは興奮した声で、たっぷりと喉を震わせた。背を伸ばし、爪先と指をいっぱいに広げて、檻の格子に背中をこすりつける。クールなことを考えて、瞳を一本の線になるくらい細くする。まじりけのない緑色の眼に鉛筆でひいたように細い線だ。瞬膜が気だるげにゆっくりと視野を流れるままにする。

「あんた、いったいどうしてそんなに残酷でいなきゃならないんだい」缶を開ける男にマリはつぶやく。「仲良くすることだってとても簡単にできるのに。優しさというのはあんたには何の意味も無いのかい。毛皮を鞭打つんじゃなくて、撫でてやるとかさ」

アルヴィン・ポンペオは驚いた顔をした。

「毛皮を撫でるだと」

「あんたがほんとにかわいそうだよ。自分がとりにがしているものが何か、気がついていないんだから」

「心理学はやめてくれ。おまえにはその資格はないんだ」

「あんたのことを考える以外、することもないんでね。それに、しゃべる相手も他にいないし」

「そりゃ、変だな。今までそんな文句を言われた覚えはないぞ」

「アルヴィン、あんた心の中じゃ、あたしが動物じゃないことはわかってるんだ。あたしなら本当にあんたの友だちや愛人になれるんだよ。そんなふうに辛辣なふりをするのをやめればさ」

男はキャット・フードの缶を蓋を開けたまま、格子の前からつっこみ、回れ右をした。

「もどってきとくれよ——誰かと、おしゃべりしたくてたまらないんだ」缶を拾い、指をつっこんで味見する。魚風味だ。「あたしにキャット・フードを食わせたって、何の証明にもならないよ」男の後ろ姿に向かって言う。「あんた、あんまり頭がよくないね」

これを聞いて、男は足を止めた。

「マリ、おまえは実に楽しいぜ。いや、ほんとだ。あれだけの金を払ってもむしろ安い買物だ。で、ちょいと教えてもらいたいんだが、おまえを今日の午前中、ライオンの檻に入れちゃいかん理由というのをひとつ聞かせてくれないか。レオが色気づいてるんでな」

「ひとつには、あたしが女だからさ」

マリは油気の多い魚のペーストのついた指を舐めながら唸った。

「おまえをレオの隣に移した方がいいかもしれんな。そうすりゃ、なじみになれるかもしれんしな。唸る相手ができるというもんだ」

もどってくると男はマリの檻の扉の鍵をはずし、鞭をひらめかせた。

「百獣の王がお待ちかねだ。口紅をつけているのはかわいいぜ」

マリは尻込みした。

「あたしがただの動物なら、なんであたしの檻に口紅があるのよ」

「チンパンジーはなぜ絵を描くんだ。鸚鵡（おうむ）はなぜ言葉をわめくんだ。さあ来い――一日中つきあってるわけにゃいかないんだ」

「あんた、あたしが口紅つけてることに気がついたじゃないか」

「ひとつだけ確かなことはある。れっきとした女の模造品にしちゃ、かなりよくできてるよ」

「そんなの逆じゃないかっ」

男はわけがわからないという様子で、鞭の把手で頭を掻いた。

「逆だと？」

格子に鞭をくれて火花を散らし、せっかちな様子で足を踏みならした。

「さあ、出ろ、出ろ」

うしろに鞭が控えていることはわかっていたものの、新しい檻に向かうマリの足は否が応なく遅くなった。その鞭で男は一、二度くすぐった。電流は切ってあって、ただマリがびくりとするのを見たかったのだ。

マリの新しい隣人は完全に成長して発情している雄ライオンだった。毛皮の袋からペニスをつき出したまま、檻の中をうろうろしている。マリとの間にはただ一列の格子があるだけで、そこには扉があり、マリの側で閂(かんぬき)がかかっている。

ライオンの鬣(たてがみ)は大きく、ぼろぼろだ。マリが隣の檻に入ったとき、ライオンは鼻を膨らませて後脚で立ちあがった。マリも自分の鼻を膨らませた。雄ライオンの匂いは強烈だった。

15

看護婦はジェイドの上にかがみこみ、針を抜いてゆく。一本ずつぬぐい、ケースの元の場所にもどす。それがすむと、気付け薬の壜をジェイドの鼻の下にあてる。ジェイドは咳こんで気がついた。

ドクター・マクドナルドは観衆に向かって言った。

「諸君は皆、フロイトのことは聞いたことがあるはずだな。明らかにこの女は性的抑圧の古典的な例だ。男性のペニスに貫かれるのを恐れるために出血しているのだ。突かれる前に傷があることを示すことで、挿入そのものを手品のように避けようとしている」

ドクターは炭酸アンモニアの気付け薬のせいで涙を浮かべたジェイドの上にかがみこんだ。

「聞えるか」

ジェイドの唇が震える。何も言わなかった。頭の中で、炭酸アンモニアの臭い匂いとライオンの小便の悪臭と区別がつかなくなっていたのだ。

「さあさあ――患者の協力が欠かせんのだ」

ドクター・マクドナルドの顔にさっと血が昇った。

「痛いんです。体を起こしてください」

「その方がいい。では、ようく聞きなさい。おまえがセックスを怖がっていることははっきりしている。これは女にあっては恐(おそろ)しいことだ。おまえの肉体は全身でこの事実を認識しとるようだ。その結果肉体に生まれながらに備わる性能力と性の抑圧がおまえをひき裂いている——文字どおりひき裂いているので、その眼に見える結果としてこの多発性月経過多（メノラジア）という奇妙なスペクタクルが起きておる」

「怒れる男たち（メン・オ・レイジ）？」ジェイドは囁いた。

その時、女の子の声が頭蓋骨の中でかすかに歌った。

檻の中のマリ（マリ・インナ・ケイジ）
檻の中の結婚（マリー・インナ・ケイジ）

「ははあ、実によろしい」ドクターが言った。「怒れる男たち（メン・オ・レイジ）、わかってきとるな。性の抑圧に男は気を悪くするのだ。そうなると一目瞭然だが、治療法としては私がおまえに乗って、おまえの本来の性の役割を呼びおこすことだ。我々が性交を行っている間、おまえはこういうことを考えるのだ。わたしは女だ、これがわたしの人生だ。わたしはこの人生を喜んで受け入れる。この考え方をより強くするために私を個人的に抱きしめさせてやれればいいが、残念ながらベルトがあるから、それは無理だ。だが、実際に私を抱いていると想像するのは、一向にかまわんぞ」

ジェイドが縛めを引っぱり、支離滅裂な声を出している間にドクターは看護婦に自分の服を脱がせた。ドクターの体の首の線から下は、ずっと充血が少なかった。というよりはむしろ、首から上に比べれば、雪だるまに近い。ペニスが縮んで力なく垂れさがっているのへ、看護婦から皮下注射器をとり、びくびくしながら脇に注射をした。とたんにまるで液体を注入したかのように、ペニスはあっという間に充血した。そのため、まるで全身のミニチュアが本体から突き出しているように見える。アイスクリームの棒の先に苺が着いた恰好だ。

看護婦が両手を組み、ドクターが台にのるためのステップを作る。これを踏んで上にあがり、ドクターは前に進んだ。

ジェイドは眼をつむったが、耳はふさげない。

「女よ」声が聞えた。「実存的な意味でおまえはモノだ――モノの終生の目的は外部の欲求の対象となることだ。女の存在は店のようなものだ。おまえのショーウィンドウはどうなっている。商品はどのように陳列されているのだ。残らず展示されているか。見せているものはすなわち売物だ。客が入るのを拒む店など、聞いたことがあるか。いかなる場合にも少なくとも一人は客がいなければならぬ。あるいはこの客は店内のものをすべて買い占め、商品を思うがままに楽しむかもしれない。あるいは店全体を買い取って、閉鎖してしまうかもしれない。あるいは他人に貸すこともありえる。店自体は客の意志に口をさしはさめない。店が自分を所有することはできないからだ。

店は外から眺めて値踏みし、中に入り、楽しむ対象なのだ。女よ、おまえはいつも窓をきれいに磨いているか。飾りを毎日替えているか。他の店と比べて、一番魅力的だと思われるように競争しているか。玄関マット（ウエルカム・マット）を置いているか。女よ、私は今おまえの中に入ろうとしているのだからな。客のために床はきれいにしておくのだ……」

声は延々としゃべり続けた。

古代ヨガの技術を使い、ドクター・マクドナルドはペニスから血を吸いあげ、精液と混ぜて女の中にどっと放出した。一本の指を臍に、もう一本を肛門にさしこみ、さらに徹底的に栓をした。唇で乳首から血を吸い、吸いこんだ血を女の口の中へ吐きだした。

それでも女は血が止まらない。ドクターに抵抗を続けている。

やがてドクターは血塗れ（ちまみれ）で台からはい降り、看護婦が消毒綿で体をぬぐう。

学生たちを見上げると、ドクターは悲しげにかぶりを振った。

「残念ながら、他に選択の余地はない。この女の血液自体が病気なのだ。あまりに薄すぎる——とにかく染みだしてしまうのだ。血液の完全交換をせねばなるまい」

学生たちは熱心に身を乗りだしている。対象を扱うマクドナルドの名人芸に酔いしれているのだ。いつの日か、あのドクターのようになりたい。

看護婦が押してきた輸血装置をマクドナルドはいとしげにひと撫でした。

「さて、これだ」期待に胸をふくらませている観衆にドクターは告げる。「我々がこれからこの女に注入するのはかなり特殊なタイプの血液である。これは合成プラズマで、通常の血液成分、すなわちアルブミン、グロブリン、燐、ナトリウム、カルシウム、コレステロール、それにホルモンがすべて含まれている――さらに特別な新しい凝固成分が加えられているのだ。これは血友病患者のために開発されたものだ」

ところがここで看護婦が口をはさんだ。まったく異常なことだ。

「失礼ですが、先生、凝固のプロセスを変えると、血塊や血栓症の危険がありませんか」

「くだらん。そんな危険はまったく無い。この女は若い女性だ。我々は単にこの恥ずべき出血の発作を抑えようとしているだけだ。この女の血流が車のエンジンのように止まることはない。女に注入する血液は優れたものだ。バイオ化学の何年もの研究成果がこの開発には注ぎこまれておる。ひとことで言えば、これはよりすぐれた血液なのだ。

「挿入ポイントとして踝(くるぶし)の表側静脈が一番だ」ドクターは続けた。すばらしい声の投射術を見せながら、メスをとりあげた。「静脈を表に出すにはこうする。足首の皮膚を静脈のまっすぐ上で切開する」

ジェイドは一度だけ悲鳴をあげた。

マクドナルドは一歩下がった。

「看護婦、この静脈をガット結紮糸(けっさくし)で縛れ」

処置が施される。

「次に、最初の結紮糸に二本めの結紮用細管を通せ。が、まだ結ぶな。全員、ここが見えるか」

ドクターは再び近づく。

「今度はこの二本の結紮糸の間で静脈を一部切開する。こうだ。大口径針だ、看護婦。十八番でいいだろう。これをこの静脈に刺し、二本目の結紮糸をこのように針のまわりに結びつける。ゴムの環状スロットをここにおいて、足にしっかりとテープで固定する……。

「よし、これで次は流出弁だ」

高速輸血が首尾よく終った後、中枢神経刺激剤と、心臓の筋肉を柔かくするためのジキトキシン注射で、ジェイドは感情が麻痺した状態から起こされた。マクドナルドの説明によれば、中枢神経刺激剤の一つが新たな血液内のある物質に触媒として作用し、女は即座に眼が覚め、行動する準備ができるのだ。

この注射に反応して、ジェイドの筋肉は引きつり、さざ波をたてた。ジェイドは絶叫しながら、縛めを捻る。

「こういうのは反射反応だ。ガルヴァニの死んだ蛙を覚えているだろう」

ジェイドの出血がとうとう止まったのを見て、ドクター・マクドナルドは相好を崩している。ジェイドの反抗的な血はすべて輸血装置のタンクに収まっている。自分のために出血するような元の血液はもはや一滴もジェイドの体内には残っていない。

「そう言ってよければ、でかい一発は終りだ。さてこの後は長く難しい心身療法をする番だ。私は〈セックス・マシン〉でのリハビリを薦める」看護婦にむきなおる。

「女を移す前に眠らせておいた方がいいだろうな」

ドクター・マクドナルドがくたびれながらも誇りに満ちて手術室から出ていくのを、学生たちは先を争って待ちかまえ、たった今手術をほどこした両手を握らせてくれと頼みこむ。ぶっきらぼうな笑みを浮かべ、ドクターは学生たちのなれなれしいふるまいを許す。

外では夜が明けようとしていた。

16

DATA－SWARMドリームキャスト
限定配布：ジェイド（鎮痛剤を注射されているが夢中枢は眠っていない）
六月十二日　開始時刻：〇七三〇
夢源：マリの脳ネット記録
アクセス・パスワード：大虐殺はわが娘

マリが間を隔てる格子越しにライオンにうたいかけると、レオの尻尾の先がぴくりと動いた。匂いをかいで、この囚人仲間、半分人間で半分猫の、異様に混合した体臭を嗅ぎわけようとしている。ヴィトゲンシュタインはかつて言った。

「ライオンがしゃべれるとしても、われわれはその言語を理解できない」

レオにとってマリの言うことを理解するのは遙かに難しいことだろう。歌詞のない猫族のうたを口ずさみながら、マリは自分の体を揉んで泡をたてはじめた。マリが興奮している匂いを嗅ぎ、レオは一歩近寄って吼(ほ)えた。

相手が大きく口を開けて吼えている間、マリは怯(ひる)まずに腰をおろしていた。ライオンが後ずさりするまで、その黄色い歯、糸を引く唾液、巨大で真赤な舌を見つめ、その息の悪臭を吸いこんだ。

マリの方の扉には南京錠がついているが、レオの檻の扉は外側に単純な閂がついているだけだ。例えレオにやり方がわかったとしても、その前足では閂を操作することは絶対にできない。つまりどうしてもライオンの巣を通らざるをえないとはいえ、マリにとっては出口があるのだ。

ライオンはうしろから番うんじゃなかったっけ。相手の注意をそらせるだけ十分満足させられるか、あるいは時間を稼げるかは、やってみる他ない。マリのうたはピッチを上げ、盛りのついた猫の甲高く泣き叫ぶようなうめき声になった。腐ったヴァイオリンのような音だ。仰向けにころがる。自分の檻の中を四本足で音もなく歩きまわったり、トンボ返りをうったりする。筋肉を動かして脇腹の縞模様を波打たせる。床にぺたんと座りこんで後ろの壁に爪をたて、白い漆喰に長い傷をつける。毛深い手の片方を偶然のようにすべらせ、飲み水用の水たまりにつっこむことまでする。すぐに手を乱暴に振って、水滴を散らす。手を舐め、撫でる。その間もずっと詞のない歌をライオンに向かってうたい続ける。ライオンは気がつかないふりをし、背中を向けさえするが、実際には注意を集中していることは間違いない。背骨沿いの毛がびくびく逆立っているし、二回たて続けに小便をする。

その時、マリは間を隔てる扉の閂をはずした。

マリは後ろ向きにレオの檻に這いこんだ。体を丸くし、尻をレオに見せている。ライオンが急ぎ足に近づくのが聞えた——と、毛むくじゃらのライオンの重みがどっとかかって、両手と膝がもう少しで崩れそうになる。ほっとしたようにはあはあいいながら、ライオンがのしかかったのだ。

ハンターとしてのライオンの本能を混乱させるような血は流れなかった。猛獣使いを憎悪しながら寝ている間に、マリは自分で人工処女膜を破ってしまっていたのだ。ライオンの図体にマリの体がすっぽり隠れる。重くて、臭くて、肋骨が上下している。ペニスがマリの腹の根元を不器用につつき、目標を逸れるので、脹れあがった性腺がマリの太股の裏に跳ねかえる。ぼろぼろになった黄褐色の毛がぐるぐる巻いた鬣が頬にたれ下がり、腐った肉と獣の汗の匂いが鼻をつく。喉の奥で唸る声が振動となって首に伝わってくる。幸い口は前に出過ぎていて、マリのうなじにかぶりつくことはできない。ライオンが鼻を鳴らした。

ライオンがあてもなく突っこんでくる力で一緒に前後に揺れる中、慎重にタイミングをはかってすばやく両脚の間に手を伸ばしてレオを誘導すると、両掌(りょうて)をコンクリートの床に叩きつけてバランスをとり、爪でえぐって、中に入ってくるライオンをささえた。

ほとんどすぐにライオンは射精した。

ライオンはマリからすべり降り、なにげなくマリの脇腹を爪の一本でひっかいた。マリの尻を嗅ぎ、二、三度、ざっと舐めとるのを、マリは広げた脚の間から体を固くして覗いた。よつんばいになって背中を丸めたまま、猫の番いの歌を甲高くうたいながら、扉の方へにじり寄る。レオは尻尾をひと振りし、前かがみになって唸った。

マリは片手を格子の間にすべらせ、閂をはずしにかかった。

マリの歌で性的催眠術にかけられて混乱していたとはいえ、マリが本来するはずの後戯をしてくれないのがレオは不満だったらしい。本物の雌ライオンだったら示していたはずの、性交後のお愛想か何かが無かったのだ。たぶん、レオの耳を舐めたり、肛門を嗅いだりするようなことだろう。はじめは有望そうに思わせながら、何かの礼儀に反した行動をとっていたにちがいない。扉を大きく開いて外に身を投げだすように檻からころがり出ると、レオも飛びだした。

自由になると、ライオンは地面で死んだふりをしているマリを無視した。他の檻を通りすぎ、小屋の方へむかって走りだす。

とたんにアルヴィン・ポンペオが一番奥の檻の陰から現れた。鞭を手にしている。その表情からは内心はよくわからないが、レオが自由に歩きまわったり、マリが自由になったりしているのを見ても、あまり驚いた様子ではない。あたしがどんな策略をめぐらせていたのか、はじめからわかっていたのだろうか。何かの監視装置でずっと見ていたのだろうか。これもまたあいつの残酷な仕打ちなのだろうか。命を危険にさらしてライオンとセックスさせておいて、しかも何の成果も無いようにするという。

ライオンが音もなく向かってくると、猛獣使いは鞭を鳴らした。

マリは獣に向かって激しく思念を投射した。やりな、かわいいレオっ。殺せっ。やつを殺せっ。

ライオンはアルヴィン・ポンペオのもとに緩やかに歩いてゆくと、仰向けにひっくり返り、四本の脚を振った。その腹をポンペオは〈忠実な僕〉の柄でくすぐってやった。

愛情調教されてるんだ!

つまりは結局、全部残酷な冗談だったわけだ。アルヴィン・ポンペオにマリの番いの歌が聞えていたのは確かだ。マリが尻をさしだして獣姦されるのを、覗いていたのも間違いない。

ポンペオは手袋をはめた鋼鉄の手でライオンの鬣をくしゃくしゃとやった。顎を開かせ、歯を点検する。

だが、一頭の野獣は押えつけられるとしても、たがいに憎みあっている五頭や十頭が相手だったら、どう扱うだろうか。

マリは豹が入っている隣の檻に駆けより、扉の閂を外して大きく開いた。さらにベンガル虎が入っているその隣の檻。その隣はこぎれいな若い雌ライオンだ。マリは駆けまわり、羆（ひぐま）、ジャガー、ピューマの檻を次々に開けた。そして急いで空になっているレオの巣に逃げこんだ。

アルヴィン・ポンペオの前にならぶ二列の檻の扉が開いていた。すでに猛獣たちは出入口のまわりの匂いを嗅いだり、外に頭をつき出したりしている。

ご機嫌とりをしているライオンを捨てて前に出ると、8の字を描いて雷鳴と電光の鞭を鳴らした。

ベンガル虎が跳びだし、歩きだした――するとピューマがしゅうしゅうと唾を吐きちらしながら、虎の背中にとびかかった。たちまち二頭の獣は唸り嚙みつきあって転げまわる。これで他の檻の住民たちも逆上した。ジャガーと雌ライオンが出てきてたがいに跳びかかり、相手の脇腹をひっかいて血を流させると、たがいの喉や鼻に爪をたてた。マリはレオの檻の扉口からじっと見守った。必要ならいつでも扉を閉められるように構える。

戦っている獣たちのすぐ脇までアルヴィン・ポンペオが近づいた時、パニックに襲われたレオがあわてて立ちあがり、安全で住みなれた自分の檻に向かって猛獣使いの脇をすり抜けようととび出した。ふりまわされた鞭がレオの首に巻きついた。閃光とともにばちいっと鳴った鞭はショックを受けたライオンがよろめいてがくりとなるのに一瞬まとわりつき、次の瞬間跳ねかえってポンペオの頭に巻きついた。絶叫をあげて男は倒れた。体は何度かびくびくと跳ねてから静かになった。たぶん、意識を失なっただけかもしれない。熊が一頭、男のもとに跳ねとぶと後ろ脚で立ちあがり、前足でばんばん叩きだした。

マリは小屋との間に猛獣たちの姿が見えなくなるまで待った。全力で跳びだし、死んだピューマとずたぼろにされたアルヴィン・ポンペオの死体の脇を駆けぬけ、ついでに鞭をひっつかんだ。小屋近くまで来たところでベンガル虎がマリの姿を見つけ、追いかけてきた。かろうじて間に合い、髭の差で虎の顔に扉を叩きつけて閉めた。

猛獣使いの住まいは贅沢と同時に不潔だった。サンルーム、サウナ、ミニ実験室兼外科手術室、冷凍倉庫、隠元豆の形をした大理石のジャクージ、松材の床には縞馬の毛皮が敷いてある。一方で、染みやゴミの真ん中に臓物や野菜のバケツがいくつも置いてあり、台所には洗っていないフライパンがうず高く積んである。壁の大部分はオットー・ミュールの映画から引き伸ばした写真が壁紙代わりになっている。女と交接している動物の写真だ。マリは牛乳を三カートン飲んで喉の渇きをしずめてから、台所をざっとかたづけ、ステージと牛レバーを軽く焼いて、フライパンから直接腹一杯食べた。蛋白質（たんぱくしつ）を詰めこんだおかげで急速に恢復した。

次にジャクージにゆっくりと漬かってからサンルームで体を乾かす。それからなにか役に立つものはないか、家の中を捜索した。強力なライフルとかだ。胸の中は男どもに対する憤激でふくれあがり、それに一緒に育った娘たちへの灼けつくような愛が混ざっている。大きな青い眼のジェイド、背中合せにくっついたスーとスーザン……あの子たち、今どこにいるのだろう。地図を一枚見つけたが、自分がどこにいるのか皆目見当がつかないから役には立たない。小屋の外で雌ライオンが吼えた。

その晩遅く、マリは用心深く小屋をぬけ出した。ライフルと鞭を持ち、檻から檻へと走って、まだ閂がかかっていたものを全部開けた。電気鞭で身を守るのは、二、三度ですんだ。ほとんど全部の動物がマリに敬意を表わし、指示にしたがう様子を示した。

周囲をめぐる壁の鋼鉄の扉を開けると、外部扉に続く短かいトンネルが現れた。トンネルの中には死んだ猛獣使いのトラックが駐（と）めてあった。荷揚げ用の台とクレーンも備わっていたが、運転の仕方はまるでわからない。内側と外側の扉を大きく開けたまま、マリは高層ビルの舌に積みあがったゴミの間を徒歩で出発した。

しばらくして遠くで悲鳴があがり、断ちきられるように消えたのが聞えた気がした。見世物用の動物たちの一頭がもう街中で殺しを始めたのだろうか。

男の言うことは誰も聞かなかった
今、ゲームが始まっている
でも、ジェイドはわれらが乙女だ

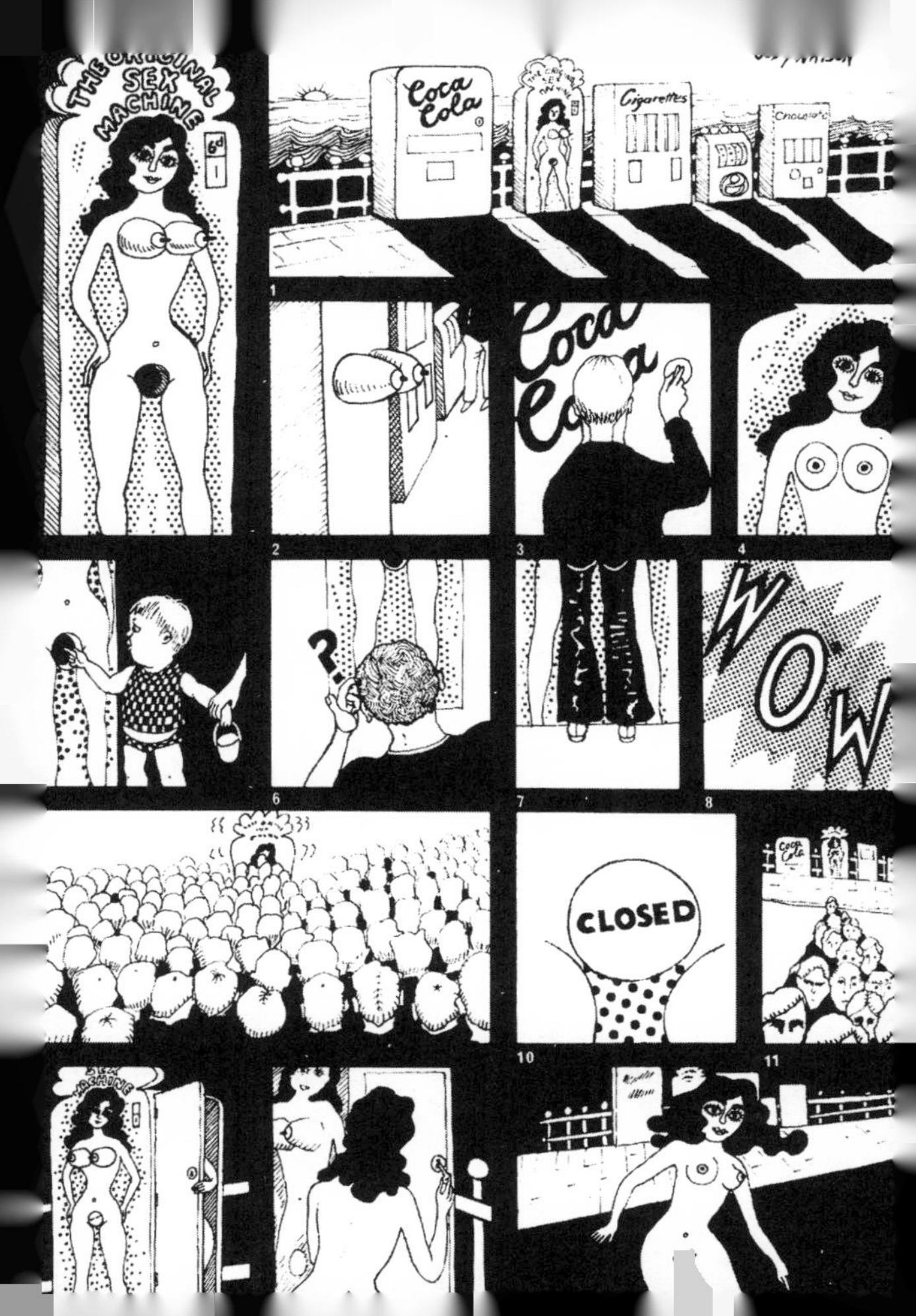
THE ORIGINAL SEX MACHINE
6d
Coca Cola
Cigarettes
Chocolate
1
Coca Cola
2
3
4
?
WOW
6
7
8
CLOSED
10
11
SEX MACHINE

17

わたしのことはソフト・ドリンクの自動販売機と思ってもらえば一番いいと思うけど、ただ、もっとずっと手のこんだものね。高さは百八十センチ、てっぺんには息抜きのグリルがあって、正面には小さな覗き穴が見えないようについている。鉄の胴体は朱色に塗ってあるけれど、正面は別で、そこはわたしのものということになっている上半身の浮彫り（うきぼり）がピンクのビニールで思いきり誇張してあって、道ゆく男に訴えている。腰はほとんど無いも同然。乳房はたっぷり三十センチはつき出して、先端はよく尖らせた鉛筆の先みたい。

巨大な乳房の下のちっぽけな腰は広がってなまめかしいビニールの腰になり、わたしのスロットを誘惑するように丸く囲んでいる。スロットは直径が十センチ近くある。午後八時から翌朝の六時までと、時にはわたしが使用不能のときには日中も、スロットには鋼鉄のシャッターが降りていて、その上に「閉店中」と印刷してある。コインの挿入口は肩の高さの右側にあって、コインの重さが量られてOKということになると、わたしが座っている鋼鉄のシートがもち上がると同時に前へ出て、わたしを押し出し、機械の正面裏側に押しつけるので、クロムの輪がはまっている両脚は大きく広げられて、そこのシャッターが開く。

　わたしの頭にあたる部分にはわたしの機械を乱暴に扱ったり、入れたお金以上のことをしようとする男への警告がオレンジの蛍光塗料で描いてある。そのひとつに

　オルガスムス後三十秒以内に抜くこと。シャッターは自動的に閉まります。

というのがあり、また別の行には

　本物のペニス以外のものを挿入すると法律で罰せられます。

とある。

　わたしは十ドル（テン・ダラー）・スロット・コーポレーションの所有で、この会社は市の中心部にあるほとんどの設置場所を支配下に置いている。ホテルのロビー、会社のオフィス、建設現場、どこでも。わたしがいるのはある大きなデパートの外で、一枚ガラスの窓に自分の姿が映るのが見える。ここはとても忙しい場所だ。

　今はちょうど忙しくない。忙しいと考えている暇などないのだ。忙しい時にはぼんやりと、大まかなことしか考えられない。でも、夕方になるとそれもだんだん消えてゆく。

　わたしは誰かって。

　名前はある。ジェイド。たぶんこれはわたしの機械の名前だろう。ザ・ジェイド。

ザ・ジェイドに行こうぜ、みんな。そんなことを誰か言ったのを聞いたことはない、と思う。この言葉はわたしの頭の中にあるのかもしれない。わたしにも名前があるはずだと思う。ときおり、通りにいる他の人たちがたがいに名前を呼びあうのを聞くことがあるから。

人びとが歩きまわっているのも覗き穴から見えるから、自分にも訊ねてみる。わたしも昔はあんな風に街を歩きまわっていたのかしら。繁盛している店になにか買いに入ったことがあるのかしら。

夜になって眠る前に、わたしはよく、自分にわかっている事実をつなぎ合わせようとしてみる。でもぴったり繋がるようにみえたことは一度もないし、だいたい事実そのものがほとんど無いも同然なのだ。それにそういう事実をどうやって知ったかもほとんどわからない。

どのくらいわたしはここにいるのだろう。日中は斜めに上げ下げされ、夜は眠り、早朝にわたしの愛する保守係のハロルドに掃除してもらう。その答としてはこういうのも十分ありえる。永遠に。まるでわたしはここで生まれたような感じだ。

わたしがここで生まれたはずはない。成長ホルモンを使ったとしても、役に立つほど大きくなるのに時間がかかりすぎるはずだ。

ちょっと待って、成長ホルモンのことをどこで聞いたのかしら。十ドル・スロット・コーポレーションの倉庫でかしら。こういう記憶の切れはしがひどく気になる。なんで、わたしが気に病まなければならないんだろう。女として必要なものはこの機械の中にすべて揃っているではないか。わたしの本体、立派な外観、男が入ってくるための穴。

わたしがここにいる目的？　少なくともその質問の答えは簡単。セックスよ。どれくらい前から？　はっきりしないあるまとまった日々が、何度もくり返しながら過去へと続いている。未来はどうなっているのだろう。

お客の誰かに訊ねてみれば、こういう疑問のどれかの答えがみつかるだろうか。あやしいものだ。お客はふつう、わたしを使うのに時間をかけない。オルガスムスに達することで頭はいっぱいだし、達してしまえばシャッターが閉まる前に抜かなければならない。だから、おしゃべりしている時間なんかとてもないし、終った後ではいつまでもうろうろしている理由もない。たとえわたしを使いたいという人が他に誰もいなくてもだ――それにまずたいていは、短かい列ができている。わたしが人とやりとりできることにすら気がつかないお客も多い。

もう一つ、ムード・ボタンもある。四つある。ショーウィンドウに映るので、それぞれのボタンのラベルがかろうじて見わけられる。というよりは、映ったものが反射したものが見える。わたしは正面玄関に向かって斜めに置かれているからだ。

ムード・ボタンA：軍隊行進
ムード・ボタンB：鳥の歌
ムード・ボタンC：絶叫、すすり泣き、悲鳴
ムード・ボタンD：セクシィな声であなたのは最高に愛らしくて、一番大きくて、誰のよりもすばらしく男性的で敏感で脈打っている云々

誰もがこのボタンのどれかを選んで押すわけではないけれど、押す人も多くて、そうなると騒音でおしゃべりしようとしてもかき消されてしまう。ムード・ボタンDが一番人気があり、わずかの差でムード・ボタンCが続いている。ムード・ボタンBはめったに使われることはなく、ムード・ボタンAはほんとに時たましか押されない。機械は黙っている方がいいという人――そういう人は話をするのが一番難しい。それにまた、わたしはこの箱の外に聞えるように自分の声を出すことにはひどく強い嫌悪感をもっている。ここにいるわたしをじゃまするものはいない。とても満ちたりている。このわたしだけの生活によそ者を巻きこみたくないのだ。変わることのない単調さにはほっとする。この生活は、生活は……ひと気のない黄色く長いアーケードを思い出す。

つまり、わたしの愛するハロルド以外のよそ者という意味だ。それにハロルドに対しても、何があっても黙っていなければならないと感じる。少なくとも今しばらくの間は。

たぶん、ここにわたしを入れた誰かに黙っているようにと言われたのかもしれない。そうしないとお客たちの夢をだいなしにしてしまうのかもしれない。言葉がぶくぶくとわたしの唇に今にもあふれそうになるほど昇ってくると、隠れた手がわたしの口を押えるように感じることは確かだ。わたしはこれまでいつも、この無言の禁令にしたがっている。でも、いつの日か、わたしは何もかもハロルドにうちあけることになる——そうだ、そのことは自分に約束したのだ。でも、まだだ。待つことはできる。それこそが女がすることだ。女は待つのだ。

ハロルドは小柄できびきびとして力が強く、大きなひとなつこい顔をして、右腕にトランプの刺青(いれずみ)をしている。ハートのクイーンだ。ほんとうの名前を知らないからハロルドと呼んでいるのだけれど、わたしの世話をする様子を見ていると、かれもわたしを愛しているのがわかる。女はいつもこういうことはわかるのだ。あんまりわたしに時間をかけているから、担当している他の人たちの面倒はいいかげんにしているにちがいない。

他の人たち、ですって。何の他なんだろう。どこからともなく頭の中に名前が浮かんでくる。マリとかキャシィとかハナとか、どこかおかしなところがあるとわかる名前だ。こういう名前は心の視野の隅っこにただよっていて、まっすぐ見ようとすると薄れてしまう。そのことはわたしの記憶のどれにも言えることではあるけれど。

マリ、キャシィ、ハナ。あなたたちの機械はどこにあるの。この通りのほんの数メートル先なのかもしれないわね。機械の脇にも覗き穴があれば、あなたたちが見えて、夜になると呼びかけることができるのかもしれない。ねえ、わたしの友だち、あなたたちもハロルドに恋しているのかしら。

どうしてわたしに友だちがいるのだろう。わたしには愛人しかいないのに。

お客たちはほんとうにわたしの愛人なのだろうか。たしかにお客はわたしにコインを入れて、自分の満足のためにわたしを使うのだけれど、「愛人」というのは滑らかでピンク色で、一緒に寝た誰かという奇妙な記憶があるのだ。この記憶はたちが悪いものなのか、すてきなものなのか、決めかねている。それでもわたしは「愛人」というとハロルドのこと、わたしの頭の中では服を脱いでいるハロルドのことだと自然に思える。

わたしたちのような沈黙は一度かたまってしまうと、その状態を破って、自分の熱情を最初に告白するのはほんとうに難しい。自由な時間には、どういう愛の告白をすれば、晴れてハロルドと結ばれるか、ずいぶん考えてみている。凝った言いまわしは絶対に避けるつもりだ。そういうのは誠意がない感じがしないともかぎらない。わたしは単純に「ハロルド、愛してるわ」とか「愛してるわ、ハロルド」とか、「わたしにはハロルド、あなただけよ」とか、「あなたにはわたしだけよ、ハロルド」とか、言うつもりだ。それもやさしい声で言って、わたしたちのロマンスの沈黙の時期がそんなに乱暴に終ることがないようにする。

でも、ハロルドがほんとうの名前でなかったら、かれはまごついたり、警戒したりするかもしれない。

でも、わたしは何も決めなくていいのだ。わたしにとってはすべて、入ってくるコインで決められる。たしかに棚から食べ物のパックをいつ取りおろすか、ペダルを踏んで飲み口から水を出すのをいつやるかはわたし自身の意志で決められる。でも、そういうのはほんとうの意味で判断とはいえない。わたしの人生の役目、つまりセックスはわたしの自由にはならない。もっともほんとうに心配はしてはいないけど。

眠い。

DATA-SWARMドリームキャスト

夢源：ジェイド
七月二十五日　時間：二一二〇から二一三〇

どろんとした海に浮かぶコンクリートの島……。

一ダースほどの長く低い建物、それぞれ明るい色合いに塗られて、大きな女性的曲線にそってたがいに鼻をすりつけあう……。

水際に銅像がひとつ建っている。こざっぱりして、意志が強そうで、学者然としていながら、ひどくやさしい眼をした老人の像だ。大理石の台座に名前が刻まれている。志摩幸吉（こうきち）。女が指先でその文字をなぞると、銅像がしゃべりだす。が、金属の唇は動いていない。

「おまえの体はおまえのものではない。他の人間のものだ。したがっておまえはその体を損傷してはならないし、怠慢によって損傷をこうむることを許してもならない。

「おまえは所有者（あるいは所有権喪失の場合には、男であれば誰であれ）から与えられたすべての命令に、たとえその命令が第一条に反するものであっても、従わなければならない。

「おまえはいかなる男も傷つけてはならない。また、第二条を守らないことによって、男に不快感を与え、精神的に傷つけてもならない」

これが女性工学の三原則だ。
むこうの海から、ギョロ眼のついた頭が水のなかに浮き沈みしているあたりから、
セイレーンがうたうのが聞えてくる。

そんなにトラウマを負い
ホルモンを注入されて
ビニールのタンクの中で
どうしておまえは考えることができよう

ああジェイド、われらが乙女よ
おまえは目的をとげるだろう
だが先ずおまえは墜（お）ちることになる
もっと深く、そして溺（おぼ）れることになる。

それ以外に
われらが劇化されることがあろうか
われらがプラント、ジェイドによって

ハロルドは朝早く、いつもの時間にやってくる。タイマーはまだわたしのスロット・メカニズムを開けてはいない。わたしの想像では、彼は夜じゅう他の機械の掃除をしていて、わたしを最後にとっておくのではないかと思う。そうすればわたしのところでぐずぐずできるからだ。ハロルドは陽気に口笛を吹きながら、わたしの脇にある小さな清掃用の扉の鍵を開け、車から蛇のように伸びているホースをとりつけ、わたしを洗いながす。特別の鍵を使ってスロットのメカニズムを起動し、冷たい膣洗浄液を射出し、スロットが閉じる前に器用にパイプをひき抜く。わたしは清潔になってさっぱりし、眼もすっかり覚めて、一日を始める準備ができる。この早朝の洗浄はほんとうに楽しい。もう慣れてしまってはいるけれど。

わたしのシートの下の浄化槽を洗い、松の葉のように新鮮な匂いのする消毒液を詰めかえる。水量を確かめ、食べ物のパックの容器を点検する。

こうして基本的な作業が終ると、ハロルドはぞうきんをとりだし、わたしのビニールの上半身にとりかかる。乳房を磨き、唾をはいてこすっては前日の指紋を消す。その間ずっと、わたしのために特別に歌をうたってくれる。

　ぼくが結婚する娘は
　ハリィのように幸せになるのさ

ほら、やっぱりそうだったんだ。かれの名前はハロルドなのだ。でも、わたしは何も言わない。この朝のセレナーデのじゃまをすることなんか、どうしてできよう。

あまくやわらかいことは
蜜蜂のよう
でも針は一本もない
ガーターとフリルのついた下着を着るのさ
それにたっぷりとした寝間着
台所では天使
寝室では娼婦
ぼくにあこがれる人形
ぼくが結婚する相手の娘は
そうじゃなくっちゃ

今朝は磨くのが終ってても、ハロルドは行ってしまわないでいる。何かを待っているように、その辺をうろうろしている。

わたしに直接話しかける勇気を出そうとしているのだろうか。それともわたしを使う勇気を出そうとしているのだろうか。ハロルド、恥ずかしがることなんか何もないのよ。たぶんそのことは雇傭契約で禁じられているのだろう。わたしが自分でスロットを開け閉めできれば、よろこんで開いてあげて、そうしたければまっすぐ入ってきていいのよ、朝一番のまだ新鮮なうちにやっていいのよと示すところだ。

ああ、ちがう、そうじゃなかった。

仕事へむかう人びとが行き交う影が映りだすと、ハロルドはポケットから記入用紙と鉛筆をとりだした。涙が出るまで眼をこらしてみると、用紙に書かれていることが読みとれた。

あてはまるものに一つ、丸をつけてください。

質問一　乳房はお楽しみの邪魔になっていますか。

（a）位置もいいし、とても楽しい。もっとあってもいい。

（b）位置はいいが、自分には不要だ。

（c）不要だ。
（d）少々じゃまだ。
（e）じゃまだから、とり除いてしまいたい。

質問二　わが社の機械にご満足いただいていますか。
（a）あらゆる要求を満たしてくれる。
（b）当面の要求を満たしてくれる。
（c）要求を半分満たしてくれる。
（d）まったく要求を満たしてくれない。
（e）不満が大きくなる。

質問三　十ドルという価格は……
（a）安すぎる。もっと出してもいい。
（b）妥当だ。
（c）すこし高い。
（d）高すぎる。
（e）ばかばかしく高い。

あは。

わたしについてなにか疑問はあるだろうか。

ハロルドの心に疑問の余地など無いことは確かだ。わたしを無責任な回答から守るために、ハロルドはこの不愉快な仕事を自分でひき受けたにちがいない。かれがそこに立っているのを見れば、これはもうはっきりしているけれど、この質問用紙にふざけた答えをする神経をもっている客などいるはずはない。

その日最初のお客はストライプ入りの青いスーツを着た太った男だ。通りを渡りながらもうコインをいじっている。

ハロルドが前に出る。

「おはようございます。私はこのセックス・マシンのメーカー、十ドル・スロット・コーポレーションの者です。私どもでは消費者の嗜好についての調査を行っております。お手数ですが、機械を使用された後で、この用紙に記入していただけないでしょうか」

太った男は用紙を一枚受けとり、ざっと見るとハロルドに返す。ズボンのジッパーを降ろしながらわたしの台に昇る。コインがわたしの箱にチャリンと音をたてると機械が唸り、わたしは横になって前に押し出される。こういう時はいつもそうだが、惜し気なく濡れている。

太った男はあはあふうふう言いながら、前後上下にわたしのスロットに突きこむ。十分硬くなっていないし、顔はふんばるあまり赤くなる。が、とうとう男はいき、後ろに降りて、ポケットのハンカチで前をぬぐう。

「ティッシュを置いといてもいいいな」とつぶやく。

ハロルドが男に紙と鉛筆を渡すと、男は質問一には（c）、質問二にも（c）、質問三にも（c）に丸をつける。

「チョコレートの自動販売機もつけたらどうだ」太った男は文句を言う。「ドラゴン印のやつだ。運動した後は甘いもので景気づけがいるぞ」

この男は好きじゃない。ケチだ。

ハロルドは小さな手帳になにかメモをとっているが、何を書いているのかは見えない。

「音楽や声をかけませんでしたね」

「集中してる時に、気を散らす雑音なんかいると思うか」

次の客はオレンジのオーバーオールに建設労働者用のヘルメットをかぶっている。

弁当箱を脇に置いて昇り、ためらわずにムード・ボタンCを押す。常連の一人だ。この人はあんまり大きいので、ときどき少し痛い。特にまだ調子が出てこない、朝早い時間はそうだ。でも今朝は全然痛くない。たぶんハロルドがずっといるので興奮して、全力をつくそうとしているせいだろう。突っこまれている間、わたしは絶叫し、すすり泣き、悲鳴をあげる。声は本物そっくりだ。その声を出しているのが自分だと、もう少しで思いこみそうになる。

ハロルドが紙をわたすと、ヘルメット男は質問一に（b）、質問二に（b）、質問三に（c）と答え、それからひとつ頷（うなず）くとひとことも言わず、弁当箱をぶらさげて急いで行く。

他の客が来るのを待ちながら、ハロルドは鼻歌をうたっている。かれが嫉妬を感じるのではないかと期待したのだが、そのことはうまく隠している。ハロルドがここにいて一日中一緒に過ごし、わたしが人びとを満足させているのを見てくれるのはうれしい。このおかげでハロルドは自分から行動する勇気がわくはずだ。少なくともそれはわたしの女としての直感だ。

18

DATA-SWARMドリームキャスト
限定配布：ジェイド
六月三十日　時間：〇三三〇から〇四一五
夢源：キャシィの脳ネット記録
アクセス・パスワード：大虐殺はわが娘

「おまえは必需品(インディスペンサブル)だよ、ハニー」

ハーミー・デトワイラーはふくみ笑いをしながらキャシィの赤く熱した乳首から離したハヴァナ葉巻をふかし、ヘリコプターの狭い客室を青い煙でいっぱいにした。

「というより、おまえの場合は使捨て(インディスポーザブル)にできない、と言うべきかな。ふははははは」

「あら、ハーミー」キャシィはつくり笑いを浮かべ、押されていた乳房のメカニズムをゆるめる。「あなた、自分のライターを使捨て(つかいす)にするなんてこと、考えてないわよね」

「おまえはただその乳首を熱くしとくことだ。私にはそれで十分だ」

「ちょうど今朝充電したばかりよ、ハーミー。あなた、ずいぶん使うんですもの」

「わかった、細かいことをうるさく言うな。その次には例のあのことをわざわざ教えだすこったろうよ」

「でも、ハーミー、わたしがいればそれは幸せになれてよ」

「言ったはずだ、ベッドの中では葉巻は吸わん。そうそう、ついでに言えば、おまえの抽斗にまともな葉巻をうまく入れられないのは、だんだんいらついてきたな」

「でも、ハーミー、わたしのその大事なハヴァナを入れてしまったら、他の人が葉巻を吸ってしまうんじゃなくて」

「抽斗を二つつけるように指示しとくんだったな。片方に普通のやつを、もう一つはライターの下のもっと深い、私専用のやつだ」

「そうしたら、わたし、アンバランスな恰好になるわよ、ハーミー。片方の乳房をもう片方よりずっと大きくしなくちゃならないわ」

「何で、単純にもっと奥まで入れられないんだ」

「この裏には肺があるのよ、ハーミー」

「そいつはどうにもならんのか。片方の肺だけでなんとかならんのか。おまえ、煙草は吸わないだろうが」

「支持構造の問題があるんだと思うわ」

「んなものはへでもない。添え木を二、三本、肋骨に固定すればいい。さもなきゃ、骨に片持ち梁をつける。まあ、そう指示しなかったのは私だからな、仕方がない」

「あなた、ほんとうに無茶を言わないのね、ハーミー」

「おまえはしゃべりすぎる」

「それはただ、びくびくしてるからよ」キャシィはヘリコプターの窓からちらりと外を見やった。ヘリは市の商業地域から離れる形で市街地の上を飛んでいる。ここ数週間で初めて、空中にそびえる塔の外に出るのでおちつかないのだ。「今どこへ向かっているのか、いつになったら教えてくれるの、ハーミー」

ＨＤはふふふと笑って、キャシィの膝を軽く叩いた。

「びっくりさせてやろうというのさ。が、まあおまえがショックを受けて何もかもだいなしにしないように、言っといた方がいいかもしれんな。私たちが向かってるのはかなり特別なファックイージー・バーで〈コック＆ブル〉というのさ。マーカス・ミキ——おまえが前いた会社、なつかしきＣＢＧ社の広報担当だ——やつがレセプションを開いてるんだ。それでおまえを連れていった方がいいと思ったのさ。やつにとってはちょっとした無料のパブリシティさ。ひょっとすると志摩老人本人もいるかもしれん。はっきり言えんが、パーティーじゃ、おまえの昔の女友だちの誰かに出くわすかもしれんぞ」

キャシィは自分がこれから何かと交換されるにちがいないと思って、パニックに陥った。

「女の友だちなんていないわ、ハーミー。わたしにはあなただけよ」

「おいおい、私は娘じゃないぞ」

「もちろん違うわ、ハーミー。あなたは立派な男よ」

「そしておまえは最高のライターだよ。みんなおまえがうらやましいんだぞ、知ってるか」

安心してキャシィは明るいスパンコールのついた高速道路の蛇を見つめた。間接的にこの都市を所有していることに誇りを感じ、自分の地位を守ろうとあらためて心に決めた。葉巻のパパを傍らに、空中を飛んでゆくのはほんとに最高だ。記憶に残る島のなんとかび臭いことだろう。


〈ヘリコプターの運転手は〈コック&ブル〉屋上の駐機場にマシンを着陸させた。キャシィとHDは一緒にエレヴェーターで玄関ロビーに降りる。クローク・ルームでHDはビジネス・スーツを脱ぎ、ミシシッピ河外輪船でギャンブラーをやっている紳士の衣裳に着替えた。黒のビロードのスーツにドレーンパイプ・ズボン、凝った白のシャツとスカーフ、ダイヤモンドのピン。空包を詰めたデリンジャーを持つ。キャシィは裸のままで、クローク・ルームの係はちょっとこれはという顔で見た。

「何かまずいのか」ＨＤがつっけんどんに訊く。

「はあ、実は、今夜ここに来ている個人所有の女たちは全員何か身につけております。お客様の女も店の常駐スタッフとまちがえられる可能性がございます」

「おいおい、この女は私の煙草用ライターだぜ。体を覆っちまっては役に立たん。自分の火で自分が燃えてしまいかねんぞ」

「いえ、これはお客様次第でございます。ただ、なにか簡単なものをまとっていただくのはいかがでしょう。例えば、ストッキングとガーター・ベルトとか。あるいは石綿繊維のタイツの方がよろしいかもしれません。それにお客様が握っておられるように、ブレスレットと鎖をつけるのはいかがでしょうか」

「なるほど、言ってる意味はわかった。タイツにしよう。熱い灰が脚の上に落ちないともかぎらんからな」

係はすばやくきらきらするグレーのタイツを出してきた。キャシィはこの慣れない衣裳をもがきながら穿き、皺を伸ばすのにちょっと手を焼いたが、係がやり方を教えてくれた。形は外から見えるとはいえ、陰部を隠してしまうのは、何とも奇妙奇天烈だ。

「ブレスレットはいかがいたしましょう。腰、首、足首、手首、どこがよろしいですか」

「手首でいいだろう。いや、ちょっと待て、それじゃ乳房を操作するじゃまになるな。腰にしてくれ」

係は真鍮の腰帯をもってきてはめ、鎖の先をHDに渡した。

「こちらが鍵です。鎖からはずしたいということもございましょう」

「その時はただ鎖の方を落とせばいいだろう」

HDはそっけなく答える。

「他の人間が踏みつける危険性もございますよ」

この気のきいた係にHDはたっぷりチップをはずんでやった。

HDにつれられてメイン・サルーンに入ったとたん、キャシィは明るいシャンデリアに眼がくらむと同時に、牛の絵にとまどった。

近寄ってきてHDの手を握り、大袈裟（おおげさ）に振ってみせたマーカス・ミキは赤い顔をした中年男で、髪は滑らかな黒、ジーンズの上に気取ったカウボーイ用の革製オーバーズボンを穿き、チェックのシャツを着て、ネッカチーフを巻いている。品定めでもするようにキャシィを上から下まで眺めた。

「これはわが社の製品の一つでしょうな。ご満足いただけてますか」

「これ以上は望めんよ、マーカス。これ以上は望めん」

二人の男は笑った。

「葉巻はどうだ」

ＨＤは自分のケースをとりだした。が、キャシィはかばうようにその腕に触れた。

「いけないのではないの、ハーミー。最近のビジネス慣行のことであなたがおっしゃったことからすると」

じらすように抽斗を出してみせる。

ＨＤの顔がどす黒くなった。

「ふざけるなっ。ここじゃ、葉巻を吸ってもかまわんのだ。むしろふさわしいことなんだぞ――わからんのか」

この非礼にマーカス・ミキの手は居心地悪そうにひらひらした。すぐにハヴァナを一本受けとると、満足そうに鼻の下を左右に通す。丁重にキャシィは乳首を熱くした。

マーカスは葉巻をふかし、煙をはきだした。

「こちらへどうぞ、レンタガール社の新しいプロモーション担当のトム・バンフをご紹介しますよ」

「キャシィッ」ＨＤがきつい声で囁いた。「きさま、もう少しで私に恥をかかせるところだったぞ」

「おお、ごめんなさい、ハーミー——わたし、まだ慣れていないのよ、それだけよ。でも、すぐに覚えるわ。やる気は満々なの」

ＨＤはキャシィをぐいと引っぱり、そのまま後ろに引いて、もうもうたる煙を残してゆくマーカスの後を追う。酒場はカウボーイ、保安官、無法者でいっぱいだ。カントリー・ミュージックががなっている。ＤＡＴＡのエンタテインメント・ソフトからの新曲だ。

わたしに頼っていいのよ
なんでもあなたの望むものになるわ
鍵を持ってるのはあなた
わたしの心の鍵を
わたしは馬
あなたの荷馬車を引っぱる馬
あなたは料理
わたしはソース
他に役はないのよ
人生という映画のなかで

わたしには……

いきなりマーカスが立ちどまる。

「どうもね、この歌は実にいらつきますね。何で我々が女に『頼らなく』ちゃならないんですか。近ごろ、ひょっとして世の男どもの半分は、女に固着してるんじゃないかと想像してるんですよ。それもとてもじゃないが、まともとは言えないくらいまでね」

「その非難の対象からは私ははずしてくれてかまわんよ、マーカス。私の楽しみはいい匂いだけだ」

「おっとっと、私はなにも匂わせているわけじゃありませんよ。こんな風にしゃべることも控えるべきでした。ただ、あなたとは古いつきあいだというだけのことです。それに先日志摩に言われたこともからんでます。人類の感情エネルギーのあまりにも大きな部分が、我々の製品のようなものにすっかり吸い取られていると不満を漏らしていたんですよ。私に任せてもらえるなら、女どもは居留地かなにかに押しこめときますね。社会から完全に締めだすんです」

「マーカス、その葉巻で少しおちついたらどうだ。まるでホモセックス・サムライがしゃべってるみたいだぞ。男たちの大半が女房なしでどうやっていけるというんだ」

「自動人形はどうです」

「たわごとだよ。完全に人間型のロボットはまだ誰にも作れないんだ。女という形ですでにロボットがあるというのに、なんでまたわざわざ手間暇かけにゃならんのだ。まったく、私がきみの友人でなかったら——それにこんな晩だしな」

「実を言うと転職しようかと思ってるんですよ。まるで自分が奴隷の主人のくせにほんとうは奴隷そのものになってる——しかもそのことに気がついていないという感じがこの頃してるんです。まるでなにか妙な形で私が奴隷に所有されてるような具合です。引退して、隠者にでもなろうかと思ってるんです」

「いいか、マーカス、その古い言葉を使わなけりゃならんというのであれば、世界の歴史上最高の文化というのはすべて奴隷制をもとにしているんだ。エジプトを見ろ、ギリシャを見ろ、ローマを見ろ、サラセン帝国、アメリカ共和国連合、みなそうだ。そして〈無政府時代〉に起きたことを考えてみろ。世界はもう少しで吹っ飛ぶところだったんだぞ。海豚（イルカ）を解放すりゃあ次は鶏の解放ときたもんだ。食べるのが申し訳ないと、みんな野菜に歌をうたって聞かせた。そうなれば左足が右足からの解放を要求するようになるのも時間の問題だ」

嘲笑うようにHDはおが屑に唾を吐いた。

傍に立つキャシィは辛抱強く耳を傾むけ、学びとろうとしている。サルーンの中にカスタムメイド・ガールが三人いることに気がついていた。一人は兜無しの戦士の鎧を着ている。プラスティック製の透明なもので、ビキニが描いてあるところ以外はシースルーだ。この女がカスタムメイドであることは、頭に髪の毛の代わりに堂々たる紫の羽根が生えているのでわかる。もう一人は腰と胴の中央に底も蓋もない木の樽をはめていて、樽には「幸運の一すくい」というラベルがある。女は樽のロープの箍を両手で握りしめている。樽の栓口に鎖が一本通してあり、持ち主がたち止まって友人とおしゃべりするたびに、女はすぐに樽を降ろし、中にうずくまる。眼球の代わりに眼窩には美しいクリスタルが輝いていた。最後にもう一人、全身玉虫色に変化する羽毛で覆われた娘、ほんものの極楽鳥がいる。透明なケープをまとって、羽根を抜かれるのを防いでいた。

「見憶えのある子はひとりもいないわ」

ほっとしてキャシィはつぶやいた。少し驚いてもいる。

「おまえのとこだけが唯一の島じゃないからな」

ＨＤがつぶやく。

自分のうぶさに顔が赤くなった。

「時々その方がいいんじゃないかと思いますよ」

マーカスがつぶやく。

HDはマーカスの肩を軽くたたいた。

「面倒をみているのはDATAだ——それにDATAはきっちりとプログラムされてる。この世はなべて事も無し、だよ。私たち二人に必要なのは飲物だな」

「そうですな」

トム・バンフが人混みをこちらに縫ってくるのを見て、マーカスはしゃんとなった。だがその時、キャシィはハナの姿を見つけた。飲物の盆を運んで、ワイアット・アープの群れを通りぬけようと骨を折っている。貞操帯から鎖が後ろのおが屑のなかに伸びている……。

ハナはくたびれているようだった。六つの乳房と顎に乾いたミルクが固まっている。貞操帯が重くてかさばるらしく、ぎこちなく歩いている。貞操帯ですりむけているのか、コインがボックスにだいぶ溜まっているのかもしれない。両眼からはとめどなく涙が流れていた。

はじめハナはキャシィに気がつかなかった。気がつくと、まるで幽霊でも見たかのように驚き、ショックを受けた顔で見つめた。キャシィに向かってよろめき、飲物が手の盆の上にこぼれた。空いている手を伸ばして、キャシィの乳房の抽斗に触ろうと、ほんとうに当人かどうか、確めようとする。ハナは生まれて初めて、今にも言葉をしゃべろうとするように見えた。空気を呑みこむ金魚のように、何度か口を開いたり閉じたりする。とうとうほんとうに音を絞りだした。喉の奥で低くうめいた。うめきを言葉に変えようとしているようだ。

が、なにも出てこない。

キャシィはハナの手をはたきのけると笑った。

「あら、ハナ、あんたファックイージー・ガールなのね、なんて、おかしいんでしょ」

キャシィは裏切者（うらぎりもの）
でも憎むのはやめよう
ユダが要（い）るから
キスをさせるために

胸に入るのはキングサイズが三十本
だからといってキャシィが私腹を肥やしてるわけじゃない
夢を送って考えてもらおう
おめかししてミンクのコートを着ているよ

19

今朝はどうして愛など口にできるだろう。昨夜あんなことが起きてしまっては。

昨日はとても忙しい日だった。ハロルドは一時間いて、アンケート用紙を集めていた。近所の企業や建設現場の従業員たちは正午に夏のボーナスをもらい、午後はその金を使う暇ができた。そこでその人たちは店になだれ込み、買物の包みをわんさか抱えてくると、私を使うのに列を作った。午後じゅうずっと、わたしのスロットはほとんど閉まる暇もなかった。私は遊園地のローラーコースターに乗ったか、大きな船のブランコに乗ったみたいに、後ろに倒されては前に押し出されたので、胸のあたりがおちつかなくなった。でも、休憩時間中、一部の労働者たちの削岩機のような行為はひとつもなかった。むしろどの顔もおちついて、穏やかだった。前に傾むけられるたびに眼に入るのは、店で金を使ったことで、心ゆくまで発散した、同じ顔だった。

しばらくして、わたしは眼をつむり、ブランコの感覚に身をまかせてしまった。眼を閉じると船酔いのようなものを避けるのはむしろ易しい。こんな忙しい時には、船酔いの薬でも備えてほしい。そこでハロルドが要らない掃除をしなくてもすむように、昼食と午後のおやつは食べないでおいた。いとしいハロルドはどちらにしてもわたしをきれいに掃除してはくれるのだけれど。おなかがいっぱいに膨らんだむかむかする感覚をご馳走だと思うことにした。枕に羽根を詰めるようなものだ。それで十分だった。

午後九時、店が閉まり、わたしのスロットも翌朝まで閉じた。遅くまで買物をしていてチャンスを逃した人たちが、わたしの乳房を両手で撫でてから肩をすくめ、それから家に帰っていった。わたしはうつらうつらしていて、シートはようやく水平に動かなくなっていたけれど、わたしの頭はまだ前後に揺れていた。

真夜中、わたしはショックで眼が覚めた。

若いコックファイターの一群がわたしをとり囲んで、笑いながらにらんでいた。髪の毛は切って、雄鶏の鶏冠の形に油で固めている。一人がナイフでわたしのスロットをこじ開けようとした。もう一人が爪先に鉄を仕込んだブーツでコイン・ボックスを蹴り開けようとした。わたしはかなり頑丈にできていたから、スロットにしてもコイン・ボックスにしても、この連中に表面を傷つける以上のことができるとは思えなかった。ただ、秘密の覗き穴を見つけるのではないかと、震えあがった。わたしは自分の頭を正面からそんなに離すことはできない。スペースが無いのだ。でも、連中にはみつからなかった。みんな、自分をみつめている眼があるかもしれないなどとは考えたことがないらしい。

代わりにギャングたちは、ハロルドがまさにその日の朝、あんなにいとしそうに磨いたわたしの美しいビニールの乳房に腹いせしようとした。ナイフで切りつけ、切り裂き、つっこんだナイフを梃子にして乳房をひき剝がし、わたしの足下にほうりだして行ってしまった。

これでもあなたの愛に変わりはないわよね。乳房がなくなってしまったわたしでも。新しいのをつけるのは簡単でしょ。乳房なんてちっとも大事じゃないでしょ。乳房はわたしたちを遠ざけるだけよ。ほんもののわたしはこの中にいて、通りに向かって三十センチも乳房を突き出してなんかいないのよ。ほんもののわたしは世間に開かれてはいなくて、あなた専用なのよ、ハロルド。

ハロルドは新しい乳房、もっといい乳房を持ってきてくれるはずだ。あの人はわたしを愛しているのだもの。今朝はとてもみじめだったけど、やってきたかれがわたしを見てため息をついた、その様子でわかる。そうよ、あえて言うわ、愛なのよ。というのもハロルドはわたしのスロットにステッカーを貼ってふさいだのだから。

ご不便をおかけしますことをお詫(わ)びいたします。
十ドル・スロット・コーポレーション

ハロルドは自分の舌で糊(のり)を舐めたから、かれの唾がわたしのシャッターに触れるのは、これまででキスに一番近いものだ。それだけじゃない。この決定的な行動で、他の男がわたしを使えないようにしたのだ。

いずれにしても、今日はそうたくさんの人間がわたしを使うとは思えない。それにたぶん、十ドル・スロット・コーポレーションは、壊された機械のようなものについては厳格な規則があるのかもしれない。

とはいうものの、なのだ。ハロルドがこのチャンスにとびついたのはまちがいないと思う。絶好の機会に乗じたのだ。

一日じゅう、わたしは一人でほうっておかれている。

それで、わたしは何時間も筋の通った形で考えていた。わたしの頭はぐるぐる回っている。わたしは新しい乳房がほしいのだろうか。ほしい。乳房はわたしの宝石、わたしの口紅、わたしの香水なのだから。あれはわたしにとってはブラジャーだ。その下にわたしのほんものの乳房が隠れている。気がついてみると、何度も何度も同じことを考えている。

「ブラがなければ、乳房もない」

これは正確にはどういう意味だろう。とても深い意味のようでもある。アイデンティティなどというむずかしい問題をつきつける。実存主義という言葉がぱっと頭に浮かんだ。

わたしは少々錯乱していたのかもしれない。まるで、あの若いごろつきどもの汚いナイフから毒のようなものが——ビニールの胸の傷を通って——わたしの血の中に忍びこんだような具合だ。わたしの精神に作用するようなタイプの魔法で、あいつらは実際わたし本人を傷つけていたのだろう。絶対にわたしの血はどこかおかしい。

午後にはうつらうつらした。そして乳房が二つでなく、六つある夢を見た。白日夢の中で、わたしはその乳房を手で撫でた。触られて乳房がミルクを出しはじめ、腹の上を細く垂れてゆき、甘く白い流れになって両脚の間を下ってゆくのを感じる。顎の先にも乳首があって、猫のようにそれを自分で舐めることができる。そうやって自分の舌で食事ができる。

ハナ！

マリ！

こういう名前を、以前どこで聞いたのだろう。こういうのは空想の名前で、生まれる前に――この機械の中、わたしの鉄の子宮で生まれる前に見た夢に出てきたのに違いない。

　でもわたしの機械が子宮なら、わたしはまだまるで生まれていないではないか。するとわたしは生まれるのを待っているのだ。ということはハロルドはわたしの愛人であると同時に、わたしの産婆（さんば）でもあることになる。考えがひどく妙な具合にかけまわる。眼ははっきり覚めているのに、幽霊がとり憑（つ）いている。

　夕方、ハロルドはもどってくるが、新しい乳房は持ってこなかった。

　ハロルドは後ろにクレーンのついた小さなトラックを運転してくる。新しい乳房を本来の位置にまで持ちあげるのにクレーンは要らない。単なるビニール製だ。

　ハロルドはわたしの周りに太いロープを結びつけ、機械の下にちゃんと通すため、わたしを土台から持ちあげる。小柄だけど、力はとても強い。

　数秒後、わたしはこんなにも長く定着していた場所から持ちあげられ、はずされるのが感じられる。さようなら、デパートさん、さようなら、お客さんたち。とうとうハロルドは愛を告白しているのだ。もうがまんできなくなったのだ。わたしを使った他の男たち全員にがまんできなくなったのだ。

　それでもまだハロルドはひとことも口をきかない。それでわたしも沈黙を守った。

たまたま通りがかった人間が、わたしたちが最初におたがいにかけるやさしい言葉をもれ聞いてしまうなんてことは許されない。

わたしをトラックの荷台に載せると、防水シートで覆った。何もかも暗くなった。ただ、トラックのエンジンの唸り声が聞え、路面のでこぼこを感じられるだけだ。ペダルを何度か踏んで、栓から水を出すうちに、わたしたちは市の街路をいずこへともなく運ばれている。

そして闇の中では幽霊たちがまわりをぎっしりと固めてくる……。

「ジェ、イ、ド、ジェ、イ、ド。ドクター・トムが十分後に面接しい、い、い、い、い、い、い、い、ます」

ドクターですって。

20

DATA-SWARMドリームキャスト
限定配布：ジェイド（失神中）
八月十一日　開始時間：一八一五
夢源：マリの脳ネット記録
アクセス・パスワード：大虐殺はわが娘

ヴィヴィアンは一面痘痕組織がある瘠せた女で、一度動きだすと何ものにも止められないストイックさがあって、このおかげで体格は細いのに、チーム最強のメンバーといえるかもしれない。痛みを感じないのだ。ヴィヴィアンの神経組織をはり巡らした時、自然はミスをおかしていた。自分の手を炎につっこんでも、肌が焼ける匂いを嗅いで、ようやく何かおかしいと気がつくのだ。

ローラー・ダービー・チームの「鳩」に加わる前、ヴィヴィアンはレンタガールとしての年季を勤めていた。サディストに貸し出されるのが彼女の専門だった。が、これはうまくいかなかった。お客がせっかく苦労して感じさせようとする感覚が、ヴィヴィアンにはわからなかったのだ。相手がなぜ鞭や焼印を押す鏝を持って興奮しているのか、汗水流して何をしようとしているのか、まったく見当もつかなかった。絶叫することは忘れなかったが、タイミングは違っていた。

ヴィヴィアンは片腕が折れ、舌を半分食いちぎったままでもスケートを続けられた。一度そうやって勝利をモノにした。が、チームのキャプテンのカルメンは、緊急事態でないかぎり、ヴィヴィアンも規定の休憩時間をとらなければいけないことを主張した。

そこで今ヴィヴィアンはトラックをはずれて休憩用ベンチへ滑ってゆき、ヘルメットをマリにほうってよこした。

ダヴズは「精肉業者(ミートパッカーズ)」に一ポイント、リードを許している。しかし鳩(はと)が平和の鳥なのは、政治とお伽話(とぎばなし)の世界だけだ。支配的な鳩とそれよりは弱い鳩を一つの檻に閉じこめて一日かそこらすると、おつにすました勝者と羽根をむしられた死体が残っているはずだ。死体はすぐには死なないで、嘴で突かれながらゆっくりと死んでゆく。ミートパッカーズは暴走する野牛のようにトラックいっぱいに駆けまわっている——一方ダヴズはすり抜け、飛んでは爪やハイキックで相手をひき裂く。

太ったミートパッカーの一人が今フィールドの遙か前にいて、相手をもうすぐ一周抜こうとしていた。垂れさがった乳房が、二つの下卑た振子のように左右に揺れている。太股には太く青い静脈の川が流れている。赤毛がヘルメットからはみ出している。ビッグ・バーサはトラックを回りながら加速し、その巨体をできるかぎり小さく丸めると巨大な脚を一本ずつ蹴りだした。スケーターというよりは相撲の力士だ。

マリは自チームのヘルメットをするりとかぶると鳩の群(むれ)に加わった。後衛の数メートル前方の位置だ。例の強力なミートパッカーが一見ゆるくてもろそうに見える防禦(ぼうぎょ)陣(じん)につっこんでゆくと、観客は各自の端末にオッズが縮まるのもかまわずに新たな賭(か)け金をうちこみ、大喜びで吼えた。

たたんじまえっ
ミート！
ぶっ叩けっ
スイート！

狩りのどよめき……。

野獣が後ろから襲いかかってくる感覚……。

マリにとってこの瞬間は恐怖と逃亡と戦いの数週間のクライマックスだった。あの私設動物園からの逃亡。続いてヘリコプターに追いかけられたこと——とりわけ自分だけが追いかけられたわけではなかった。大型の猫（マリも大型の猫ではあったが）や熊も自由にうろついていたからだ。隠れ、食物を求めてゴミをあさったこと。自分の車を捨てて追いかけてきた空き巣狙いに向けてライフルを撃ったこと。外れたこと。そいつが車で逃げ、武器をもって逃走している女がいると警察に告げたこと。ネオ・アパッチの一団と戦って弾が尽き、頭の皮と毛皮だけは無事なまま、かろうじて逃げおおせたこと。とうとう歓楽街の騒音とネオンにさ迷いこんだこと。そこでは男たちがマリの姿を見て眼を丸くし、口笛を吹き、誘うように手錠をかたかた鳴らした——が、爪を出してみせたのと、マリの眼の狂気を見ると、近づいてはこなかった。武装警官が闊歩している大通りは避け、バーや手相見やタローカード占いや体験(フィーリィ)ショップがぎっしり詰まった狭い路地にもぐりこむ――やがて、路地そのものが迫ってきて捕まえようとするように見えたこと。そしてとうとう、へとへとになってふらふら歩いていた時、一本の手がマリの毛皮を摑んだこと。そして、傷だらけで瘠せたヴィヴィアンが囁いたのだ。

「仕事を探してんのかい」

「どんな仕事？」と訊きかえすだけの才覚がマリには残っていたにちがいない。

「自由な仕事さ！」瘠せた女が言った。眼が輝いている。「ま、比較的自由ってことだけどね。あたしら、〈旦那〉とはほんものの契約を交わしてるんだ。たぶん、MALEの前じゃ法律的に効力は無いだろうけどな。それでもあたしら、あるトーナメントの最中にストを打ったんで、それでやつも契約書を書かなきゃならないはめになったのさ。いやもう、あいつ、怒ったのなんの」

「ストだって。つまり、オーナーを殴ったのかい」

「ちがうさ。わかってないね。まあ、あんたにはわかるはずはないな。見りゃわかるよ。毛皮のコートを着てるのと、毛皮のコートが生えてるんじゃ、まるで話がちがうわな。あんた、生まれてこの方、あちこちで玩具(おもちゃ)にされてきたんだろ。でも、あんたには野獣みたいなところもあるね――つじつまが合わないな」

「あたしのオーナーは野獣を欲しがったのさ。そうして鞭で飼いならしてみたかったんだ」

「どうやって逃げたんだい」

「殺したんだよ。もっとも、自分で手を下したわけじゃないけど——でも、やつが死んだのはあたしが仕掛けたからだ」

「わお。あたしらも結構野獣だよ、ダヴズにいる連中はね。旦那はあたしらを野獣にしておかなくちゃならないのさ。さもないと戦えないからな。従順の夢や服従の夢を見せるわけにはいかないのさ。いつも自分のセレクタはヴァルキリー・チャンネルに合わせてるよ」

この時はマリは言われたことがほとんどわからなかった。が、ヴィヴィアンの声に籠められた熱情を信用した。

「あたしは何をすることになるんだ……その仕事で」

ヴィヴィアンはにやりとした。

「死のバレエじゃないよ。ほんとうさ。ただのローラー・ダービーだ。ダヴズに入りなよ。新人が要るんだ」

「死のバレエって何だい。ローラー・ダービー、てのは」

「あんた、あんまりモノを知らないんだな。死のバレエというのは女たちが手首や足首に棘をつけて、死ぬまでか、手足が動かなくなるまで戦うのさ。ローラー・ダービーは、そうさな、スケートをして、ひっかけたり殴ったり、相手の目ん玉に指をつっこんだりするだけさ。ローラー・ダービーの方が実際にはバレエよりも観客は多いんだ。たぶん男どもの大半は神経質なんだろうよ。それに賭けるのも盛んだ。来なよ、見せてやる」

ローラー・ダービーはいつも満員の観客を集めていたし、主な大会はSMテレビで放映されていた。このチャンネルは他に死のバレエ、狩猟、処刑、決闘、マルキ・ド・サドの作品の映像化、それに人気シリーズである『魔女裁判』と『異端審問物語』を呼び物にしている。

まもなくマリはダヴズのオーナーとの契約に署名した。少なくともある書類に拇印を押した。誰かがすでにマリを所有しているかどうかは問題になる点だったから、契約はマリの側もオーナーの側もそんなにきびしく縛るものではなかったが、それでもMALEのモジュールの一つが証人となった。

オーナーはたいてい後ろに引っ込み、仕事自体は女たちに任せていたので、チームの志気は高かった。オーナーは女たちが訓練をしているジムの隣のオフィスに終日すわり、ホールを押えたり、移動と宣伝の手配をしたりしていた。試合が無い日の夕方や、試合後の夜の間、女たちは自由だった。オーナーは女が好きではなく、小さな男の子を愛好していたからだ。若い稚児たちを収容しておく贅沢な専用の施設にローラー・ダービーからの儲けの大部分をつぎこんでいた。オフィスの壁では、たがいに戦ったり、蹴りあったりしている女たちの写真と、森や林を背景に思春期前の少年たちが裸でいる牧歌的な写真がきわだった対照をなしていた。

マリは第二防衛線にすべり込んだ。ビッグ・バーサが潰されたらすぐに前に飛びだせる構えだ。巨大な赤毛がつっこんでくるとカルメンはわざとスピードを落とした。すばやく横に動いて、進路をふさいだり開けたりして、赤毛のミートパッカーを混乱させる。慣性そのものを頼りにビッグ・バーサはまっすぐつっこむ。拳を固め、カルメンを脇にふっ飛ばそうとかまえる。

その時、カルメンが思いきったことをした。足首がもげそうなくらいスケートを捻ってきゅっと止まると、ビッグ・バーサの真正面によつんばいにうずくまったのだ。無防備だが危険な障碍物だ。

赤毛は跳んだ。太い両脚を抱えこむ。差は十センチもなかったろう。赤毛はカルメンの背骨をクリアした。カルメンのむきだしの脊椎を踏みつぶしたいところだったろうが、あえてそうはしなかった。

地響きたててトラックに落ちる。バランスを崩し、両腕を風車のようにふりまわす。まだバランスがもどらないところへ、ティナが全体重をあずけて体当たりした。

ビッグ・バーサは片方のスケートだけで狂ったように滑ってゆく。左脚はバランスをとろうとしてどんどん高くなる。怒りと恐怖でわめきたてる。

「わうわうわうわうわうわうわう」

伸びた脚の足首を摑むと、マリは加速して赤毛の周りをくるりとまわり、赤毛に回転を加えて、太陽を通過したばかりの彗星のように飛びだした。ビッグ・バーサの方は片足をふりまわし、よろめき——そしてすさまじい音とともに床に叩きつけられた。

ダヴズの他のメンバーはマリとともに加速し、マリを守り、相手を妨害しながら、ミートパッカーズの防禦陣につっこんだ。

ミートパッカーズはほんものの重量級だ。かたまって滑っているこいつらは動く肉の壁だ。グレイスとヴァルが拳と後ろ蹴りで道を開くと、マリは太ったピンクの尻を爪で切り裂く。牛が吼えてとうとう道を譲(ゆず)ると脇をすり抜ける。巨大な黒い女が衝撃バリアに自分からぶつかり、反動でマリの前にとびだした。そいつの乳房はボーリングのピンのように一緒に揺れている。両腕がマリを叩きつけた。マリは唾をはき、しゅっと罵(ののし)って、爪でひっかいた。爪の一本がチョコレート色の乳首に引っかかり、爪が引きちぎられてかっと痛みが爆発する——同時に相手の胸にも痛みがつきささり、気がそれた瞬間、マリはひらりと身をかわして前に出た。指から血がぽたぽた垂れている。フリーで、前方には誰もいない。興奮した観客がわめいている。

いいぞ、ダヴズ
ふっとばせ、ダヴズ

マリはヘルメットを宙にほうりあげて摑み、ちょうど抜いてきたカルメンにひょいと投げた。それから指に繃帯を巻いてもらうため、トラックからすべり出た。

「こんなの何にもならないよ、ヴィヴ」休憩用ベンチにすわってマリは言った。「女たちがたがいにつかみ合いをやって、男どもがやじったりすかしたり賭けをしたりしてるなんて」

「ミートパッカーズが女だっていうのかい」ヴィヴィアンはにやりとした。「まあ、言いたいことはわかるよ。たぶんまともな神経網が無いからあたしにはなんにも感じられないんだろうけどさ。でも他人があたしに頭文字を刻む理由なんてあるかい」

「じゃ、これからどうする」

ヴィヴィアンは傷だらけの手でマリの毛皮のコートをやさしく撫でた。

「する、だって。からかっちゃいけない。あんたの皮膚はあんたのものじゃないんだよ。今まで一度だってあんたのものだったことはないんだ」

「今はあたしのだ。あたしを買った男は殺してやった。まあ、殺したも同然だ」

「だからってあんたが自由になるわけじゃないんだよ、マリ。あんたはただ、誰がとってもいい獲物になっただけだ。忘れちゃいけない。世の中の仕組み全体が男性(MALE)なんだ」

その晩遅く、一同はチームの寮でくつろぎ、オーナーのさし入れたウォッカで勝利を祝った。二杯目をあおったところで、マリは島での自分の境遇と現在の状況がそっくりなことで、どうしようもなく泣きたくなった。あっちは娘たちの寮。今は同じく女たちの寮。変えることはできないのか。

まもなく鳩たちは自由の性質について議論しはじめた。

「だけど出てどこへ行こうというのさ」ヴィヴィアンがくってかかる。「ハーレムかい。あたしにゃ大して需要はないだろうよ」

「あたしら比較的自由があるのは運がいいよ」グレイスが言った。「オーナーはあたしたちを使うことはないからな」

「ほんとかい」マリが言いかえす。「あたしにゃ、あの猛獣使いとまるでそっくりに見えるけどね。もっとも今のオーナーは手袋をはめてもあたしらに触ろうとはしないだろうけど。グレイス、あんた、あんまり長い間トラックを滑ってまわったんで、まともに考えることもできないんだよ。自由は寮にすわりこんでウォッカをあおることじゃない。自由というのは行動だよ」

「マリ」カルメンがやさしく言った。「事実は悲しいことだけれど、あたしらは動物なのさ——毛皮をまとったあんたもわたしもその点じゃ同じだ。動物はただ生きる。独立を願って苦しんだりはしない。あんたは個人的な復讐をしようとしてるんだよ」

「あたしは自分が大切なもので、特別な存在だと信じるように育てられた——それにアルヴィン・ポンペオのおかげであたしには服従の要素は残っていない。リーダーとしてのあんたにたてつくわけじゃないけど、あたしらはローラー・ダービーよりもあたしらにとって大事なことをしなくちゃならないんだ」

「あたしら、戦闘集団としては強いじゃないかい」

腹をたてたヴィヴィアンが気負いこんで言った。

「ダヴズッ。ダヴズッ。ダヴズッ」

ティナが気勢をあげる。

「黙りな、酔っぱらってるよ」

「こんな生活には飽き飽きしてるだけだよっ」

叛乱(はんらん)の気分が高まったので、とうとうカルメンが片手をあげて皆を制した。

「わかったよ、みんな、提案があれば聞こうじゃないか。マリ、あんたは何をしたんだ。言ってみろ」

「あたしらには基地が要る——いい場所を知ってるよ。カスタムメイド・ガール社の島だ。娘たちの誰一人としてあの島にもどった者がいないことは確かだね。やつらが自分たちの製品を純粋で無知なままにしておく唯一の方法は、あたしら全員を確実に一方通行にしておくことさ。クズリ(ウルヴァリンズ)との試合に行く時にヘリコプターを乗っ取るのはどうだい。島を占領しちまうんだ」

「だけど、警察はどうするんだよ」

ティナがわめいた。

「あそこは岸から離れてる」間髪を入れずヴィヴィアンが答えた。「それに市の境界の外側だ。あれは人工の建造物で、所有権は海外で登記されてる——むしろ大海のまっただ中の船に近い。人質をとって、誰か邪魔すればそいつらを殺すと脅せばいい」

「でも、あたしらたったの六人しかいないよ」

「味方は増えるよ」マリが厳然とした口調でティナに請けあった。「他のカスタムメイド・ガールたちと連絡がとれればね。島の看護婦たちは、単にチャンネル・セレクタを男たちから奪えばいいだけのことだ」

「あ〜あ」グレイスがため息をつく。「あたしらのオーナーはただあたしらのチャンネルを〈謙虚で従順〉に切り替えればいいだけじゃないか。そうなると戦うダヴズはおしまいだよ。あいつはいつだって必要になれば、あたしらをそっくり取り替えられるんだから」

「ダヴズに手出しはさせないぞっ」

「そういう暇を与えないようにするんだ」マリが言った。「奇襲をかけるんだ。それにあたしの脳ネットはあんたらのとは違う——たとえやろうとしてもあいつにはあたしは変えられない」

「新しいリーダーができたらしいね」カルメンが静かに言った。「時期的にもいい頃合いだ」

マリはもう一杯ウォッカを飲みほした。

21

保守担当の男の名はほんとうはゼベダイで、トラックを十ドル・スロット・コーポレーションの倉庫へくだる傾斜路に乗りいれた。

冷たい青いネオン照明の光のもとに、いろいろな状態のセックス・マシンがならんでいる。あるものは革紐のついたシートと持ち上げ装置、スロットという最低限必要なものだけが剝出しになっている。横板がないものもあれば、新しい上半身がつけられるのを待っているものもある。出荷できる状態で、緑色のOKのラベルが貼られ、中に女が座っている状態のセックス・マシンも数台あった。ゼベダイはトラックを、この出荷直前のマシンの傍らに駐めた。

紙挟みを確認している間、青い排気ガスがトラックの排気管からぱっぱっと吹きだし、マシンの中にいる女たちは、通行量の多い交差点での生活の前触れを味わった。やがて運転席から降りると、ジェイドの機械の防水シートをはずす。

この機械の美しい外観が傷つけられた様に舌打ちした彼の様子は、いかにも犯人を非難するものだった。腹には深い傷が何本も刻まれているし、切りとられて剝出しになった胸はぺちゃんこだ。ブーツでくり返し蹴られたところは、金属がへこんでいる。

こんなことがありえるのであれば、乳房を磨き、機械をきれいに掃除しておくことなど無意味だ。実際ゼベダイは機械が壊されたことを眼にして以来、このセックス・マシンをわざわざ水洗いすることもしていなかった。だから昨日の精液が腐った、つんと鼻に詰まるような匂いが機械からただよっている。陽のあたるところに長く放置された牛乳壜のような匂いが、小便のすっぱい匂いと混ざったような感じだ。

クレーンを用意してトラックのエンジンをふかすと、先ほどより濃いガスが排気管から吹きだした。セックス・マシンは宙に吊りあげられ、トラックの脇を越えて、ぴかぴかのモデルの脇に降ろされた。

ゼベダイは少し後ろに下がり、ジェイドの機械にかけていたロープを出荷OKの機械の一台にかけなおした。そしてきれいな機械の尻を叩き——「こいつが俺の仕事さ」——トラックに積みこんだ。

換気扇はずっと回っていたが、地下の空気はもう青灰色になっていた。ゼベダイは咳の発作におそわれた。トラックの脇に手を突いて体をささえ、油の染みのついたコンクリートの床に唾を吐く。どこかの機械の中で女も咳きこんでいる。

トラックで出て行く前に、ゼベダイはふとジェイドの機械のところにもどり、覗き穴をのぞきこんだ。これまではわざわざそんなことをしたのは一度も無かった。

空気口から漏れてくる明りはひどく少なかったから、中は見分けるのがむずかしかったが、しばらくすると大きな眼がひたと自分を見据えているのがわかった。青い瞳はぴくりとも動かない。はれぼったい低い声がきめつけた。

「あんたなんか大嫌いよ、ハロルド」

何がなんだかわからないまま、ゼベダイは肩をすくめて、顔をそむけた。

倉庫の中で待っていた数時間の間、ジェイドは隣の女のミリーが語るのをじっと聞きながら、混乱と怒りと幻滅がひどくなっていた。

ミリーは反性的態度の廉で、ある地方裁判所でセックス・マシンの刑を言い渡されていた。ミリーは頑固に人前でズボンをはいていたのだ。ミリーによると、セックス・マシンの中にいる女のうちに、病院、裁判所、あるいは精神病院から来たものは一部に過ぎず、その他は年とった妻たちで、容色が衰えたために夫たちから捨てられたのだ——セックス・マシンの外観のおかげで、この女たちは新たな性的能力を与えられ、新たな人生を始めることができるわけだが、一方セックス・マシンとしての仕事で他の女たちより早く消耗してしまう。

ようやくジェイドの頭の中に記憶がどっと蘇えってきた。外洋に開いたある湾内のコンクリートの円盤で柔軟体操をしていたカスタムメイド・ガールたち。頭蓋に番号を描かれていた頭の禿げた小人。女の人肌がつまった衣裳簞笥のある屋根裏部屋。股間に生きた伊勢海老をはやして欲情した老人。

ジェイドはまた声をとりもどしていた。六つの乳房をもって泣いている娘のように、口がきけないわけではなかった。ハロルドに対する憎しみの言葉は恐しい圧力をかけられて噴き出してきたのだったが、その圧力の強さに、それから三十分たっても、まだ吐き気がして頭がふらふらしていた。その時、ミリーがなだめてきたのだった。あまりに長い間黙っていたので、言葉を口にしたことだけで吐き気がしたのだ。

「それは催眠剤よ」ミリーが説明していた。「指定の場所に出される前に、あたしも大量に入れられるはずよ——それとも麻薬を断たれた状態で乗り切らなければならないかもしれない。機械の中のスナックの袋にも薬が入っているはずだけど、でもわたしにはまだ違いは全然感じられない」

「食べ物の袋ですって。そういえば、あの乱暴者たちにがんがんやられてから一口も食べていない……」

「わたしは早く麻薬を入れてくれないかとうずうずしてるのよ。さもないとお客の機嫌をそこねてしまうにちがいないわ。わたし、きっとお客に話しかけてしまうのよ。口喧嘩したり、罵ったりするわ。あなたはなんのせいで閉じこめられたの？　誰かの女房だったの？」

「あたしは巨大な青い眼をしたカスタムメイド・ガールよ」

「で、あなたのオーナーはあなたに見つめられるのに飽きてしまったわけ？　カスタムメイド・ガールの中にはオーナーが下取りに出したけど、会社が他に転売できなかったんでこういう機械に入れられたのが何人もいることは聞いたわ」

ジェイドは息を呑んだ。

「つまりカスタムメイド・ガール社と十ドル・スロット・コーポレーションは繋がっ

ているわけ？」

「あらあら、全部同じ、大きな〈男一家〉なのよ」

「わしの仕事がそっくり、どこかのあほうな保守係のせいで台無しになったというのか」ドクター・マクドナルドは怒り心頭に発していた。防水シートを外されたジェイドのセックス・マシンがどこに置かれたのか、判明したのだ。「この女がここでゴシップに花を咲かせていたのは、どのくらいの間なのだ。すぐにこいつにカバーをかけろっ」

十(T)ドル(D)・スロット(S)・コーポレーション(C)の渉外担当はすばやくロッカーの一つに走って大きなタータンの敷物を見つけ、急いでジェイドの機械の上に広げた。

ドクター・マクドナルドが怒鳴りつける。

「このタイプの治療の原理はとにかく孤立させることなのだ。そうすれば女は再刻印できるようになるのだ。ちんぴらの一団に手足をもぎ取られたというだけのことで、治療が終わるわけではない」

「お詫びもうしあげます、ドクター。私どもも気がついたばかりで、すぐに連絡をさしあげたのです――当社のゼベダイは特別治療のことは知らなかったのです。あまりに損壊がひどかったために、機械をここへ運びこんだのです」

「損害がどれくらいか、女をテストした方がいいな」

「病院へ移しますか。それとも、先生の専用クリニックがよろしいですか」

「いいかね君、この女はできるかぎり動かさない方がいいのだよ。女は二ヶ月近く、統制されて安定した環境で過ごしていたんだ。新たな視覚や聴覚の刺激が多すぎたり、移動が多すぎれば混乱してしまう。どこか上の方に適当な検査室はないのかね。ここは臭いわい」

「もちろんあります。すぐに用意します」ＴＤＳＣの社員は壁の内線電話をとりあげた。「ロジャースか。最優先だ。ホワイト・ルームを空けてくれないか。何人か人をここへ寄こして、セックス・マシンを一つ上に移すんだ。そいつらは絶対にその機械を使ってはいけないし、中にいるものに干渉してもいけない。今かかっているカバーをしっかりかけておくように、それから黙っているように指示してくれ――無言でやるんだ、わかったか」

電話をもどす。

「上へまいりましょうか。換気のことで保守営繕部に言ってやります」

「ところで」エレベータへ向かいながら、マクドナルドは訊ねた。「この女、いくら稼いだのかね」

ＴＤＳＣ社員は手首のコンピュータで調べた。

「四万九千ドルちょっとです。ということは一日平均九十回の起動です。または一時間あたり六・四人が使用した計算です」

「四万九千ドルだと。ということは四千九百回ファックしたわけだ。であればもう慣れてるはずだ」

「もちろんです。間接費として五パーセント差し引かねばなりません。主に食料品のパックとゼベダイの給料の割当分です。このケースでは損耗と損壊の超過分は明らかに保険でカバーされます。ですから、最終的には約四万六千五百ドルになります。先生の手数料二十パーセントは九千三百ドルです。上に行ったらすぐに先生の口座に振込みます。早くすればそれだけ利息を稼げますから」

「九千三百ドルな……」マクドナルドは計算してみた。「それでは実のところ医療費もまかなええん。あの女、はじめに完全血液交換をしとるからな。残りは医療保険に請求できるだろう。いや、まて、だめだ。あのどあほうの警官め、正式には女を何も訴追しなかったんだ」

「ほんとうですか。それはちょっと怠慢ですね」

「損失は寄付としてかたづけるしかないかもしれんわ」

エレベータのドアが開き、二人の男は中に入った。

敷物のせいで声はくぐもってしまっていたし、急に真暗(まっくら)になってジェイドは混乱してもいたが、作業員たちが来る前にジェイドとミリーは最後にもう二つ三つ秘密情報を交換する余裕があった。

「ジェイド、あなたの姿かたちを教えて。男たちに使われている間、誰かすてきな人のことを思い浮かべられるようにしたいのよ」

ジェイドの声はまるでわけがわからず、まごついているようだ。

「覗き穴からわたしが見えないの？　あたしは通りを歩いている男たちに魅力的なように設計されているわ。腰はほとんどないも同然。乳房はたっぷり三十センチつき出ています」

「ジェイド、あなた、敷物をかぶってるのよ。それに今言ってるのはあなたじゃないでしょ――それはあなたの機械よ。それも壊される前の。しっかりしてちょうだい。もうすぐあなた、あいつらに検査されるわよ。気を強く持たなくちゃ。箱の中のあなたがどんな姿なのか知りたいのよ。眼のことは聞いたわ。他のところを教えて。あなたの役にも立つわよ」

「ごめんなさい、ミリー、頭の中で録音が何度もくり返されてるみたい」

「スイッチを切りなさい。あなた自身の声を聞かせて」

「わたしはただのふつうの女よ。ちがうのは、ただ、大きな青い眼をしてるだけ。眼はふつうよりもずっと大きいわ。でも他の女より視力がいいわけではないの。わたしの眼はただきれいなだけ」

「いいわ。続けて。胸はどんな形なの。髪の色は何。それとも機械に入れられる前に頭を剃られたの」

「髪の毛は黄色よ。胸はそんなに大きくないわ。でも、乳首はかなり大きい――茶色い木の実みたい」

「陰毛はどう？　ふさふさしてる？　それとも垂直の細い線？」

またジェイドの頭の中で録音がのさばり出てきて、唇を勝手に動かしだした。

「わたしのスロットは直径十センチ。その周りのビニールは心臓の形に濃い紫色に塗られてる……」

「やめてよ、ジェイド、機械に陰毛なんか無いわ。ただ大きくて滑らかな割れ目があるだけよ。お願いだから、集中して。あなたの陰毛はどんな感じなの」

「羊歯の葉っぱみたいにふさふさした巻き毛よ」

「わかったわ。小さな黄色い羊歯ね。黄色だったわよね」

「ええ」

「これであなたがどんな女かわかったわ。あなたは美しいのね。ああ、あなたにキスして抱きしめたいわ。そういうの大好き。そう思わない？」

「わからないわ。昔、一人、女の人を愛していたけど。名前はハナだった。わたしたち、おたがいにそれは大好きだったのよ」

エレベータの扉が開き、作業チームが出てくるのがミリーに見えた。

「幸運を祈るわ、ジェイド。自分が誰か、忘れちゃだめよ」

「やってみるわ。ありがとう、ミリー」


敷物が機械からはずされると、ジェイドはまばたきして白い医務室を見渡した。詰めものを敷いた白いテーブルと、クッションのついた白い椅子がある。男たちが数人いて、その中の赤ら顔（フロリド）には見覚えがある。あの男、ミスタ・フロリダとかいわなかったっけ。それともドクター・フロリダだったかしら。

「機械をこじ開けろ」赤ら顔の男が指示を出した。「女をこのテーブルに載せるんだ。脚はこちら側だ。縛りつけなくていい」

別の男がいぶかしそうに片方の眉を上げたが、赤ら顔の男はぴしゃりと言った。

「若いの、治療が効いているかいないか、どちらかなんだ」

もちろん、あの男はミスタ・フロリダなんて名前じゃない。あいつの名前はドクター・マクドナルドだ。

ＴＤＳＣの社員の一人がセックス・マシンの脇にパス・キーをさしこんだ。つぶされた蝶番が、まるでジェイド本人があげているような悲鳴をあげ、乳房をはぎとられた正面全体が大きく開き、裸のまま鋼鉄のおまるにすわる姿勢でくくりつけられたジェイドが現れた。両脚はクロムのチューブがはまって大きく広げられ、腕は胸を守るためにぎゅっと押し付けられている。眼はまだ大きくて碧かったが、輝きはうせていたし、毎日ゼベダイが水洗いしてはいたものの、四肢は古いベーコンのように灰色で縞模様ができている。それにまた、ひどく匂った。ＴＤＳＣの社員は革紐をほどきながら顔をしかめた。

「自分で降りられますよ」

社員が言う。

「はじめはあまり期待してはいかん」

ドクター・マクドナルドは辛抱づよく言った。そこで二人のＴＤＳＣの社員が機械のなかに手を伸ばし、ジェイドを体ごと持ちあげて外に出す。ジェイドはまだ麻痺したままで、同じすわった姿勢で固まっていた。襟首を掴まれてぶら下げられた小猫のようだ。二人はジェイドを白いテーブルに横たえ、体を伸ばす。手足を押し伸ばすと、関節が抗議してぽきぽきと鳴った。

「テストする必要があるのは」服を脱ぎながら、マクドナルドは説明した。「不完全な器官を二ヶ月間刺激された後でのこの女の反応の質だ。この器官は五千回近く刺激されているから、ある程度顕著な改善があってしかるべきだ」

黒の医者用鞄を開き、注射器を一本取りだす。顔をしかめながら自分に注射する。するとたちまち勃起した。満足げに唸って、ドクターはテーブルによじ登った。

「この女を実際テストするのに、なにかもう少し客観的な方法はないんですか」

ＴＤＳＣ社員の中でも最も経験の浅い者が訊ねた。

「そんなものは無いっ。過去二ヶ月間は純粋に客観的なものだったのだ。この女自身、自動化された物体だったのだからな。今度は主観、個人としての評価に頼らねばならん」

ジェイドは横になったままぴくりとも動かずにいた。ドクター・マクドナルドがいつでものしかかれる姿勢で膝でにじり寄ってくるのを、無抵抗のまま見上げている。最後の瞬間、凍りついた筋肉をもぎとるような勢いで手を伸ばしてドクターの睾丸を摑み、ぎゅっと絞ってねじり上げた。

ひと声吠えてマクドナルドは後ろ向きにテーブルから落ちた。苦痛と憤怒で顔を歪め、床をのたうち回る。両膝を抱えて自らなぐさめる。

つき刺すような痛みが鈍いうずきにまでおちついてようやくドクターは口がきけるようになった。

「もうこの女からは手を引く。男の一番弱い部分を攻撃するとは。この女は性犯罪者だ。恩知らずのこのアマは捨てちまえ——捨てるんだ。こうなったらそれしか答えはない」

TDSCの社員たちは短時間協議した。

「この機械はほとんど修理不能です」

「いずれにしてもこの型はまもなく製造中止になります。来月には新型の試験運用が始まる予定です」渉外担当がマクドナルドの上にかがみこんで説明した。「新しいモデルはもっとずっと自然に近いものです。空想的な正面はなくなります。最近の調査では、空想は破壊的であることを示唆する結果が出ています。新しいモデルでは正面は透明になっています」

「もっともそれでは旧妻には役に立ちませんがね」パス・キーを持った男が反対意見を述べた。「会議でもそう言ったし、今でも意見を変えるつもりはありません。我々は二段階方式を試すべきです。一番新鮮な女はしゃれた二十ドル・モデルに入れるんです。低所得者向けには昔ながらのビニールの正面の十ドル・モデルを置くんです」

マクドナルドはアンディに支えられて、うめきながら立ちあがった。

「細かいことはまかせる。とにかく、こいつは廃棄処理にするんだ。わかったな。わしのキャリアでもこんな失望したことはない」

マクドナルドは乱雑に服を着た。放出できなかったため、膨らんだままの器官をジッパーの中にむりやり押しこむのに苦労しながらつぶやく。

「こいつは前立腺には良くないんだ。まったく良くない」

ジェイドは白いテーブルに横になったまま、空の指を曲げていた。

「ようし」アンディが言った。「そいつはゴミ捨て場に持ってくぞ。もう一度中に押しこめろ——気をつけろよ、その女、凶暴だぞ」

第三部

22

午後がすり切れて暮れる頃、オーナーがそわそわとオフィスからジムに入ってきた。タキシードに身を固めている。肥満して、たるんだ顔は黄色かったが、着るものにはうるさいのだ。

「みんな準備はいいか。スケートとヘルメットは持ったか。チャーリィがチョッパーを暖めてる。ウルヴァリンと一戦だ。さあ飛ぶぞ」

代わりにチームは男に襲いかかった。とたんにグレイスが恐れていた事態が起きた。長年トラックやリンクで女たちの次の動きを予測してきて磨かれた動作で、男はさっとポケットに手をつっこみ、チャンネルを変えようとした。今夜の試合を放棄することになるが、やむを得ない。

男の指が動く前に、豹のスピードでマリがポケットを切りさき、男の手からチャンネル・セレクタをもぎ取った。セレクタをかかげて踊りまわる——他の女たちがおり重なった。まもなく男は打ち合わせた通り、ロープで縛られて猿轡を嚙まされた。空の大型の道具籠(どうぐかご)に押しこみ、しっかりと蓋の紐を結ぶ。

カルメンが手を叩いて皆をしずめる。

「よおし。当面みんなヴァルキリに合わせとくよ。さもないと空中の〈平穏屈従〉にやられちまうからね。グレイスとヴァル、その篭はまかせたよ」

オーナーのオフィスに走り、消防夫用の斧を持ってもどる。

「マリ、ティナ、ヴィヴ、一緒に来るんだ。飛行計画の変更について、チャーリィと話しあう。ヴァルとグレイス、チャーリィをやっつけるのに五分余裕をみな。五分たったらオーナーを引きずり出せ——それと、みんなの装備を持ってくるんだよ」

十分後、一行は飛びたっていた。チャーリィは哀れな様子ですすり泣きながら操縦桿を握っている。幸い、ヘリコプターはほとんど自力で飛べた。

黄昏の中、市内最大のゴミ処理場の一つの上を飛んでいたとき、不思議な光景が眼に入った。カルメンはチャーリィに空中に停止するよう命じた。

がらくたの砂丘、現代生活の地層が錆色のさざ波となって中央の一点、ゴミでできた円錐火山へと集まっていた。この山の頂上にギャロップの途中で凍りついた競走馬が一頭立っている。その隣にいるのは火縄銃を持った赤い悪魔と腕を組んだブロンドの海岸監視人だ。シルエットになったこうした姿が実は板を切りぬいたものだとわかるのには残照の中ではしばらく時間がかかった。

がらくたの斜面を少し下ったところに、もう一つ別の切りぬきがあった。古代の蒸気機関車の先頭部分で、フェンダーから巨大なプラスティックの花が生えている。その前に、明るい黄色のストッキングと赤いニッカーボッカーを着た女がポーズをとっていた。鮮やかな黄色の髪は機関車が突進しているので起きた強い風にあおられたとでもいうようにすべて片側に寄っていた。そして六つの乳房が二つずつ上下に三組ならんでいる。

マリの心臓がどきりとなった。あの女はハナにちがいない。

六つの乳房を持つハナ――でもハナは姿が変わっている。変身してしまっている。

火山の麓から二、三百メートル離れた、比較的水平のがらくたにヘリを着陸させることにチャーリィは成功した。すぐにマリとヴィヴィアンが例の二次元の機関車に向かって、でこぼこの斜面を足下に注意しながら登っていった。途中で出会った珍しいものには、電話のついた白い便器、赤いプラスティックの炎でいっぱいの窓、深海潜水用ヘルメット、後ろ脚でバランスをとっているサーカスの象の切りぬきなどがあった。六つの乳房の女は、二人が近づいてくるのを見て姿勢を変え、もっとよく見ようとするように、粋な恰好で手を眼の上にかざした。

「ハナ、あんたなのかい」

マリが声をかけた。

女は首をかしげた。黄色い鬘をはずし、機関車の緩衝装置にかけた——短かく刈りこんだもとの髪は黒い。こうなるとさっきよりもハナには似ていなかった。それに顎の乳首が無い。

が、この乳房は……。

マリとヴィヴィアンは慎重に女の数メートル手前で足を止めた。この女はあまりに落ちついているから、精神に異常をきたしている可能性もある。男が近くに潜んでいて、女の姿勢を操っていないともかぎらない。

「あんた、何ものだい。あたしはマリ、猫娘だ。こっちはヴィヴ、ローラー・ダービーの元選手だ」

「私の名前はどうでもいいわ。Tの女と呼んでちょうだい」

「そのTがあんたのオーナーかい。あんた自身の名前はないのかい」

「オーナーですって。とんでもない」ティーズ・ガールはそれは嬉しそうな笑みを見せた。「Tは二十世紀の芸術家よ。本名は横尾忠則というのよ。私はかれの版画や絵の化身なのよ。ほら、まわりをご覧なさい。競走馬、海岸監視人——みんなかれのイメージよ。Tは美しいわ。ほとんど女と言ってもいいくらい」

マリはがらくたの砂丘に置かれたフェティッシュなものにはほとんど注意を払わなかった。

「あんたが別の人間だと思ったんだ。あんた、なんで六つ乳房があるんだ」

「これは今日だけのことよ」一番下の二つを乳房をつかむと、ティーズ・ガールは胸からひき剝がした。空気が吸いこまれるポンという音が二重に聞えた。「これは私のブリジッド・バルドーの衣裳よ。気に入った？」

「でも、これ、いったい何のためなんだい」

「女の芸術家にこれまで会ったことがあるかしら。ないでしょうね。私のオーナーはとても通だったのよ。イメージ・スクール出身の他の女たちがボッティチェルリやルーベンスやドガの踊子（おどりこ）のポーズをとったものよ。私は選ばれてオーナーの夕食の席の後ろの壁龕で横尾忠則を演じていたの――日中はずっと瞑想（めいそう）して、毎晩違うイメージを作るのよ。残念ながらTの流行が終ってしまって、それで恥ずかしがったご主人は私を捨てたわけ」

「あんた、毎晩絵のポーズをとってたのかい」

「私は自分で生花になることを特別に許された花だったのよ。知性を授けられた花ね。今は前の主人は大嫌いよ、だってTに忠実ではなかったんですもの――でも私は今でも忠実よ」

「こっちは、あんたが助けてほしいんだと思ったんだ」ヴィヴィアンが言った。「マリはあんたが――」

「象を支えるのを手伝ってもらいたいわ。私はあの上に乗ってるはずなんだけど、すぐ倒れてしまうの」

「そういう手伝いじゃないよ、ティーズ・ガール」マリは背を向けた。

「待って。助けが要る人は他にいるわ。辛い経験をしたのよ。ジェイドという名前よ」

「ジェイドだって。どんな女だい」

「とっても大きな青い眼をした娘よ。知ってるの？」

「ああ、知ってるとも。知ってるはずだ」

マリは興奮で震えだした。

ティーズ・ガールは二人をがらくたの山の反対側に案内した。そこには大量の車両がガラスとプラスティックの瓦礫の山にほとんど埋もれていて、溶岩の流れに呑みこまれた掘建て小屋のようだ。ぽんこつのミニバスの開いたドアまでトンネルが掘られていた。

その歪んで薄暗い金属の洞窟のなかに、切りさかれたシートをベッドにして、女の体がぐったりと横になっている。薄暗がりの中で、ほとんど見分けがつかない。

ティーズ・ガールは懐中電灯を一つとりあげた。電池はなくなりかけていて、電球の明りも弱い。横になった女の髪は伸びて艶(つや)がなく、肌も張りを失って青白い。手足はぼろ人形のように力なく骨と皮だ――が、まぎれもなくジェイドだった。

「こりゃ、ひどい。いったい何があったんだ」

「セックス・マシンに入れられていたのよ」

ティーズ・ガールが言う。

「なんで、なんで」

マリは泣き声だ。

ティーズ・ガールは肩をすくめた。

「彼女によると、罰だそうよ。ああいう機械の中にいる女はあれが好きで入っているんだとずっと思ってたのよね。私が小道具や衣裳のことを好きなのと同じように機械のことを好きなんだと思っていたのよ」

「しゃべれるのかい。しゃべれないほどひどいのかい」

「光が暗いからそう見えるのかもしれないわ。前よりは良くなってるのよ。もちろん、こうなる前にどんな様子だったかは知らないけれど」

「そりゃあ、きれいだったよ」

「機械から出してあげたときよりは良くなっているわ」

「あんたが助けたのかい」

「ある日トラックがやってきたのよ。小柄な男が機械を降ろして、そのまま行ってしまったわ。この子、外にも出られなかったのよ」

「それじゃ、あたしが入れられてた檻よりひどいじゃないか」

「あなた、檻に入れられていたの。まあ、私に比べるとひどい思いをしている女もいるのね。思うに、芸術があるだけ私は運がいいのね。実はそのおかげで私はあの機械を調べてみたのよ。Tのデザインの一つを思いだしたの。がらくたの中にぽつんと残されて、あちこちむしり取られているくせに生意気で、誰か中にいるなんて思いもよらなかったわ。この子を外に出すのに缶切りで切らなくちゃならなかったわ。もう切れないかと思った」

「ジェイドの機械がむしられてたって」

「ええ、そうよ。あれを見たら、名誉を剝奪された兵士を連想したわ。勲章とかリボンとかボタンとかをむしり取られた感じ。たぶん、この子、武装セックス兵士か何かで、任務放棄で罰を受けたんじゃないかと思ったのよ。ジェイドはそのことをあんまり話そうとしないし、私もやることはたくさんあるわ。あんまり思いやりがないみたいに聞えたらごめんなさい。私はこの芸術のおかげで世間には疎いのよ、ね。私は自分が好きな形で疎外されてると言ってもいいわ――で、ジェイドは彼女が好きではない形で疎外されてるのね」

「あんた、それで平気なわけ。その態度、驚きだよ。ジェイドを救ってくれたのはあんたなんだろうけどさ」

ティーズ・ガールは考えこんだ様子で、坊主刈りの髪を片手で撫でた。そして赤いニッカーボッカーのバンドに片方の親指をつっこみ、くずれた恰好をとった。

「私がここに捨てられたいきさつを思うと、この子がひどく傷ついたと思うのは当然でしょうね。でも、私はいつもなんとかやっていけるのよ。私自身、ほうりだされた時、どうすれば自然だったと思うの？　それまで覚えたことを全部捨ててしまえというのかしら」

「こんなところで何を食べたり飲んだりしてるんだ」

ヴィヴが訊ねた。

「ありとあらゆるものが捨てられているのよ。販売時期を過ぎた缶や壜とか、悪くなったフルーツとか魚とか」

ジェイドが身じろぎして眼を開いた。何度かまばたきしたが、マリがそこにいるのに気がついた様子はない。

「ジェイド、あたしだよ。マリだよ。見えないかい」

ジェイドの眼は焦点が定まらないままに、きょろきょろと動いた。疲れた、苦々しい調子で笑った。

「次の演技でやるのは、毛皮と爪の娘マリ、ね」

「ほんとにここにいるんだよ、ジェイド」

「血を交換されて、頭がヤク漬けになると、何もかも偽物に見えるのよ。そこにいるのはティーズ・ガールよね。あなた、レパートリィに虎の毛皮も入れたのね。いたずらはよして、ティーズ・ガール。むごいわ」

サフラン色のストッキングにルビーの色のニッカーボッカーを着たティーズ・ガールが進みでた。

「いたずらじゃないよ、ジェイド」

「こんなの信じない」ジェイドはため息をつく。「こんなのあるはずはないわ。夢から出てきたのね、マリ。幽霊は消えてよ」

横になった椅子の破れた詰めものの上で身をよじり、顔を背けて幻影を消そうとする。

マリはジェイドを抱きあげて、喉を鳴らした。

「あたしのこの毛皮、柔らかいだろ。ほら、爪の鋭いのわからないかい」

ジェイドの脇腹にそっと爪をたて、上下にくすぐる。喉の奥で低く唸りながらジェイドの項(うなじ)を嚙み、耳朶をなぶった。

「ほれ、思いだしたろ」

ジェイドが囁きかえす。

「思いだしたわ」

マリは強力でざらざらした舌でジェイドの肩を舐め、それから耳の内側を舐めた。

ジェイドがくるりと向きなおる。両手がマリを毛皮をぎゅっと握りしめた。悪夢からさめた子どものように、毛皮を引きよせる。

「どうして、どうやって」

「逃げたんだよ」

マリは答えた。

「そうだわ……知ってる……まるでずっと一緒にいたみたいに」

ベッドのシーツのむこうに断崖絶壁が口を開けているとでもいうように、ジェイドはマリにしがみつく。

「あたしたちはいま自由なんだ——それで、今度は若い娘たちを解放しに島へ行く途中なんだ。それからあんたやあたしみたいのを全員捜しだして助けるんだよ」

ジェイドは悲しげな笑みを浮かべた。

「やっぱりホンモノじゃないのね」

「この人たち、ヘリコプターを持ってるわ」ティーズ・ガールが言う。「でも気が狂ってると思うけど」

「あら、そんなことないよ」別の声が言う。「あたしらはプロの戦士だからな」

それを聞いてジェイドはびくりとした。

「これはヴィヴだ——味方だよ」

ティーズ・ガールはミニバスのグローヴボックスに手を伸ばし、プラスティック製の儀式用ナイフを取りだした。Tの不滅のグワッシュ作品『アイスキュロスの感謝』で、燃えさかる裸の女がそのインド人の恋人を刺し殺すのに使っていたものだ。手の上でナイフの重さをはかる。何か考えこんだ様子でプラスティックの刃を撫でた。

「愛人を殺す、ね」ひとりごちる。「できるのかしら」

「あんただって内心やりたいんじゃないのかい、ティーズ・ガール」マリが言った。

「いいかい、あたしらはこれから解放する女たちを大勢再教育しなきゃならない。あんたの才能と道具は役に立つよ。一緒に来ないかい。鼠(ねずみ)や鷗(かもめ)を見物人にしてガラクタの山でポーズをとるより、ずっと意味はあるよ」

「〈ニューヨーク・ガール〉と〈ブロンドの海岸監視人〉なら意味はあるわね。そのアイデアは芸術的に興味をそそられるわ」

「一緒に来るんなら、あんたがどう理屈づけしようとかまわないよ」

「マリ、あなた」ジェイドが驚いた声を出した。「変わったわね。ほんもののリーダーだわ」

「檻に押しこめられて、鞭でぶたれるのが嫌だっただけだよ。あんたも成長したよ、ジェイド。あんたの眼には経験の光があるよ。ただの、大きくてきれいな玉じゃない。ああ、あんたが出発したあの朝。あたしらみんなもう無邪気なもんだった。あたしがキャシィをひっ掻いたのを覚えているかい」

「もちろん」

「今だったら、喉をかき切ってやるよ」

「でもキャシィもあたしたちの同類よ——あの子はあんな風にしかふるまえないのよ」

ある映像がとり憑いて離れない。キャシィがハナを侮辱し、いじめていて、それもあの島ではない。別の場所、別の時間だ……。

「キャシィをとりかえしたら、ティーズ・ガールが煙草販売機に扮装して、あのばかな牝に、それがどんなことか見せつけてやる。ところで、あんた、何と呼べばいいんだ」

マリはティーズ・ガールに訊ねた。

「ティーズ・ガールでなにかまずいのかしら」

「あんた、そいつのガールじゃないだろ。あんたは独立した人間なんだ」

「私はあの方には及びもつかないわ。絶対に。あの方は神様と言ってもいいのよ」

「んもう、あったまに来るぜ」

何やらテイーズ・ガールはニッカーボッカーの脇を前後に撫でまわした。口をとがらす――何十年も前、一九六八年という花の時代に学芸書林から出版された『横尾忠則遺作集』の十八頁と十九頁の写真にある、すばらしく皮肉な肉体の仕種そのままだ。ティーズ・ガールは欠かすことのできない装備の一つとして、かつては値段もつけられないほど貴重だったこの本を主人からプレゼントされていた。二、三年前、流行が変わった時、本はティーズ・ガールとともにゴミとして捨てられていた。「いいわ」彼女は譲歩した。「だったらノリと呼んで。Tの名前を縮めたものだし、一番はじめにつけられていた名前に響きが似ているから」

「何だったんだ」

かぶりを振る。

「じゃあ、ノリでいくしかないな」

ジェイドは笑顔になった。

「こんにちは、ノリ」

ヘリコプターにもどっていそいで紹介と説明をすませる頃には、最後の残照も消え、折りから昇った満月に照らしだされて、砂丘のように積み重なったゴミの山が静かに輝いていた。グレイスとヴァルが付き添って、ノリが自分の装備をとりに行こうとした時、マリが口を開いた。

「今夜はここで過ごして、島を襲うのは明け方にするのはどうだい」

「その方が飛びやすいね」

カルメンが賛成した。

「それに、みんなでジェイドの話をじっくり聞くのはどうだろう——ジェイドが我慢できればだけどさ」

「やってみる……」

「そうすれば、みんなその気になると思うんだ。失敗すればどうなるか、聞かされればね」

「その通りだな」とヴィヴィアン。

「それに、すぐに眼に見えるような成果もなくちゃいけないと思う。裁判はどうだい。オーナーを篭に入れてある。あいつをジェイドに対する犯罪の廉で裁くんだよ。それから処刑する」

「血に飢えたマリさん」カルメンがゆっくりと言う。「あの男は人質としてとっておくって決めたんじゃなかったっけ」

「あれはジェイドがみつかる前だ。誰か男が償わなくちゃいけない。そうすれば連帯感も生まれるよ。あたし以外には、男を殺せることをまだ証明しちゃいないんだから」

「あんたほんとに男を殺したのかい。野獣たちがあんたの猛獣使いを殺したって言ってたじゃないか」

「マリがそう仕向けたのよ」ジェイドがつぶやいた。「その夢を見たわ……」

マリはにやりとした。

「あたしら、血を分けた姉妹になれるよ。明日、島に着く頃には、他のことは考えなくなってるよ。カルメン、これは大事なことだ」

パイロットのチャーリィが情けない様子で泣きごとを言った。

「お願いです、離陸しましょうよぉ。こういうゴミ捨て場には夜になるとギャングがうろつき回るんです」

「ノリ、あんた、ギャングのことで困ったこと、あったかい」

マリが訊く。

「Tの画像のおかげで連中、寄ってこなかったわ。あの画像はとても強力なのよ。ブロンドの海岸監視人や象はね」

「朝まで、あれをヘリの周りに立てとこう」

「あたしは裁判に一票だね」

ヴィヴィアンが言った。

23

オカマ掘りのダヴズのオーナーは女たちが蓋を開けると、月明かりに照らされた外の荒野と、女たちが運んでくるフェティッシュなオブジェを眼にして小便を漏らした。芯までしゃぶりつくされた林檎（りんご）が半ダースほどぶら下がっているプラスティック製の善悪を知る知恵の木。はではでしい悪夢のような花と核爆発の茸雲を生やした、シリアル・ナンバーC六二三九の蒸気機関車。男の混乱した眼には、こうしたオブジェが月面にも似た狂った地形を進んでくるのが、劫罰の女神ネメシスが近づいてくるように映った。

一同はノリのイメージ風景の真只中（まっただなか）の野天で裁判を開いた。星々が輝き、月の光が明るい。今夜はスモッグは薄かった。

「どこから始めればいいのかしら」ジェイドが勇気を奮いおこして口を開いた。「そして、どこで終ればいいの。わたしは自分が機械の中の女なのか、自分が女だと思っている機械なのか、それともまた、自分が機械だと思っている女なのか、よくわからない」

「もうそれはすんだんだよ、ジェイド」

マリが歯の間から言葉を吐きだした。

「どうすれば終るというの。いつまでもいつまでも続いているわ。わたしにわかっているのはただ、どんな男でもコインを一枚入れさえすれば、わたしを起動することができるということだけ。男はただコインを入れさえすればいい。するとわたしはその男のために体を開く。肉体的に傷つけられたというより、そのためにわたしがどういう存在になったかということよ。女は正面玄関や展望窓を磨き、誰もいない自分の部屋を掃除して日々を過ごす。自分の保守係に恋するように自分をしむけたのは、際限のない女の弱さからかしら、それとも愚かなロマンティシズムのせいかしら。まったく大事にしてくれたものよ。贈り物用に包装されたのに、誰も開けようとは絶対にしないで、ただ指を一本つっこむだけのモノ。閉じこめられた部屋の哀しみ！　閉じこめられた女たちの哀しみ！

「たぶん、〈人肌の屋根裏部屋〉で眼を覚ましたところから始めるのがいいでしょう……」

かなりの時間をかけて、ジェイドは自分の身に起きたことを、何一つ包み隠さず、省略もせずに語った。

「そうしてここへ運ばれてきた時、わたしは主人無きモノになったのです。五千回体を開かせられて、おまえはどんな男でも主人になれるモノだと教えこまれた果てに。一瞬、わたしは夢中になって、ハロルド——つまりゼベダイが機械の鍵を開けて、外に出してくれると想像した。その時、あいつのブーツが遠ざかってゆくざくざくという音が聞えた。トラックのドアが閉まった。エンジンがかかって、それから遠くへと消えていった。

「そこでわたしは存在するのをやめた。百年くらい経った気がした。おなかも減らなかったし、喉も乾かなかった。自分が死ぬとも気がつかずに死んでいたでしょう。わたしは誰も歩かない道の路傍の石、蹴られることすらもない。永遠に閉じこめられた誰もいない部屋で、鍵は遠くへ捨てられてしまっていた。ノリが缶切りをもってきた時も、わたしは気がつきもしなかった」

「ちょっと待って」カルメンが口をはさんだ。「どうしてノリはあんたが箱の中にいると気がついたんだね」

「覗き穴から中をのぞいたの」ノリが答えた。「そしたらそのとても大きな眼が見えたのよ。あらゆるモノを反射していて、何にも中に通していない。それはそれは深くて静かな青い水溜りをね」

「どうして相手が生きてるとわかったんだ」

「イメージ・スクールで習ったからよ、もちろん。わたしたちはみんなトランス状態に入るやり方を教えられるのよ——ポーズをとっている間、自分自身のスイッチを切るのよ。それで、主人さえだまされてわたしたちが彫像だと思いこむわけ。ジェイドがどんなに深くトランスに沈みこんでいるか、わかったわ。完全に自分のスイッチを切ってしまっていたのよ」

ジェイドがまた言葉を続けた。

「わたし個人としての意識が真先(まっさき)に無くなった。もともと大したものではなかったからら。それはそうでしょう、わたしは生まれてたった二、三ヶ月しかたっていないのだから。次には性別の意識が消えた。最後に人間としての意識も消えた――ついにわたしはただの機械になって、しかもその機械は世間一般に対して閉ざされていた」

「で、この男をどうする」マリが迫った。「有罪ということでいいね」

「有罪っ」

ダヴズが咆えた。ノリまでが同じ言葉をくり返した。エキゾティックな自分の身のまわりの品が、謎めいた月明かりのもと、法廷の家具調度になっているのはスリル満点だった。

〈旦那〉が泣きだした。

「どうしてぼくが有罪なんだ。おまえたちの誰にも、指一本触ったことはないぞ。ぼくはただかわいい男の子が好きなだけなのに」

「で、その費用をどうやって稼いでいるんだ」マリが唸る。「女たちにたがいの喉をかき切らせてるじゃないか」

「あれはただの遊びじゃないか。世間が求めているんだ。それにとにかく」なんとか弁解しようと必死だ。「ジプシーの女たちは男をとりあって死ぬまで戦っていたじゃないか。北米のインディアンたちは女の方がずっと残酷だからというんで、捕虜を拷問するのを女たちに任せていたじゃないか。ルクレツィア・ボルジアやメッサリナやマダム・ラファルジュはどうなんだ。ああいう女たちのやさしさやもろさの代償は何なんだよ」

「そんな名前はどれも聞いたこともないね」ヴィヴィアンが叫ぶ。

「これのどこがぼくに関係あるというんだ。あの娘をセックス・マシンに入れたまま捨てたのはぼくじゃない。それを許したわけでもない。かわいい鳩たちの面倒をいつもちゃんと見ていたじゃないか」

「良かれ悪しかれ女たちを自由に扱う権利を誰にもらったんだ」

「そんな恨みは常軌を逸しているぞ、マリ。ヒステリーだ。おまえを入れてやったのはぼくだ。おまえとの契約にもサインした。カルメン、頼むよ、いったいぼくの罪状は何なんだ。おまえたち女同士を戦わせたからか。この女をセックス・マシンに入れたからか。どっちなんだ」

カルメンはゆっくりと言った。

「思うに、その二つは同じコインの二つの側面でしかないね。ローラー・ダービーもセックス・マシンの一種だし、あたしたちはそこの動く部品でしかなかった。あたしたちがあそこに閉じこめられていたのは、金属箱に閉じこめられたジェイドと変わらないよ」

「ぼくをどうする気だ」

男は小さな声で言った。

「そうだな……」

マリが言いかける。

「待ちな」カルメンが遮る。「裁判官はあたしじゃないかい」

「マリはただ権力が欲しいだけなんだぞっ」男が叫んだ。「やつはダヴズ・チームのリーダーになりたいんだ」

カルメンはおちつきはらい、黒髪でできた長い三つ編み付きのノリの女学生用鬘を頭にかぶった。横尾忠則の一九六六年の油絵『修学旅行』をモデルにしたものだ。

「黙れ。おまえを死刑に処す」

これは誰の考えだったのだろう。マリのか。カルメンのか。ヴィヴィアンのか。それとも全員が同時に思いついたのか。その思いつきは古代から漂ってきた麝香の香りさながら、月光の中に浮かびあがったようだ。異様で厳しく、強制力がある。後世の男性文明の残骸のただ中に自ら復活した、どこかの地母神を崇める昔ながらの性的浄化と祝祭。女神ダイアナがいま一度出歯亀たる男に覗かれ、いま一度激怒した。古代ギリシャのバッコスの巫女たちがうたいおどり髪ふりみだし、鼻を広げて匂いを嗅ぎ、指を鉤爪に曲げる。

ジェイドまでもこの新たな異教に圧倒されていた。それがはなつ放電に身震いし、四肢は一種虫の踊りのようにひきつった。都市の未開地を新たな男性の野蛮人どもが徘徊している——とすれば次の段階は、本能の支配する過去へと女性たちがより深く飛びこむことか。

ジェイドは自分がまるで別の種類のセックス・マシンになったような気がした。手足が愛の形にはめ込まれるのではなく、血を求める、身を滅ぼしかねない押えがたい欲望にのたうちまわっている。

ジェイドとダヴズとノリまでもが——一九六八年の優れた絵画、一枚は岩だらけの波打際で裸の踊子たちが首を手から手へほうり投げているもの、もう一枚はあるパイロットが泣きながら自分で刀をふるい自ら去勢しようとしているものの二枚の絵に触発されて——女性の神秘の満月の相に入っていた。そこでは熱情にかられて虎が吠え、男性的なものはすべてがタブーであり、ペニスは斧で斬り倒されるべきトーテム・

ポールに過ぎなかった。より深い、傲慢な性の意識が勝っていた。そこでは男は神である故に抹殺されねばならず、これを同化するためには食べること、人肉嗜食だけが唯一の方法だった。この気分は意気揚々としたものか。それとも皆、より根の深い性の罠の渦に捉えられていたのか。これは〈自然〉の皮肉に満ちた裏切りであり、そこでは男が血のいけにえから再び姿を現わし、復活し、女たちは崇拝者の位置に追いやられるのか。あまりに強く崇めるために〈男〉をばらばらにひき裂き、（あらかじめ棍棒で殴って気絶させてから）その宝をもぎとってしまう崇拝者にされるのか。状況は混乱し、また何ものかが混乱を引き起こしていることもまちがいなかった。

　その後、マリが期待したように、女たちの結束は完全に固まった。これは女たちが生命神秘的な入信儀式をくぐり抜けたからなのか。それとも、全員が罪悪感をともにしていたからなのか。一同は解放された同志たちの先頭に立っているのか。それとも遙か最後尾にいるのか。防火用の斧で〈旦那〉の性器が切りとられ、女たちの頬や額が男の萎びた道具や陰嚢で血塗れになったのは、リンチによる復讐という、人を夢中にさせることでは右に出るもののない行為を女たちは実行したのか。それとも旧石器時代の前意識から、一種の男根崇拝の儀式をとりおこなったのか。

〈旦那〉はついに意識を回復しなかった。おそらく出血多量で死んだのだろう。

　後になって、ジェイドとマリとノリが月光の中、捨てられた断熱用発泡剤にくるまって体をすり寄せたとき、ジェイドは感じている恐れを口にした。

「わたしにはどうも、わたしたちがまだ男のルールに従っているように思える」囁き声だ。「ルールをひっくり返したとしても。たぶん、わたしはほとんど死にかけて生まれかわったせいかもしれないけど、わたしは自分が何か違う、まるで新しいものに変化しているように感じるのよ」

「セックス・マシンはあなたの蛹だったのね」なぐさめるようにノリがつぶやく。「いま、あなたは蝶になったんだわ」

「今夜、ダヴズは深い過去に飛びこんでいた。あれが本能的だったことが怖いの。これってただ、想像もできないくらい大昔、男と女が分離されて、わたしたちが男に寄生させられた、あの分裂をすこし変えてくり返しただけじゃないかしら。どうしてわたしたちは完全に独立した存在になれないの。わたしたちが自分たちに血を塗りたくったとき、自分がさらわれたあの凶暴な感情は好きじゃない。あの血を浴びたことで、わたしたちは永遠に消えない男の印をつけられたのよ。どうして二つの別々の種が、女と男として共存しないのかしら。あなたたち、自分が増えてるんじゃなくて減っているとは感じなかった？」

「わたしはおちつきを失くしてしまったわ——イメージ・スクールで教えこまれたおちつきを。わたし、そのつもりじゃなかったのかしら」

「そのつもりだったんだよっ」

まもなく三人の女はフォーム・ラバーの下でたがいにやさしく刺激しはじめた――ノリは躁病的なマスターベーションをする『モナ・リザ』を思いだして興奮を誘った。白いニッカーボッカーをつけ、合成ミルクのコードが乳首から伸びた絵だ。油彩、日付無し。ジェイドはほっと肩の力を抜いた。

けれどちぎられた男根のイメージが、奇怪なまでに活気に満ちてジェイドの心の眼に映った。心眼が見るうちに、切り離されたペニスはそそり立ち、血管の筋もそれに沿って走っている。亀頭は滑らかに傾斜して弾力性を示し、泳いでいる鮫のような口が開いている。ペニスは回転して空中を切りさいてゆく。女たちの悲鳴のような歓声が音に続く。ペニスは地に墜ち、ばたばたとはずんでまわる――そしてちぎられた腱を根のように地中に降ろす。とたんにペニスは膨らみ、どんな茸よりも早く成長して、巨大な樹のサイズにまでなる。その周りでは女たちが踊り、まだ歓声をあげているが、今は鼠の群のようにしか見えない。

24

市街地のビルの最後の線を越えると、ヘリコプターは昇る朝日からゆっくりとぬけ出て、島へと向かった。懐かしさと嫌悪感を同時に味わいながら、ジェイドとマリは興奮してあれこれ目印を指さした。

「ほら、あそこに寮があるよ。オレンジの建物だ」

「それであれが医療ブロックね——黄色いやつ」

「ああ、そうだ」マリが唸る。「医療ブロックね」

「あの医者たち」ジェイドが苦々しげにつぶやいた。

「医者たちも教師たちも、そりゃあ大好きだったね」

「ああ、大好きな島。笑いたい、それとも泣きたい？」

「もどってきたんだね、ジェイド」

「そうよ、マリ、もどってきたのよ」

コンクリートの上に一機ヘリコプターがあった。ジェイドやマリ、そして他にもたくさんの女たちを、それぞれの「男」のもとへ届けるため本土へと運んだ、まさにその機体だ。

一行はこのもう一機のヘリの脇に着陸した。カルメンとヴィヴィアンがすばやくチャーリィを縛りあげ、猿轡を嚙ませた。

「この島、スケート・リンクみたいだ」グレイスがいう。「車輪をつけようか」

「スピードと蹴りのパワーがつくね」

カルメンは賛成した。

「音がうるさいよ」

マリは忍び足で動くほうが好きだ。女たちの裸の足ではなく、あの車輪が島を征服するのは、なぜかはっきり言えないが、まちがっている気がする。

「あれのたてる音は海がうちよせるのに似ているよ——うちよせて呑みこんじまうんだ」カルメンは車輪が大好きだ。「女は広い海だよ。さあ、波を起こそうじゃないかい」

そこでマリを除き、一行はヘルメットとスケートを身につけて出発した。猫の啼き声を何倍にも増幅したものを響きわたらせる。脇をマリが走った。オレンジや青や紫の建物に反射した早朝の光が、ダヴズの裸の体をまだらに染めた。

なぜ暴力について語るのか。ヴェルギリウスがその叙事詩を書く際にしたように、〈武器〉と男について語るのか。島は奇襲を受けて三十分で解放された。男たちの大半はベッドにいるところをカスタムメイド・ガールたちが出荷される時に使われる催眠薬を注射されて捕まった。ぐったりとなってしまえばこうした男たちは閉じこめることができる。何人か抵抗した者は手足か首を折られた。ひとまとめに人質になった中に志摩幸吉とマーカス・ミキもいた。二人とも設計についての打合せのため、島に一泊していたのだ。看護婦兼妻たちはチャンネル・セレクタをヴァルキリに切替えられて、よろこんで味方になった——一方ショックを受けたカスタムメイド・ガールたちはすぐに食堂に集められ、ジェイドとマリから、これからどういう将来が待ちかまえているのか、真実を聞かされることになった。

ジェイドが最後にまとめた。

「わたしたちはみんな、生まれてこの方一度も会ったことのないどこかの男が特別の設計を求めたのだから、自分たちは特別なのだと思っていたわ。包装を解かれたとき、実際にどういうことが起きたか、これでわかったでしょう。セックス・テレビに精神病患者の私設動物園ですからね。

「わたしたちの女の子らしい夢は夢のまた夢だったわけ。外の世界で眼にしたことからすると、わたしたちが体験したことは、ごく普通のことよ。あなたたちの期待はまったくの夢想でしかない。もちろん、あなたたちの期待がばかげたもので、嘘でかためられたものだったとわかるのはとても辛いことよ。でも歪められていることは確か——まったく何の役にもたたないと言われたら、さぞかしがっかりすることでしょう。あなたたちの〈男〉のイメージを玉座から引きおろされるのは、身を切られるように辛いことであるのもわかる。でも、今みんなと一緒にこういうショックを受けて、それを克服して行動に移るのと、なにも知らないまま一人ひとりばらばらに出かけていって、それぞれの哀しい運命に独りぼっちで出くわすのと、どちらがいいかしら。そうして次の代の女の子たち、また次の代の女の子たちが、次々にまったく同じ幻滅に出会ってもだえ苦しむのをほうっておくのと、どちらがいいと思う。だからこそ、わたしたちはここにもどってきたのよ」

「あんたたち、みんなカスタムメイド・ガールなの？」

甲状腺機能亢進のため、おちつきのない多動の娘で、ひと時もじっとしていられないフラッシュがいきなり声をあげた。縁が金色の眼は膨れあがっている。金色の鰭が両腕と太股から広がり、さしずめ鑑賞用の魚というところだ。

「ちがうわ。他の人たちはあるローラー・ダービー・チームのメンバーよ。ぐるぐる輪を描いて滑りながら、他の女たちと戦うのが仕事。女たちが苦しめられるのには無数のやり方があるのよ。セックス・マシンのことは話したわね――あの中に閉じこめられている女の数は数えきれないほどよ。それにレンタガールや死のバレエの踊子がいる――そして女たちはほとんど全員脳ネットが頭の中にあって、操られているのよ」

フラッシュは鰭をばたつかせながら、左右に走りまわった。あの新陳代謝の割合では、一、二年のうちに燃えつきてしまうだろう。

巨人のテスはフラッシュがすばやいのと同じくらい動作がゆっくりしていて、考えこむように頭を掻いた。

「その話がほんとうなら……」

言葉が途切れたのは、次に何を言うべきか、そして今どこまで言ったか、わからなくなったのだ。

「あなたたちの眼の前で志摩とミキを訊問するわ。そうすればわかるでしょう」

ジェイドとマリが集まった娘たちに熱をこめて話している間、カルメンはものごとの管理により経験を積んでいたから、島の中をまわりながら、頭の中にメモをとっていた。

すでにいくつか、現実面での問題がはっきりしている。ぬけめなく処理しないと、女たちの結束に深刻なひびが入りかねない。

例えば、それぞれのタンクの中で現在揃って育っている女性の胎児をどうするか、という判断のつらい問題がある。胎児たちの体はすでに多かれ少なかれ、畸形に向けて化学物質によって仕立てられている。それでもこのまま成長し、誕生するままにする他ないだろうか。

それに、これより大きなタンクに入っている、より成長しているが、まだ心が無く、加速された幼児期を過ごしている娘たちについてはどうするか。どうすれば今のままで、他の容器に移すことができるだろうか。疑似人格を植えこまれないかぎり、この娘たちは痴呆のままで、何年もの周到な教育が必要になる——その教育を誰がするのだ。

　ということは生きのこっている医師や技術者たちは、まだ何週間もそのまま仕事を続けさせなければならない。新たな体制になった島で、事実上今までと同じ日常業務を続けるわけだ——ただし、顧客への出荷はしない。島の新しい政府は、旧体制の業務と職員を受けつがされることになる。

　たしかに貯蔵された卵子と精子から新たな生命を生み出すようなことはもう起こらない……待てよ、なぜいけない。女の子がタンクの中で育てられなければならないというのは、理屈ぬきに忌まわしいことだろうか。むしろ、新しい世界秩序にあっては、他にどうやって女の子を妊娠することが可能だろうか。自由な女たちの子宮に移植しろというのか。それに看護婦兼妻に、これが扱えるだろうか——自由女性の軍勢を膨張させるために（しかし、自由な女たちが赤ん坊製造工場として使われるというのは……）。ヴァルキリになったままでは、看護婦たちには扱えないだろう。捕まえた男性の外科医にこの仕事をさせるべきだろうか。それは無いな。

　卒業に近づいてはいるが、まだ外科手術によるカスタマイズの途中にある娘たちについては、また別の問題が出てくる。例えば鳥に変えられている途中の娘だ。医療ブロックに入院しているが、腕があるはずの両肩からは真赤な翼が広がっているし、両脚と上半身からはルビー色の羽毛が生えている。この娘は空は飛べないはずだ。ただ、美しくて、異様なだけだ。口を利くのではなく、さえずったり、歌ったりするように設計されている。娘の処理を途中で中止し、声帯を調整しなおし、しゃべれるように喉の形を再度変更し、翼を何らかのタイプの腕にもどすようもう一度修正する、そして肌からは羽根を抜くということをすべきだろうか——そうなれば娘は羽根をむしられた人間鶏のように見えないか。少なくとも美しいハーピィになるまではこのまま続けるほうが、親切というものではないか。それができるのは外科医以外に誰がいる。

それに盆栽娘にとって、気づかなかった誰かに蹴飛ばされたり、踏みつけられたりすれば、自由の代償はいくらにつくというのか。あるいは飢えた鷗の群が襲いかかり、つついたり、掠ったりといったことまでするとしたら。

こうした現実の問題でカルメンの頭がいっぱいになっていた時、カスタムメイド・ガールたちが、ジェイドとマリを先頭に、食堂からわらわらと飛びだしてきた。同時にヴァルが走ってきた。

「アドラのやつ、気が狂っちまった」

アドラは看護婦兼妻の一人で、赤みがかったブロンドの女だ。

「自分の男を解き放とうとしたんだ」

緑の髪と玉虫色の鱗、それに先が割れた竜の舌をもつ娘が、他のカスタムメイド・ガールたちを押しのけて前に出た。

「どうしてそれがいけないんだ」咳こんで言う。「頭おかしいんじゃないか」

そうしてこの娘は一大演説をふるいだした。もっともその言葉ははじめ、初めて聞くものにはわかりにくかった。ぴちゃぴちゃとしゃべり続けるので、言葉は早瀬の河床の石のように声の流れの中でぼやけて全部一つに聞えてしまう。

「待って」ジェイドが叫んだ。「あなた、まだカスタムメイド・ガールとして生きたいというの。あれだけ話してきかせたのに、あなた、まだ女彫刻になりたいの」

緑の頭が頷く。

「あなたの名前は」

「リズ」

「リズ、あなた、男たちがあなたをちょっとした冗談のネタにしたとは思わないの。つまり、緑の髪はすてきだし、鱗の輝くのはかわいいわ。それに残酷なことを言ったり、個人攻撃をしたり、あるいは意地悪をしたりしたくはないけれど、でも先割れた長い舌はほんとうに便利で気持ちがいいの？　その舌ができてくるのは気持ちのよいことなの？　それにそれで儲けるのは誰だと思う」

リズは狂ったように左右に眼をやった。

「これはわたしの旦那様のためなんだ。ふつうの娘なんか欲しくないんだよ」

これを聞いて、ジェイドはリズの気持ちが前よりわかるようになった。

「ここにいるわたしたちはみんな特別の娘なんだ、特別に望まれて、期待されているんだ。あんたたち、なんで、わたしたちの人生をだいなしにするんだよ。わたしの旦那様は蜥蜴娘（リザード・ガール）がほしいんだ。わたしは他に二つとない要求に応えているんだよ」

「そう思う？　ほんとうにそう思うの。ようく聞いてよ、リズ。わたしがほんの二、三ヶ月前にこの島にいたとき、やはりあなたみたいな蜥蜴（とかげ）娘がいたわ。緑の髪をして、医療部で舌を作っていた。あなたはあの時はまだタンクの中だったでしょう。あなたが唯一無二なんてことはまるでないのよ」

「嘘だよっ。わたしたち、大量生産じゃないよ――注文生産（カスタムメイド）なんだよ」

「そうね、あなたは大量生産されてはいないでしょう。でも同じお客があなたがた二人を注文した可能性は高いわ――蜥蜴娘をすぐに使いはたしてしまった時のためにね」

「それだね」マリが言った。「あんんたの前の蜥蜴娘はあたしのオーナーが猫や熊を飼っていたのと同じように、爬虫類（はちゅうるい）館を持ってるサディストのところに行ったにちがいないよ。たぶん鰐（わに）のプールか蛇の巣に入れられたんじゃないか」

「それは調べられるよ」カルメンが言った。「志摩とミキを協力するように説得すれば、送り状を全部調べられる。それでいいかい、リズ。ところでアドラの問題を片づけなくちゃ……」

アドラにそれ以上混乱を起こさせず、閉じこめた男たちから十分引き離しておくために、育児室に監禁しておく必要があった。これには残念ながら、ヴィヴィアンがある男の部屋で見つけた首輪を使わねばならなかった。他の二人の看護婦、ミンクシとミッツィも、一時的にヴァルキリ・モードからコック・モードに切替える必要があった。捕まえた男たちは冷たい缶詰で十分だとしても、女たちは全員生命維持のために食べる必要があったからだ。この移行期間というのはなんともぎこちない。

しばらくしてカルメンとジェイドは、傷痕のあるヴィヴィアンが育児室で反抗的なアドラを嘲っているところをみつけた。

「男製造工場を作るってのはどうだい、え」ヴィヴィアンは繋いだアドラに毒づいている。「男たちにサーヴィスさせるってのはさ。とりはずしできる道具を持った男だよ。それぞれ完全そろいのキットがついてるんだ。その時の気分によって一番感じる道具をねじこむのさ」

ヴィヴィアンはアドラのチャンネル・セレクタを看護婦の頭に近づけて、ザッピングをしていたが、どうやらほとんど効果は無いようだった。おそらく電池がなくなっているのだろう。

「男どもがあたしらにずうっとやってきたのはそういうことさ、アドラさんよう」

首に鎖を繋がれた女の姿を見て、ジェイドの中で痛みをともなう記憶がうごめいた。育児室のこの一角は陽気な場所で、ピンクの小猫や羊や家鴨(あひる)が漆喰の壁にプリントしてあったのだが。

「もういいよ、ヴィヴ」カルメンがチャンネル・セレクタをとりあげた。「ちょっと走って、医療ブロックのグレイスと交替してやってくれないか。あたしらは手が足りなくなっているのに、この女に怒鳴っているのは時間の無駄だよ」

しぶしぶヴィヴィアンはスケートで滑っていった。

カルメンはチャンネル・セレクタの新しい電池をみつけ、その小さな画面でメニューをスクロールしていった。

「何を捜しているの」

ジェイドが訊く。

「〈理性的知性〉か〈女学者〉。この女とまともに議論ができるようなもの」

しかし、そういう種類のものは何もみつからなかった。カルメンは小さなエプロン、ミニ・ガウン、糊のきいた白い帽子をつけたアドラを睨(にら)みつけた。

「服を全部脱ぎな」

「脱ぎません」

「どうして。あたしらはみんな裸だよ」

「それはあんたたちが他人を喜ばせる女だからです。わたしはちがいます。わたしは妻です、看護婦兼妻です。わたしが服を脱ぐのは医師の旦那様のためだけです」

「それはどいつだ」

「ドクター・ジェフです」

アドラは誇らしげに答えた。

「あんた、夜にベッドの中でそいつを喜ばせないのかい」

「肉欲の上ではしません。わたしはそういう感覚は感じないのです」

「男の方は楽しんでるんじゃないのかい」

「旦那様は肉体を浄化するためにご自身を空にするという義務がおありなのです。さもないとご自身の前立腺を傷めてしまうのです。女には無いと言われる腺です。旦那様は強くて高貴なお方です。ご自分を浄化される時には絶叫されます。わたしは旦那様の浄化の道具なのです」

カルメンはもう一度言った。

「服を脱ぎな」

「脱ぐわけにはいきません」

「その制服からして、そもそもずいぶんケチなもんじゃないか」

「この服は他の人間から見られてはいけない部分を隠しています。わたしの恥ずべき部分です。わたしの外陰部《プデンダ》です――これはラテン語です。ドクター・ジェフは有名な医師ですからラテン語がおわかりになりますし、とても信心深いのです。ドクターはテルトゥリアヌス、紀元一八〇年に生まれ、二二五年に死んだ有名な教父の一人をよく引用なさいます。テルトゥリアヌスは女を『ザッカス・ステルコリス』と呼びました。これは『汚物の袋』の意味です。わたしは旦那様の強烈なにおいのする排泄物の容器です。旦那様の純潔を守るためです」

チャンネル・セレクタをジェイドの手に押しつけると、カルメンはいきなりアドラに襲いかかり、エプロン、ガウン、帽子をむしりとった。アドラは両手を狂ったようにばたつかせたが、カルメンはアドラのブラと白いニッカーボッカーも剝ぎとった。息を呑んでアドラは手で体を隠そうとしたが、カルメンは両手の手首を摑んだ。

アドラの陰毛を剃られた陰部には何かが決定的に足りなかった。

「あんた、いったい何をされたんだ」

カルメンが叫んだ。

「旦那様はわたしを浄化されたのです。クリトリスを切除し、ヴァギナを縫いあわせて、わたしが旦那様を誘惑して汚染しないようにされたのです。旦那様はいつも肉体の義務を後ろから、男性のやり方でなされます」

「かわいそうにっ」

とたんにカルメンは跪き、アドラを抱きしめた。もっとも看護婦兼妻は石像のようにかちんかちんに凍ってしまっただけだった。

「あたしらは男みたいにはあんたを愛せないんだよ。そんなことができるのは男だけだ」

だしぬけに、雪花石膏(アラバスター)の女はひどくしゃくりあげだした。

25

その日の午後、志摩とミキは食堂の法廷に召喚された。カスタムメイド・ガールとアドラを含む看護婦兼妻が全員出席していた。単純なビキニをつけて体の傷を隠したアドラは、今では最も大きな声で正義を求める者の一人になっていた。

志摩幸吉は波打際の本人の銅像と同じくらいに柔軟性を失なったままだ。ものを言わない唇はかたくひき結ばれている。視線はひたと空中に据えて、おそらく名誉ある切腹をし、それによって愛する島の冒瀆(ぼうとく)を贖(あがな)えるのではないかと考えているのだろう。

今回の事件で、ひたすら美しいものを求めてきた奮闘も水の泡となった。はるか昔の御木本の真珠島から世界の頂点にまで登った志摩の誇りたかき弾道は下を向いていた。流れ星のようにこの海にいま彼は飛びこみ、消滅しようとしている。

マーカス・ミキは対照的にメロメロになっていて、よろこんで協力しようとしていた。

「実のところ、ほっとしています」マーカスは聴衆に言った。「もう何年も圧迫されてると感じていたんです」

「あんたが圧迫されてると感じてた、ですって」

アドラが叫んだ。

「法廷では静粛に」カルメンが言った。ときおり法廷テレビを見たことがあったのだ。

「その奇妙な感想を説明しなさい、マーカス・ミキ」

ミキの林檎の頰が赤くなった。

「単純なことです。女たちがいなければぼくは仕事が無く、人生に何の意味もなくなります。そしてこのことは、ぼくら男の大多数にとってもあてはまるのです。医者、設計士、蒐集家、見物人、あるいはごく普通のユーザー、みな同じです。ぼくらの生活は女を中心にまわっているんです。ぼくらは虜（とりこ）になり、癖になり、中毒になり、条件づけさえされています。ぼくらは女たちの奴隷であり、四六時中このヘロインの、より強い刺激を必要としています。ぼくらにこんなことをしているのは誰なんでしょう」

「あんたたちだよっ」ヴィヴィアンが叫んだ。

「ぼくですか。ぼくらですか。昔は生活はもっと単純でした。醒めていて、理性的で、男性的でした。それが今はてんてこまいになっています。何か起きているけれど、それが何か、ぼくにはわからない。何もかも極端になっています——ちょうど、あんたがた叛乱娘のようなもんです。何ものかがあんたがたをつついて一線を越えさせた。何か暗くて深いものがいて、ぼくらを捕まえようとしてるんだ。宇宙から来た異星人かもしれない。女たちは昔からアルファ・ケンタウリかどこかから来た異星人なのかもしれない。ぼくらの真ん中に潜んで、神経システムにこっそり潜入しているのかもしれない」

怒りくるってカルメンは問いつめた。

「あたしたちは自分だけじゃ叛乱など考えられないと言うのかい」

「脳ネットとＭＡＬＥとＤＡＴＡがあるかぎり、不可能ですよ。だから異星人があんたたちを改造してるんだ」こそこそと周りに眼をやる。「髪が緑だったり、ばかでかい青い眼をしたり、全身に毛皮がある異星人の女だ」

「あんたたちがこんなにしたんじゃないか」憤激したマリが言いかえす。

「そうして今ぼくらは中毒患者だ。少なくとも自分にとっては終ったのはうれしい。人類を堕落させるのに、もう奴隷のようにあくせく働かなくてもいいからね」

「おまえを有罪とする」カルメンが言った。「が、精神錯乱だ。連れていけ。監禁せよ」

ヴィヴィアンとヴァルがマーカス・ミキを連れてゆく間、カルメンは法廷に説明した。

「一つの世界観が崩壊すると、男の精神も崩壊する。男はもろいものなんだ。女は大災害に会ってもより柔軟性がある」

ノリが声をあげた。

「志摩はわたしたちが見ていない間にこっそり逃げ出せるんじゃないかと思って、銅像のふりをしているわ。わたしはだませないわよ。これまでの人生で、あの男よりずっと長い間動かずにいたんですからね」

志摩も有罪となった。が、こちらは人質として確保しておかねばならない。

その日の夕方、カルメンは波打際に再教育クラスを召集した。このクラスではノリが〈女〉——一九六五年の水彩画『いつか見た白い夢』をモデルにした水浴する美人の姿をとり、芥子色(からしいろ)のパンツをはき、首にぴったりの真珠のネックレスをつけ、それに縞のビーチ・パラソルを持っている――とマンハッタンのブロンドの海岸監視人の恰好をした〈男〉との邂逅(かいこう)から、絞殺をはじめとする様々な不愉快な結果が生じる様を演じた。

アンコールとしてノリは自分自身の身の上話を語った。イメージ・スクールを出て、かつてのご主人の食堂にあった、照明のあたる壁龕でポーズをとるという成功の絶頂へ達し、次の瞬間には身の毛もよだつほど簡単にゴミ処分場にほうりだされる話だ。ゴミ処分場でもノリは傲然として自分の芸まで捨てようとはしなかった。

その後でカルメンが立ちあがった。

「とてもためになったよ、ノリ。みんな感謝してる。芸術における女の役割というのは、あたしにはずっと謎なんだ。男性の芸術家がごまんといて、女性のヌード・モデルもごまんといるんだから……」

島は夕闇に包まれようとしていた。湾の向こうには街の明りがまるで誘惑するようにまたたいている。暗くなると口も滑らかになった。

「ノリの人生について、誰か言いたいことがあるのはいるかい」

一人の声が応えた。

「ノリの体験はいろいろな点で魅力的だと思うわ。ひねくれてはいるけど首尾一貫していることは確かで、そこのところは評価せざるをえないわね。ノリはまだかつての生活を懐しんでいるんじゃないかと思う——とりわけゴミ処分場ではそうだと思う。そこでは自分が主人だったんだから」

「今のは公平な見方だと思うかい」

カルメンはノリに訊ねた。

「かもしれないわ」ノリは認めた。「わたしはたしかに今でもティーズ・ガールで、完全に独立した女じゃない……」

カスタムメイド・ガールの一部は今日一日で熱烈な革命主義者になっていた。この娘たちが怒りの声をあげた。カルメンは身ぶりで黙らせた。

「自分自身をとりもどすのは、あたしたち全員にとって長い道のりだよ。外の世間で生きてきた者は、この島を一度も離れたことのないあんたたちよりも、ある意味でもろいんだ。あたしらはだまされたと思ってる。けれど、同時にそのことがわかったのはあたしらの人生のなかでずいぶん経ってからなんだ。女の人生としては遅いけれど、男の人生に比べると、ずっと早い」断固たる自己批判の口調でカルメンは続ける。

「ほら、まだあたしは自分をあいつらと比べてるんだ。あいつらの視点に立っている。若くなくなれば、あたしたちの生活から豊かさがみんな消えちまうのかって。今の時点ではそのとおりだ。妻たちは捨てられて、交換される。娯楽女たちも同じだ。セックス・マシンに入れられて、ぼろぼろになるまで使われる。さもなきゃ、つまらない仕事に回される。女の寿命は実質三十年かそこらしかないのに、男の寿命はその三倍にもなることもある。つまり、あたしらはあんたたちが感じないような恐怖に対して弱いんだ。ノリが使いふるした希望にしがみついたとしても、がまんしてやらなくちゃいけないよ」

「がまんしてる暇は無いよ」マリが唸った。聞いている間じゅう耳をぴくぴくさせていた。「ノリはどうしようもないロマンティストなだけだ。イメージの奴隷としての生活が充実してると思うような人間は誰だってロマンティストになるほかないんだ」膨れあがった猫科特有の怒りが急にやわらいだ。「だけど、たぶんそれはただこういうことなんだろ。ノリは女なのさ」

その晩ジェイドは寮のかつての自分のベッドで、プラスティックのダミー人形の代わりにマリと寄りそって眠った。若い娘たちはもう誰もダミー人形を抱いては眠らなかった。再教育クラスの後、ノリとフラッシュとヴィヴィアンが、全てのダミー人形を波打際に運び、海へと投げ捨てた。人形はそこで白子の海豹（あざらし）のようにぷかぷか浮いていて、プラスティックのペニスはミニチュアのマストのように突き立ち、朝になれば鷗がとまることもあるだろう。

消灯の後、マリの腕に抱かれ、寮の中の波のような囁きが静まると、ジェイドは眠りに落ち、夢を見た。

ジェイドは巨大なスーパーマーケットの中を歩いている。明るく商品が山積みになった棚が何列も、はるか彼方まで続いて、一点に消えている。華麗な白いウェディング・ドレスを着た女たちが何百人も買物篭を押しながら、広い通路をゆきかっている。一番新しいドレスはアイス・ケーキを何層にも重ねたように見えるが、たいていは古くて灰色になり、埃が積もっている。

通路の一本がいきなりひと気のない市街地になり、上半身がけばけばしいビニールのセックス・マシンが一台、黙って立っている。柔らかい生きた部品が柔軟性の無い鉄の容器に入れられている。中にいる女がミリーだと、だしぬけに思いいたる。

「ハロー、その中の人、わたしの声聞える？」

男がひとり、舗道をゆらゆらとジグザクに歩いている。どんよりした眼はひたと機械に据えられている。

「ごめんなさい――酔払いが来るわ。あなたを使っているふりをしなくちゃならない」

気がつくとジェイドの手に十ドル・コインが握られている。機械が唸り、スロットが開くと、中に隠れた女はジェイドの方に持ちあがり、鋼鉄の壁の反対側のすぐ近く押す。

で手足を大きく広げられる。機械の中からごぼごぼいう音が聞える。とても人間の出す音とは思えない。恐怖にかられて、ジェイドはムード・ボタンの一つをでたらめに押す。

若く自信に満ちたハスキーな声が言う。

「あなたのは最高に愛らしくて、一番大きくて、誰のよりもすばらしく男性的で敏感で脈打っている――」

ジェイドはびくりとして金属の箱から飛びすさり、台からころげ落ちる。すると例の酔払いが入れかわりにふらふらと前に出る。

とたんに寝室にいるのに気がつく。〈人肌の屋根裏部屋〉に似ていなくもない。眼の前に金の枠がつき、ジェイドの背と同じくらいの高さの楕円形の大きな鏡がある。中には自分の姿が完全に映っている。

この双子の相手を鏡から誘いだすことができれば、そうすれば自分と愛がかわせるのに。銀を塗ったガラスに体を寄せ、鏡の唇に自分の唇を重ねる。乳首が乳首を押しつぶす。掌が掌に重なる。鼻と唇から霧が広がり、ガラスが溶けているようだ。静かにジェイドはマスターベーションをする。するとゆるやかなリズムに運ばれて、秘密の川を未知の海へと下る。その渚では熱い砂の中に亀が泣きながら卵を生む。腹を痛みが刺す。悲鳴をあげて眼が覚める……。

というより、眼が覚めた夢を見ている。ベッドに起きあがり、太股が濡れてべとべとしている。

脚の間に大きな卵、駝鳥(だちょう)の卵ぐらいの卵がある。こんなの、わたしに生めたのかしら。

指先で卵の殻にさわる。もろいというよりゴムみたいだ。つついてみる。指で押すと卵の表面にへこみができるが、指を離すともとのとおり滑らかになる。

穏やかでくつろいだ感じだ。卵が何をしようと、わたしの害になるはずがない。ひき寄せて、自分の体で暖める。

覆いかぶさると、卵の表面に髪の毛のように細い細いひびが入っているのが眼につく。卵に体を巻きつけ、この満足を与えてくれる卵の形から連想できる他のものを思いえがく。熱い表面の上でふるえている巨大な水滴。あるいは水の中をのぼってゆく大きな空気の泡。この卵はさわったり抱いたりして、肉感的に完璧な満足を与えるために生みだされたものなのかもしれない。知らないうちに両膝をひきつけていて、満足を与えてくれる形を抱きしめながら、都市の往来のかすかな騒音が聞えて、うつらうつらするうちに卵がゆっくりとふくらみだすのを感じる。

眼が覚める。裸の少女が卵を解いて出ていた。子どもの体、閉じた眼、柔らかくくしゃくしゃの顔、一握りの黄色い髪。卵は割れたのではなく、アルマジロが体を開いたように開いている。

新たに孵(かえ)った少女はおなかに臍がない。これは新しい種族の新しい誕生の仕方だ。長い午後の間、窓からさしこむ陽光と、ジェイドの思いを養分にして、少女は急速に成長する。ジェイドに生き写しになってゆくが、ただひとつ臍がない。

そして完全に成長しきると、眼を開いてジェイドをみつめる。二人は黙って手をとりあい、キスをし、愛を交わす。ともに秘密の川を運ばれて亀たちが涙で眼をいっぱいにして卵を生む岸辺へと下る――と、いきなりパンという音で二人は別れる。二人とも腹を押えていて、先ほどのプロセスがまた始まる。

こうして女は増える――ついには寝室は一度も男を知らない、滑らかな腹をした女でいっぱいになる。まもなく女たちは廊下にあふれ、階段へとあふれてゆく。建物がいっぱいになると、女たちは街路へとあふれて、往来を止めてしまう。そして男たちはそれぞれ〈復讐者(アベンジャーズ)〉や〈支配者(ドミネイターズ)〉といった車から引きずりだされ、笑みを浮かべてはばらばらにひき裂かれる。

こうして延々と続いて、無男(アメン)、男のいない世界となり、ついに惑星の表面は大きな青い眼と黄色い髪の女の顔になる。

もう大丈夫かしら
脳姉妹たち
男の帝国は衰えたといっても

この一番ちっぽけな弾丸で
このごくごく小さな行為で
どうすれば世界を揺さぶれる？

あたしたちあいつらの世界を管理してる。
あたしたち、したがわなきゃならない
コチコチの規則で

施行しなきゃならない
ため息もつかず
回路に閉じこめられたまま

卵は生まれた

不安なのかしら
オムレツが誉められないのではないか
卵は生まれた
不安なのかしら
オムレツが誉められないのではないか、と。

生後六ヶ月
ジェイドの生涯、全部合わせても
どうやってあの子の人生、増やそうか?

あの子の人生、二十年に引きのばそう
あの大きな青い眼で薄めて
あの子の年齢を二十歳にしよう
そうすればあの子はわたしたちにとってオルレアンの少女
あの子は苦しむけれど、あの子はじっと見ているけれど

そうすれば自由の卵が孵る
わたしたち、顔のないものの思いどおりになれば

26

一同は夜にまぎれて内陸へもどった。今回は島のヘリコプターを使う。ただ、パイロットはあいかわらずチャーリィだ。

ヴィヴィアンとヴァルはすでにチャーリィに無理矢理迫って、自動化されて利口なチョッパーを飛ばす、比較的簡単な技を教えさせていた。が、夜間出撃を試みるには二人ともまだ早すぎた。

市の中心部に飛ぶのに男に操縦させるのは危険かもしれなかった。が、ジェイドとマリの世代のカスタムメイド・ガールの解放は、彼女たちがどこへ送られたか判明した以上、大至急の最優先事項にせざるをえなかった――ハナは〈コック&ブル〉というファックイージー・バーであり、重役娘のキャシィはハーマン・デトワイラーという実業家のところだ。

ヘリコプターにはこの任務のために五人の女が乗りくんだ。ジェイドとマリ、巨人娘のテス、ヴィヴィアン、それにフラッシュ。一行は催眠ガス手榴弾で武装していた。

ローラー・ダービーでファンたちが暴徒化した時、対抗するためにダヴズの死んだオーナーがへリに備えておいたものだ――それに加え、きりりと締まった年代物のウージー・サブマシンガンも携えていた。こちらはドクター・トムの趣味の古典武器のコレクションから持ってきた。

一行は輝く高層ビルと広告コピーのネオンを後ろに引いたチェックの風船の上を飛び、百キロ彼方のファックイージー・バーへ向かった。目的地に近づくと、ガス・フィルターを鼻につけた。

裕福な顧客を相手にしているコック&ブル亭は屋上の巨大な駐機場がご自慢で、そこには二人乗りや四人乗りのエアカーや小型へリが何台もあって、去勢雄牛の背中にとまった雄鶏の姿のネオンサインの明るいオレンジ色の光に頭上から照らしだされていた。

上空でホバリングしているうちに、マリは猫の鋭い眼で二人のガードマンが六連発を携帯した保安官の扮装をして物陰に隠れているのを見つけた。ガス弾を二、三発ほうりこむ。保安官たちはほとんど銃を抜く暇もなく、意識を失ってばったり倒れた。

へリコプターは着陸した。堂々たる巨体のテスが後に残ってチャーリィを見張る。他の四人の女がウージーを構えてエレヴェータで建物の下に向かった。もう隠密行動はとらなくていい。救出する女たちは眠らせるわけにはいかない――袋のように運びだすことはできないのだ。ウージーはまるで自分を使えと迫っているようだ。

ドクター・トムのコレクションのカタログによると、ウージーは短かくて軽いが、九ミリ弾を一分間六百発撃つことができる。だけでなく、また一発ずつ引金を絞ることもできる。砂漠の砂にも詰まることはなく、泥や水でふさがれることもない。弾倉は銃の握りに作りつけられているので、バランスが抜群に良く、暗闇や戦闘の最中でも装塡しなおすのは簡単だ。

エレヴェータの扉が滑って開くと、正面はクローク・ルームで、そこの係が驚いて見つめているのへマリが一発撃ち、もう一発撃った。鋭い銃声はコック&ブル亭では聞きなれた音だったし、いずれにしてもカントリー・ミュージックがばかでかい音でがなっていた。

女の春は
夏になる
すぐに秋になるが
だからって男はがっかり
てわけでもないさ

木の上の
小さな葉のように
いつだって新鮮な手足が
進んで喜ばせ
男は楽しむ……

クローク・ルームの係が——ほんの瞬間的にだったが——判断に迷ったのは、ガンマンが女性の姿をしていたからだ。その時胸に衝撃が走って心臓が破れ、それきり心配することも、真相を知ることもなくなった。

女たちはシャンデリアの輝きの中に押し合うようにして入った。保安官と無法者たちがぶらついてはウィスキーをあおっている。鏡と毛むくじゃらの牛の絵が壁を飾っていた。

ハナに乳房がたくさんなかったらジェイドもマリも、本人だとはほとんど見分けがつかなかっただろう。あまりに弱々しく無感動な様子で、詰めものをしたテーブルの間をぼんやりとふらふら歩いていたからだ。飲物の盆を運びながら、おが屑のなかに鎖を引きずっている。他の二人のウエイトレスも同じように消耗しきっていた。

四人の女がドア口から散開したとき、ワイアット・アープの一人が拍車のついたブーツをハナの鎖の上にどっかと据えたので、ハナは首を締められてぎくりと止まった。飲物の盆が手からひっくり返った。

あたしは死ねたのに
あの方が「行け」と言ったとき
あたしの心臓は冷たくなった
氷や雪のように
でもとにかく立ち上がり、旦那の言うとおりにしたのよ
あたしはもうきれいな娘っ子じゃない
今はもうちがう
だから家には入れない
もう永遠に
旦那の追憶をなつかしがるだけ

ジェイドとマリは鎖で繋がれた三人の女から一番遠い男どもをウージーで撃ちだした。ヴィヴィアンは桟敷席を掃射した。空気でふくらませた女の人形が爆発した。
「ハナッ」

ジェイドが叫んだ。

ハナは見向きもしなかった。酒場では銃声は——ここまで激しくはなかったとしても——ほとんど毎晩のようにふつうに響いていた。ほんとうに血を流して床にのびている男どもを見ようともしなかった。今では五感のすべてにまで沈黙が覆っていたのだ。ハナの世界はごく小さく縮まってしまっていた。何もないところから、ハナは自分だけの想像上のセックス・マシンを作りだして防護壁にしていたのだ。

優雅な口髭をつけたダニエル・ダニエルズが桟敷席に通じる螺旋階段の上に現れた。古臭いデイヴィ・クロケットのマスケット銃を肩にかついでいる。マリに狙いをつけて撃つ。

あたしはもうひどく年寄り
三十二歳
売ろうとしても売れもしない
ただのすり切れた靴
旦那にはよく使ってもらったのは忘れない

マスケットの弾はマリの肩をかすめた。毛皮に熱い痕をつけたが、肌を裂くよりは火傷を残した。マリは遠吠えして九ミリ弾を桟敷席の上にばらまいたが、ダニエル・ダニエルズは後ろに下がって弾を籠めなおした。酒場のメインルームではまだ撃たれていない男たちが保護を求めて鎖に繋がれた三人の女たちの周りにかたまっていた。これはみんな経営男（マン・ネージメント）が仕組んだ、何か特別なキャバレー・ショーなんじゃないかと願っている。上の桟敷席のダニエル・ダニエルズの優雅な姿がこの空しい希望に拍車をかけていた。もう一度姿を現わすとダニエル・ダニエルズは平然として現場を見渡し、フラッシュめがけて撃った。甲状腺機能亢進特有の嵐のような激しさで動きまわっては、射線に入った男どもに向かって引金を引いている。

一発でフラッシュに当てるなど、誰にも期待するのは無理というものだ。マリがまた桟敷席を撃った。弾丸が突き刺さると、ダニエル・ダニエルズの顔を痛みに歪んだ侮蔑の表情がよぎった。

「こんなのはなんでもない」つぶやく。「こんなのはまったくなんでもないよ」

螺旋階段の上の方の段をゆっくりと滑りおちて、男は優雅に死んだ。

口を利けない三人の女のうち、一番背の高い女――打撲傷のある赤毛は、まわりで男どもが倒れてゆくと、手を叩いて喜んだ。最も積極的な関心を見せている。二番目の女、ハニー・ブロンドは、夢見るような、狂った笑みをずっと浮かべたままだ。ブロンドにとってこの事態は夢が非現実の世界からあふれ出して、現実の世界へとなだれ込んできたように思えたのだ。鎖を拾い、彼女をエレヴェータへ無理矢理行かせなければならなかった。

ハナはもっとひどい精神状態だった。何か決定的に新たなことが起きているのを認めることができなかった。そしてお客たちの死体の間の割れたグラスを掃除しようとした。明らかに自分自身のなかに深くひっこんでしまっていて、体の方は自動操縦にして、いくつか簡単な指示を実行するままにしていたのだ。ジェイドがダニエル・ダニエルズのポケットに女たちの貞操帯の鍵をみつけ、ハナのベルトをはずして投げすてた時も、ハナはただ一番近いテーブルの上に体を広げ、ジェイドが自分を使うのを待っていた。六つの乳房と顎の乳首から媚薬効果のある乳が滲みだし、その芳香に、こんな場合にもかかわらず、ジェイドは興奮してしまった。ジェイドはやむなくハナの腕を摑んでまっすぐに立たせ、抵抗しないハナをロビーにひっぱっていった。エレヴェータでハナは抵抗した。ハナの体はプログラムされた行動範囲から出るのを嫌っているらしい。ハナはため息をついた。両眼からはふんだんに涙があふれている。爪先には根が生えたようだ。

「わたしが誰だかわからないの」

ジェイドは叫んだ。

しかし、セックス・マシンで二ヶ月過ごした後、自分自身もこんな風になっていたことは、ジェイドにもわかっていた。機能停止しているのだ。ハナはいつも人と意思疎通をするのが遙かに苦手だったから、ずっと早い時期にすべての希望を捨ててしまったのだ。

結局ジェイドとマリは、不安に息を切らしながら、ハナをヘリコプターまで運ぶほかなかった。

ハナの心はどこへ行ってしまったのか。見つけられるかぎり、一番暗い隅に、生きながら埋められたのだ。かわいそうに、優しいハナ、風に折られた物言わぬ花は、自分自身の一番核になる種を地下に埋めて隠したのだ。長い長い冬、氷河時代を過ごし、何か巨大な炎がその殻を破り、再び芽を出すことができるようになるまで。その炎はどれくらい大きなものでなければならないだろうか。ファックイージー・バーで何人か男が射殺されたくらいでは、ハナの独房を開けるだけの大きさの鍵にはならなかった。市全体が炎に包まれ、男が大量に死んでようやく、ハナが眼を覚ます希望が持てるだろう。

27

島にいる女たちの中で戦闘員の割合がその他に比べて低いことに、カルメンは前から不安を感じていた。だから、ヘリコプターがもどってきた時、ハナは緊張病で、二人目の女は事件全体を夢だと思い、何が起きていたかきちんとわかっているのは赤毛だけ――ただし、会話能力がないことは障碍だった――ということになると、当面はさらに救出作戦を行う危険を冒すことに消極的だった。

「できるかぎりたくさんの犠牲者を救出することはわたしたちの義務よ」

ジェイドは言い張った。救出されなければどうなるか、わかっていたからだ。

「救出した人間を守るこちらの能力を弱めるんなら、救出しても意味はないよ。ただ新兵を集めるだけじゃなくて、訓練しなくちゃいけない」

「全部できないんなら」マリは唸った。「なんにもできないよ。このちっぽけな避難所に隠れているだけなら、革命なんてできっこない。革命ってのは、戦って、訓練して、救出するのを同時にしなくちゃいけないんだ。さもなきゃ、勢いがなくなっちまう。市内に移動するのが早ければ早いほどいいんだ」

「え、そんなに早く島を捨てるの」

ジェイドは驚いて訊きかえした。

「もちろんだよ。ここは安全な聖域じゃない。銃が数丁にガス弾だけじゃ、怒りくるった男たちからは守れない。ここに長くいればいるほど、セックス・マシンに閉じこめられる危険性は高くなるんだ。カルメン、考えてごらんよ、セックス・マシンだよ」

「でも組織はどうするんだい」

カルメンはいらだって言い返す。

「訓練された女一人が訓練されていない女十人分働かなくちゃならない。それしかないよ。他の方法をとる時間はないんだ」

「その訓練された女にはあのファックイージーから拾ってきたブロンドも含まれるのかい。ハナも入ってるのかね」

「革命は傷ついた者の面倒は見なくちゃいけない」マリは言った。「そうやって忠誠心を得るんだよ」

「鳥娘はどうするんだい。処理の途中だよ。まだタンクの中にいる胎児たちは。あの子たちは市内には移せないよ」

「あたしたちがしなくちゃいけないことは二つ、同じくらい必要性が高いんだ。島を守ることと島を離れることだよ。両方なんだ。これから市内へ送るグループは独立行動しなくちゃならない。ここに退却して頼ってはいけないんだ。そっちは自分たち自身で解放区を作って、自分たち自身でやりくりしなくちゃいけなくなるんだ」

「早すぎるよっ」カルメンは反対した。「あんた、組織ってものがわかってない。組織なんかまるでできない前から力を使いきっちまうよ。マリ、この世の中じゃ二つの選択肢を同時に選ぶことは絶対にできないんだ。ほんとうに片方だけでも選べれば、それだけで運がいいんだよ」

「だったら」ジェイドが鋭い声を出した。「わたしたちが知っているカスタムメイド・ガールたちを救いだすのを続けなければならないわ。わたしたちの姉妹を」

「もう一度リストアップしてみておくれ。それぞれどういう貢献ができるか、考えてみよう」

「リリがいるわ」

「その子は両性具有だって言ってたね。どっちにつくかで分裂してしまうんじゃないかい」

「スーとスーザン」

「シャム双生児ね。さぞかし優秀な戦士になるだろうよ。おたがいの後を守れるからな。でも、走る速さはどれくらいだい」

「わかったわ。じゃあ、キャシィ」

「煙草娘だね。信用できないんじゃないの」

「今はもう信用できるはずよ！　管理職用の娘なんだから、あの子の才能は貴重だよ」

「あんた、あんまり優しすぎるよ」マリがジェイドに警告した。「あたしらがキャシィとどんな連帯感を持てるというんだい」

ジェイドの心の奥深く、何かがキャシィを捜しだせとせき立てている……。

「それは昔の話よ。今はどうかしら。キャシィだってわたしたちと同じように苦しんでいるはずよ。同じような残酷な扱いを受けて、苦い失望を味わっているのよ。あの愚かさを叩きだしているはずよ」

「なんでそこまではっきり言えるんだい」

「マリ、わたしはどんな女性も拒むなんて耐えられないのよ――拒否されること、完全に、決定的に拒否されることがどんなことか、身にしみてわかっているんですもの」

「もしそのキャシィがほんとうに変わっているんなら」カルメンが言った。「あたしらに必要な人間かもしれない。この島には指導的立場にたてる人材が少なすぎる。リズはいいリーダーになれる素質があるけど、リーダーは外にいたことがあって、そこで苦しんだ経験がないとだめだ。あれはほんとうに厳しい試練だ――ただ、あたしらがあの子たちに話したお話や、ノリの意識昂揚訓練だけじゃ足らない。それにノリ自身はリーダーじゃない」

「誓って言うわ。キャシィは解放されるのを待ってるのよ」

「あんたがそこまでキャシィを助けだす決意をかためているんなら」マリが言った。「あんたと一緒に行くよ。あんたが間違ってたら、今度はあいつの肩をひっかくぐらいじゃすませないからね」

「ほんとうに確信があるのかい」

カルメンがジェイドに訊ねた。

「もう今じゃキャシィは自分なりの教訓を学んでいるにちがいないわ」

28

かくて女たちは再び夜にまぎれて内陸へと飛んだ。ジェイドとマリ、それにリズ――今は訓練を受けてウージーを使えるようになっている――それにジュノー。どこかのお客が異星人の女として考えた娘で、明るい青い肌に両手には六本の指がある。それにフラッシュ。〈コック&ブル〉では実に活躍してくれた。

飛行の間、ジェイドはこれから行くところを告げた際、キャシィの名前を聞いた時のハナの反応のことを考えていた。実のところ、島にもどって以来、ハナが何らかの反応といえるものを見せたのは、あの時だけだった。

その日の午後、ジェイドはやむを得ず、ドクター・トムの意見を聞いていた。ハナはロボトミーの手術をされているのか。あるいは脳の一部が焼けついてしまったのではないだろうか。

ハナの脳を簡単に調べてから、ドクター・トムは言った。

「ちがう」

トムは知っているはずだ。トムがハナの追加の乳房と余分の乳首を生やしたのだ。ハナの涙腺を捻って、生涯泣きつづけるようにしたのだ。

「ハナはひどいショックを受けたんだよ」ドクター・トムは説明した。「あいにくと顧客の中には娘たちを実に不適切に扱う人種もいるんだ。だけど、われわれに何ができる。ただ、みんなうまくゆくよう祈るだけだよ。わが社の娘たちは芸術作品として送りだされるんで、受け取られ方の良し悪しは世間次第なんだ。実際起きたことをみれば、きみが怒るのも無理はないと思うよ、ジェイド。だけど、私やわが社がなければ、そもそもきみは存在すらしていないいんじゃないか」

「あなたたちはわたししたちがどうなろうと気にしたことはないじゃないの。わたししたちが使い果たされるのが早ければ早いほど、新しいモデルの注文が早くくるでしょう」

「信じてくれ、我々は心の中ではきみたちに一番ためになるようにはからっているんだよ。きみたちはこの世でもユニークな存在なんだ。このことで私が感じていることをきみに感じてもらえるとは期待していないが、信じてほしい、私の気持ちは父親のものと言ってもいいんだ。ジェイド、きみは私自身の精子から作られているんだから」

ジェイドはもう少しで吐きそうになった。脇腹に爪を立てた。まるで体がドクター・トムの大事な前立腺から分泌された精液を凝縮し、バターかチーズのように固まったものからできているように爪が食いこむ。痛みのおかげで吐気は消えたが、ひっ掻いた痕が青黒く残った。

「愛にはたくさんの形があるんだよ、ジェイド。今のように恨みでこりかたまっている精神状態ではまずわからないだろうがね。愛は自分を与えることだよ。男は女とは違う形で与えるんだ。ぼくはきみに捧げたんだ」

「じゃ、あんたがわたしのパパというわけね、このろくでなし。で、母親は誰なのよ」

「え、そりゃ……えーと、思い出してみる。フォクシィだと思うな。私自身の看護婦兼妻だよ」

「フォクシィですって」

奇妙なことにドクター・トムは泣きそうになっているらしい。

「きみたちはみんな芸術作品なんだよ、ジェイド。それをきみたちはだいなしにしたんだ。顧客たちが自分のガールを粗末に扱ってることは私は全然知らないんだ」

「そういう風に扱われるのは不適切だと言ったばかりじゃないのっ」

「直接は知らない、という意味だよ」

ジェイドは怒りのあまりどうしていいかわからなくなって、自分の生物学的父親をにらみつけた。そしてハナをひっぱって逃げ出した。ハナがほんとうに自分の姉妹だなどとドクター・トムが言いだしかねなかったからだ。後ろにハナを引いて、フォクシィを捜しに走った。急かされたので、ハナは空中に盆のバランスをとる仕種をしはじめた。

フォクシィは育児室にいた。ヴァルキリ・モードなので羊水の入ったタンクを点検しながら、革命歌をハミングしている。まるで胎児たちにも歌が聞えて、ボアディケアやローザ・ルクセンブルクに育つとでも思っているらしい。

「フォクシィ!」ジェイドが叫ぶ。「たいへんなこと、わかっちゃったのよ」

フォクシィはぱっと気をつけをした。

「何でしょう、リーダー」

「あなた、わたしの母親なのよ」

フォクシィはぽかんとジェイドを見つめた。

「でも、わたし、子どもなんか生んだことありません。生めないんです。ドクター・トムがわたしの卵巣を切除しました。わたしが妊娠するのを望まなかったんです」

「あいつ、あなたの卵子をどうしたと思う。貯めておいたのよ！　あなたの卵子の一つを使ってわたしを作ったのよ——そして精子はドクター・トムのだったのよ。たった今、あいつから聞いたわ」

「あなたが……わたしたちの子どもですって。で、あいつはあなたを性奴隷として売ったというんですか」

「おそらくあなたたちの子どもはわたしだけではないと思うわ」ジェイドは戸口でふらふらしているハナをぐいと親指でさした。ハナの片手はそこにはない盆を高く支えている。「たぶんハナもよ！　たぶん煙草娘のキャシィもそうよ。わたしたち、今夜キャシィを救出してここに連れてくるわ。キャシィも本当はわたしやハナの姉妹ということもありえるわ」

黙っていたハナに驚くべき変化が起きた。涙の流れが中断した。眼は渇き、憎悪の光をはなった。実在していない盆を支えていた手を握って拳を作ると、ドアの支柱に叩きつける――そして喉からしわがれ声がもれた。

が、ハナの怒りは長く続かなかった。手が脇腹に落ちる。涙がふたたびだらだらと流れだした。また感情が鈍麻した。

「わたしはどうすればいいんでしょう」フォクシィがジェイドに訊ねた。「あなたを抱きしめますか。卵子を抱きしめることはできません――わたしの体があなたを知っていたのはそれが最後です。あの男が真実を話したかどうか、どうすればわかりますか。わたしたちの気持ちにつけこもうとしているのかもしれません」

「記録があるはずじゃないの。誰の卵子か、誰の精子か」

「ジェイド、あなたはほんとうにドクター・トムが確かに父親だと確認したいのですか。わたしがあなたの母親だと。そんなの意味ありませんよ。わたしだったら、記録はすべて破棄します。この島もです。疫病が流行（はや）っている船のように沈めてしまいます」

ある意味でこれはヴァルキリ流のしゃべり方だった。とはいえ、ジェイドと母親かもしれない女は、たがいに抱きあうことはしないで別れた。

ハナが短時間ながら怒りを爆発させたことの説明が、ジェイドにはどうしてもつかなかった。ジェイドがかつて知っていた優しいハナには似つかわしくない緊張病になってしまったことと同じく、ハナは本土でキャシィと偶然出会い、残酷な形で嘲られたのだろうか。実際そういうことが起きたに違いないと思える――だけでなく、そのことを前々から知っている。が、どういうわけかその知識にヴェールがかぶせられていて、視界から隠されているのだ。どうしてこういうことになっているんだろう。

わけがわからず不安になりながら、ジェイドはこのことは仲間には何も言わなかった。一つだけ確かなように思われる。キャシィの名前を聞いただけでハナがあんな反応を起こすのなら、島に実際キャシィが来たならば、そのショックでハナは現実世界にもどるにちがいない。

デトワイラー・ビルのある商業地区は、先にハナをひき抜いてきた歓楽街に比べると、はるかに複雑で恐ろしい様子で聳えていた。この地域深くに入りこむにつれて、摩天楼は丘陵（きゅうりょう）地帯から仰ぐような高峰に、ふつうの大きさから（キャシィなら言ったように）キング・サイズへとだんだんと高くなってゆく。そして鋼鉄とガラスと石の峡谷に人間と車がひしめいている様を見て、女たちはようやく自分たちがたち向かっているものの大きさを思い知らされた。まもなく一行は企業の紋章を飾った他のヘリコプターとならんで飛んでいた。その三次元の交通のパターンが空中から街路に、さらに地下鉄へ、そしてゴミ運搬船が通う下水溝まで広がっていることは、容易に想像できる。ビジネスは二十四時間休みなく続いていた。

チャーリィが通行レーンからよろめき出て、他のヘリが何機か、警笛を鳴らして文句を言った。権力者たちの近くに来たことで元気が出て、警察のヘリの注意を惹けると思ったのだろうか。

マリがチャーリィの首に爪を置いた。

「変なことをしようとするんじゃないよ……」

「鳥の群を避けようとしただけだよ」

「嘘つき」

「もう過ぎちゃったんだ。ほんとだよ」

「早いとこ、こんなとこは出たいよ」リズがつぶやいた。「ここにいると血が冷える」

もちろんリズは恒温に保たれている。さもなければ夜間の遠征に参加できなかったはずだ。が、おそらく純粋な蜥蜴の遺伝子も一部リズを作るのに使われたのかもしれない。

「静かに」ジェイドがなだめた。「これで眼がくらむのは当然よ、リズ、小さな島から来たんだから。でも、この壮観は見せかけだけなのよ」

複数の風船をつないだ、カーマ・スートラ・ゴーゴーガールの巨大な人形が眼に入った。人で混みあう広い通りの上にかがみこんでいる。近くのネオンサインが説明していた。

体位三十五：後背位（女は俯せ）

この体位にはティーテーブルほどの高さのスツールを使う。顔を隠せるからである。この体位はすべての後背位の中で、女にとって最も受け入れやすい。セックスの動きも容易である。

一番高い摩天楼の頂に金色のDの文字が輝いていた。企業重役たちの領土。一行はどんどん上に昇った。

チャーリィと催眠ガスで眠らせた二人ほどのガードマンの見張りにリズを残し、ジェイド、マリ、ジュノー、それにフラッシュは屋上からペントハウス階までの短い距離をエレヴェータで降りた。出たところはロビーで、覗き穴とインターコムがついたがっしりしたオークの扉があった。仲間たちを身ぶりで扉の両側に見えないように貼りつかせてから、ジェイドはウージーをフラッシュに渡し、ドアのブザーを押した。

しばらくして眠そうなキャシィの声が返事をした。

「あなたなの、ハーミー。また鍵を忘れたの」

「こんにちは、キャシィ。わたし、ジェイドよ――島から来たのよ。覚えてるかしら。大事なお話があるの。開けてくれない」

「あんた、大きな青い眼のジェイドなの」

「そうよ」

「ここで何をしてるの」

「ドアを開けてよ、そうしたら話すわ」

「でも、あたし寝てたのよ」

「キャシィ、大事なことなのよ。わざわざ遠くから会いに来たのよ」

「あら、わかったわよ……」

ジェイドは覗き穴の前に立って、無邪気な笑顔を浮かべていた……ドアが大きく開いた。

過去数ヶ月の体験はキャシィの肩にはほとんど乗っていないようだった。キャシィはあくびをした。

「あらまあジェイド、ほんとにあなたなのね。おっかしいわね」

だしぬけにキャシィは他の女たちが隠れているのに気がついて、扉をばたんと閉めようとした。鼠に飛びかかる猫のようにマリが飛びだし、キャシィをロビーに押しもどした。

「よう、キャシィ、あたしを覚えてるかい」

キャシィはジェイドがフラッシュから自分のウージーを返してもらうのを、ぽかんと見つめた。ジュノーが扉を閉める。

「あなたを助けだしに来たのよ」ジェイドが説明した。

「あたしを助けだす？　なにから？　あんたたち、気が狂ってるんじゃないの」

「フラッシュ、ジュノー、捜しな」

マリが指示する。

無駄なく、すばやくフラッシュが飛びだし、ジュノーが続いて扉をひき開けて銃を構えた。鎧武者たちは部屋の隅の暗がりでは気味悪いほど生きているように見えたが、動きはしなかったので、どちらの女も発砲はしなかった。二十秒とたたないうちにマンション全体の捜索は終った。キャシィ以外、誰もいない。

「安全です！」

フラッシュが怒鳴った。怒鳴りながらまだ左右にダッシュして神経エネルギーを消費している。

「よし」マリが言った。「さて、キャシィ、あんたの男はいつもどってくるんだ」

キャシィは気をとりなおしていた。

「なんであたしにわかるのよ。旦那の動きをいちいち追いかけてるわけじゃないわ。何をしたいわけ。インタビューでもとるの」

「そいつは女を買った」

「で」

「だからその男は犯罪者になるのよ」ジェイドが説明した。「死刑を宣告しなくちゃならないかもしれないわ」

「その大きな青い眼で見ると、ハーミーが犯罪者になるわけ。そんなにひねくれるなんて、あんたたち、いったいどうしたのよ」

「おまえ、そのハーミーとかいうやつがどうなるのか、あんまり気にならないんだな」ジュノーが爆発した。「おまえがそいつを愛してるんなら、そいつを殺すと言われたらもっと気にするはずだ」

キャシィは冷たく異星人の娘を眺めた。

「あんた、びっくりするほど世間知らずだね。今までほんものの世界に出たことないんじゃないの」

「世界についちゃ、ジェイドやマリや他の人たちから十分聞いてる」

「自分の旦那を捕まえて、その旦那にしがみつくのはそれぞれの女の責任だってことがわからないの。それが大事なのよ——愛なんかじゃないんだから。あんたたち、ばっかじゃないの。愛されると思って世間に出ていったわけぇ。あんたたちが愛されるっていったい誰が言ったのよ。愛するのはあんたたちだと言われてたのよ、それだけのこと。あんたたちは何もかも愛するのよ。さもなきゃひどい目にあうの。ま、あたしは何もかも愛してるのよ、ありがたいことにね。あんたたちの気がふさいでるからって、あたしも一緒に駈落ちするなんて思わないでよ」キャシィはためらった。「だいたい、どこへ行こうっていうのよ」

「島よっ」キャシィが訊いたのに元気づけられたジェイドの顔は誇りに満ちていた。「わたしたち、あそこを解放したのよ。島は女たちが支配してるわ。あそこはわたしたちの島よ」

「なんにもない、けちな小島を誰が欲しがるのよ」

「あそこでは今いろんなことが起きてるのよっ。女たちの革命が始まったんだから」

キャシィはけたたましい笑い声をあげた。

「女の革命だって。なんて救いようのない馬鹿なんだろうね、あんたたちは。マリ、ちょっとその爪離してくれない。あたし、まだこの前あんたがやってくれたのから完全に回復していないのよ。この肩、まだ痛いんだから」

「おまえは一緒に来るんだよ」マリが断固とした調子で唸った。「来たかろうが来たくなかろうが関係ない。おまえはもう事態を知ってるからな」

「あんたらとなんかどこにも行きゃしないわよ。ましてあんな退屈なコンクリートの塊になんて」

マリはウージーの銃口をキャシィの肋骨につきつけた。

「ここでおまえを殺してもいいんだぜ、キャシィ」

「あざになるわよ。あんたたち、さっさと消えてくれない。信じられないほど、馬鹿ね」

「あなたを殺すわ」ジェイドが言った。「一緒に来ないのなら。それもすぐに」

ジェイドの口から出るとこの脅しはマリが言ったときよりもずっと説得力を持ったようだった。キャシィは青ざめた。

「殺されたくなんかないわよ。あたしがあんたの言うことを聞かないんなら、どうして連れてくのよ」

「安全のためだ」マリが言った。「裏切者を残してはいかない」

「ここに来たらあんたたち自身安全基準を破ってるんじゃないの。なんであたしがあんたたちのミスのとばっちりを受けなきゃいけないのよ。なんであたしが自分の生活をだいなしにしなくちゃいけないわけ」

「だいなしにするんじゃないわ。やり直すのよ」

「こいつは時間の無駄だよ、ジェイド。こっちも時間の無駄だ」マリが一歩下がって銃をかまえた。「このすべたを助けに来るのはまちがいだったとわかってたんだ。みんな、どきな。返り血を浴びたくないだろ」

フラッシュがさっと下がり、ジュノーを一緒に引っぱった。一瞬ためらってからジェイドも脇にどいた。

キャシィは焦って左右を見回した。近くに日本刀はないし、刀をどう扱えばいいのか、見当もつかない。一瞬の旋風で侵入者たちを倒す夢は忍者テレビの深夜番組の世界へあっという間に消えていった。なだめるように両手をあげた。

「あんたいつも唸ったりとびかかったりするんだね、マリ。一緒に行くわよ。あんたたちの島が今どうなってて、あたしがうまく入れるかどうかやってみたいわ。ハーミーは幸せにしてくれたけど、何もあの人のために死ぬことはないわ」

「フラッシュ、ドアを開けな。キャシィ、エレヴェータへ歩け」

「なにかおみやげに持ってってもいい？」

「あんたのその体で十分だ」

「ハーミーの刀みんな持ってって、武器にしたらどう？　ほんとに切れ味いいのよ。忍者テレビを見れば、使い方もわかるわ」

「ごまかしはやめな。歩け」

エレヴェータの扉が大きく開いた。キャシィは中に入り、うしろの壁に平然としてよりかかった。一行が全員乗ったとたん、ジェイドは屋上へのボタンを押した。ドアが滑って閉まる。

甘い、眠くなるような匂いが換気口から吹きだした。

「なに……」

ジェイドの手足がゴムのようになった。最後に聞えたのはキャシィが嘲る声だった――キャシィは最後にひとこと言うため、息を止めていたにちがいない。

「安全対策がどうのこうのなんてよく言うわよ。あんたの声をドアで聞いたとたん、警備室に連絡してたのよ――」

そして全員、ずるずると倒れて眠りに落ちた。

29

法廷はがらんとしていて、いるのは全裸の女性被告五人、武装守衛二人、コンピュータ技術者、カメラマン各一人――それにＭＡＬＥすなわち確定法運用モジュールだけだった。

他の多数の人びと――数十万、いや数百万の視聴者は法律テレビで見ている。その中には抽選で選ばれた百人の陪審パネリストたちもいて各々(おのおの)位置についているはずだ。

囚人たちは一人ずつ強化防音ガラスのブースに閉じこめられていて、オーク製の椅子に手錠でゆるくつながれ、まぶしいスポットライトを浴びていた。猿轡はされていなかったが、外との意思疎通はMALEが許可した場合だけで、各自の言葉はまず妥当性や侮辱の有無を分析される。この手続きにはほんの短時間しかかからなかったが、それでも結果としてまず音もなく唇が動き、それから言葉が顔の表情とは一致しないまま聞えることもあった。MALEはその自由裁量で、発言を他のブースに流すこともあり、ブースの外の法廷内に流すこともある。その場合、同僚の被告たちには何も聞えないが、眼の前ではなく、それぞれの家で冷えた缶をがぶ呑みしている多数の赤の他人にははっきり聞えることになる。

MALEは四つの異なった声――バス、バリトン、テノール、そしてソプラノ――を使いわけ、さまざまな役割を区別していた。裁判官、陪審団長、検察官、そして被告弁護人だ。しかし、MALEは権利が侵害されているというマリの非難は斥（しりぞ）けた。

「こんなの不公平だよ、裁判官と検察官と弁護人がみんな同じ機械じゃないか」

「我々は異なるプログラムである」

「我々は異なるソフトウェアである」

「私たちは異なるシステムです」

「我々は法律の異なる側面である」

四つの別々の声が宣言した。被告弁護人の声はピッチが高く、ほとんどヒステリックだ。検察官の声は快活で、おちついた確信に満ちている。世論の代表である陪審団長はひどくうやうやしい声で、一方裁判官の声には骨や内臓がぶるぶる震えそうだ。

「他に異議はあるか」

一番低い声が訊ねた。

「陪審員について知りたいね。どういう人たちで、どこにいるんだ」

「陪審員は全員自宅にいて法律テレビを見、双方向パッドを持っている。陪審団は百人の善良かつ誠実な男(マン)からなる。しかしながら、この人びとは素人であるから、有罪か無罪かの判断と判決についての選択は、合意が八十パーセントを越えない場合、我らが学識豊富な友人、陪審団長によって覆される場合もある」

「百人の男だって。女はどうしたのよ」

「不適切な発言です、裁判長」検察官が抗議した。「被告は人間法に照らして違法です」

「抗議を却下する。被告は法律をはずれることはできない。被告弁護人のみが違法でありうる」MALEのコンソールに赤いライトが一つついた。「被告は法廷を侮辱しないよう、当法廷は正式に警告する。また被告は自身の弁護を法廷によって指名された弁護人の手に完全に委ねるよう忠告される」

「どの手だよ」マリは噛みついた。「あんたら機械じゃないか」

「注意せよ。おまえの弁護人は当法廷の特別の慈悲によって提供されている。この慈悲は撤回されることもありえる」

マリの弁護人が大きくきしむような声で発言した。

「陪審員の性別の問題については、依頼人に対して、『マン』なる用語は法律的には『女性』を含み、これまで常にそうだったことが通知されています」

「男性が女性を含むんだって。ふつうは女性が男たちを含むんだと思ってたよ――赤ん坊みたいにね」

「法廷のご寛恕を乞い願い、依頼人の抗議をつつましく撤回いたします」

「今回は特別に許可する」

「それで、法律テレビを見てるのはどんな人たちなんだい」

なぜ自分がこんなに何度も口をはさむことを許されているのか、マリは不思議には思わなかった。もちろん生意気な被告は娯楽としては価値が大きいが、これは少々行きすぎになってきている。

「法律に関心を持つ者たちだ」

「てのは誰だよ」

「最新の法律テレビの調査によれば、私立探偵、警官、安全保障関係者、刑務所の看守……」

「そんなの、偏見持ってる連中ばかりじゃないか」

「犯罪者も含まれる。犯罪者は検察側に有利な偏見は持っていない」

「それでもみんな情婦をかかえた男ばかりじゃないか」

ふたたび赤いライトがひらめいた。

「二度目の侮辱を警告する――この確定法運用モジュールへの侮辱と、自宅で視聴している偉大な視聴者に対する侮辱である。三度目の侮辱がなされた場合、被告マリは公開法廷にて略式鞭打ちを受けるものとする」

二人の守衛がマリに向かってにやりとした。

「議事進行上の問題ですが、裁判長閣下」検察官が意見を言った。「懲罰は見世物としての価値が十分ある場合、SMテレビと苦痛チャンネルでの同時放送が求められます」

「被告の皮膚が毛皮で覆われている場合、鞭打ちに見世物としての価値が十分あるとは限らない。さて、裁判を開始する」

コンソールの四つのスピーカーの一つから木槌（きづち）の音が響いた。

黙ってすわったまま、ジェイドはゴミ捨て場でのダヴズのオーナーの処刑に自分も加担したことを恥ずかしく思っていた。今行われている裁判のパロディは、つい先日自分たちが即席におこなった裁判がいかに滑稽なものだったかを、まざまざと思い知らせてくれる。

もう一つ、これまでは幼い女の子のようなセイレーンの声が頭の中で調子良くうたってあれこれ助けてくれていたように思えた。ちょうどジャンヌ・ダルクが謎の天使の声に励まされていたのと似ている。今、自分が試練にさらされているというのに、その声は逃げてしまっていた。レディ、レディ、どうしてわたしを見捨ててしまったのです。助けてください。ジェイドは心の中で叫んだが、答えは何も無かった。わたしは裏切られたのだ。

「検察官、始めなさい」

バリトンの声が始めた。

「有罪の程度は明らかに異なります。女性ジェイドとマリは第一級の罪で起訴されています。女性リズ、ジュノー、フラッシュは、前出の被告人たちによって犯罪の道に引きこまれており、第二級の罪で起訴されています。自宅で視聴中の陪審員の方々はこの点、ご承知おきいただきたい。

「本件の目撃者証言として、本官は以下の証人の訊問テープの採用を求めます。煙草娘キャシィ。二人のヘリコプター・パイロット、すなわち『ダヴズ』という名の旧ローラー・ダービー・チーム所属の者とカスタムメイド・ガール社所属の者。同社所属の精子提供者兼設計外科医のトム・ホーク博士。同社社長志摩幸吉氏。セックス・テレビ局長モリス・レヴィ氏。そして最後にプレザントヴィル記念病院のドナルド・マクドナルド博士。証言としては実に重いものであり、自宅でハイライトの編集版をご覧いただく皆さんも賛同されるものと期待しております。

「さらなる証拠として、本官はカスタムメイド・ガール島のかつての幸せの日々と、警備会社によって再占領された後の二つの撮影フィルムを提示いたします。これをご覧いただければ、被告人ジェイドとマリが煽動した無法女たちが引き起した加重破壊行為に涙が浮かぶのを禁じえないでありましょう」

「先へ進めなさい」裁判官のバスの声が促した。「ただし、その前にまず、スポンサーから一言」

狩猟クラブと特殊レンタルのCMが大画面に映るのを皆が見る間、マリは自分のガラスのブースで音もなくあくびをしていた。最後の画面、貸し出された女の獲物が息をひきとる直前、吊るされて裂かれるシーンがディゾルブしてキャシィが自分自身の抽斗からとりだしたキングサイズのゴールドをふかしながら、えげつなくにやにや笑っている画面になった。

ジェイドは証拠にはほとんど注意を払わなかった――すでに全部体験していたのだ。むしろ注意を向けて見たのは島の占領が終った様子だった。警備会社の兵士が完全装甲の上陸用舟艇から水の中を歩いて上陸しながら、ガス弾、閃光弾、脳ネット攪乱器を発射してゆく。ヴィヴィアンにちがいないと思われる姿――防毒マスクをつけ、全裸の体には傷痕が走り、顔には犬のように鼻がつき出していた――がダヴズのヘリコプターで逃げようとしたがミサイルが命中した。ヘリは沖合数百メートルの海中に墜落し、火の玉が上がった。

意識を失なった女たちが娘たちがコンクリートの上にきれいに並べられていた。ノリ、カルメン、ティナ……全裸の部隊が全員眠りにおちた練兵場だ。

「次は被告弁護人」

ソプラノの声が発言を始めた。マリについての弁護側の主張は、マリが生物学的にも心理学的にも、女よりは動物に近いことをよりどころにしていた――その反応において、平均的にコントロールされていない女性に比べてもさらに原始的で本能的である。それゆえ、マリの購入者アルヴィン・ポンペオは現在死亡しているが、マリの違法行為に一部責任を持たねばならない。ポンペオがこのことを具体的に要求したからである。さらにまた、マリの製造者にも責任の一部は課されることになる。製品として製造されたものが、本人の欠陥について、それが設計上の要因である場合、責任をとれるだろうか。

裁判官が口をはさんだ。

「カスタムメイド・ガールは〔準〕自動人形としてのみ分類される。これらは自己プログラミング可能なフィードバック機能を有しているからである。これによりこれらはある程度の自主性を与えられており、被告人マリはこれを利用する方向を選んだ――この点、従順な証人キャシィと異なる」

ジェイドに対する弁護は、ジェイドの変節が完全血液交換に始まる、長期間にわたる医療処置の後に起きたことをよりどころとしていた。全血液の交換の正確な性質は、これに関わった医師に対して非礼にあたらない形で検討すべきではないか。おそらくは通常使用向けに製造者が設定した組織体のストレス仕様書と、実験的治療を行なった医療機関が採用しているストレス仕様書の間に齟齬があったのであろう。

「気が利いているが、推論が多い。すこし休憩してほしい。その間にデータを再検討する」

この見えすいた言い訳はグロテスクとしか言いようがなかったが、それでもジェイドは息を詰めた。緑のライトがひらめいた。

「おめでとう、弁護人。あなたの当てずっぽうの推論にはいささか真実がある。責を負うべき医師の名誉を傷つけるものではないが、対立が起きているようだ」

ちょうどその時、奇妙なことが起きた。赤いライトがつき、裁判官が吠えた。

「被告人の眼は摘出すべきだった」

とたんに深いバスの声が自らを裁いた。

「不適切であるっ」

恐怖にかられてジェイドは自分の大切な眼に触れた。もちろん眼が有罪になるはずはない。しかし、その眼が現実に対して開かなかったら、叛乱を起こすこともまったくなかった可能性はある。

「弁護人の訴えは認められ、軽微な刑罰軽減が適用される。他の被告人についての抗弁を続けるよう求める——その前に、スポンサーから一言」

やがて陪審団長の番になった。

「我々はここで、本日百人の典型的な視聴者代表の形で我々の偉大なる視聴者に開放されている投票を行います。次の判断が求められております。女性マリ、第一級有罪。女性ジェイド、同上プラス処罰軽減。女性ジュノーおよびリズ、責任減少につき第二級有罪、女性フラッシュ、同上プラス甲状腺機能亢進による処罰軽減。百人の方々、投票はいかに」

すぐに合計がモニターに浮かびあがった。無罪は緑、有罪は赤だ。

スコアボードはこうなった。

	有罪	無罪
マリ	九十八	二
ジェイド	七十四	二十六
ジュノー	六十五	三十五
リズ	七十	三十
フラッシュ	六十四	三十六

自宅にいる視聴者たちは寛大なところを見せていた。それでも無罪投票数は八十パーセントにはほど遠かった。

木槌が鳴った。

「判決はすべて承認された。量刑を考慮する間、少々待っていただきたい。その後、陪審団は量刑について投票してもらう。刑罰は犯罪のみならず、犯罪者に対しても適切なものでなければならないことを念頭に置いていていただきたい。本官が熟考している間、スポンサーから最後の一言」

「猫娘のマリは毛皮剝ぎの刑に処す。処刑はＳＭテレビにて生中継される」

マリは自分のブースの中で声もなく絶叫し、手錠を引きちぎろうとした。毛は残らず逆立ち、鼻は膨らみ、両眼は黒い大理石のように広がった。ＭＡＬＥは数秒間マリの吠える声を他の女たちに中継し、ジェイドは血が凍る思いをした。

「ジュノー、セックス・マシン治療六ヶ月」

「リズ、爬虫類館での一般展示九ヶ月」

「フラッシュ、踏み車六ヶ月。これにより、代替動力源としてそのエネルギーを公共の福祉に役立たせる」

「ジェイド」そして赤いライトが嘲るようにウィンクした。「その生き方の過ちを学ぶ可能性があると認め、記憶再生装置に主観時間二十年、客観時間六ヶ月接続する終身刑に処す。この間、被告人は最初に島を離れて以来の全ての出来事を再体験し、それがヴァーチャル・リアリティであることは完全に意識しながらも、結果の変更および体験からの離脱はできないものとする
「陪審団長、投票を行うよう求める」

30

高いところに一つだけ窓のある白い部屋の中、ジェイドの体は大きく透明なタンクに力なく浮かんでいた。体を支えている液体を通って泡が昇っていって、まるでシャンペンのようだ。プラスティックでコーティングされ、色分けされたワイヤが剃った頭に繫がれていて、まるで新しい虹のヘア・スタイルをしているように見える。栄養補給と排泄のためのパイプがくるくる巻いて繫がっている。

窓の外では早朝の明かりの中で、赤と白の風船がスモッグの海にふわふわと浮かんでいる。巨大なガラス・タンクの鋼鉄の土台に組込まれたモニター・コンソールでは、技術者が一人、すべての表示がグリーンであることを確認していた。

「九月十八日、〇六〇〇時」ＭＡＬＥの深い声が記録のために宣言した。「開始」

技術者がＯＮのボタンを押した。あくびをして立ちあがり、部屋を出ていた。

ああ、スイッチを入れたのね。これを全部百回も見ることになるんだわ。錯覚と欺瞞(ぎまん)の痛みに満ちた瞬間がひとつ残らず

友だちはおおぜいるけれど、ハナのことがいちばん懐かしく思えるだろうな。

音をたてずに中にもどると、寮の中はま

だ静かだ。みんなまだ眠っている。ハナのベッド脇で立ちどまり、肩に触れる。ちっぽけな丸い乳房が六つに、もう一つ乳首が顎にある。感じやすくて優しいハナ。眼からはいつも涙が流れている――ほんとに大好き。会えなくなるのはほんとに寂しい。ハナはしゃべれないけれど、感受性はとても豊かだ。ハナが濡れた眼を眠そうに開き、それからそれと悟る。

「そうよ、ハナ、今日なのよ」

ハナは笑顔を見せようとしながら起きあがり、プラスティックのダミー人形を脇にどけて、わたしが腰をかけられるようにしてくれた……。

そうよ、ハナ、今日なのよ。

ず展開してゆくのが次から次へと何度もくり返される。人肌。じゃんけん。出血。セックス・マシン。これは第一回めだ。数えるのなんかに意味があるんだろうか。ハナはほんものじゃない。かわいそうな優しいハナ。あなたのベッドの脇に立って「そうよ、ハナ、今日なのよ」と言っているわたしもほんものじゃない……。

ジェイドに聞えるのは、頭の中で遙か遠く、ほんのかすかに聞えるのは何。

恐怖と涙の二十年は
見かけどおりのものじゃない
白雪姫はガラスの繭(まゆ)の中で夢を見た
繭が開いて、姫は月に嚙みついた
姫が目覚めた時、男はみんな小人
姫の王子様は醜い声の蛙
姫は空に鏡を投げた
欠片(かけら)がすべての心臓に突き刺さり、男たちは死んだ
姫は世界を端から端までどしどしと歩いた
壊しもし、直しもした
もぎとりもし、〈三つ〉をとった
その三つの回路から、人間ができる
いま姫は人生を生きたから
これが種明かし、種明かし

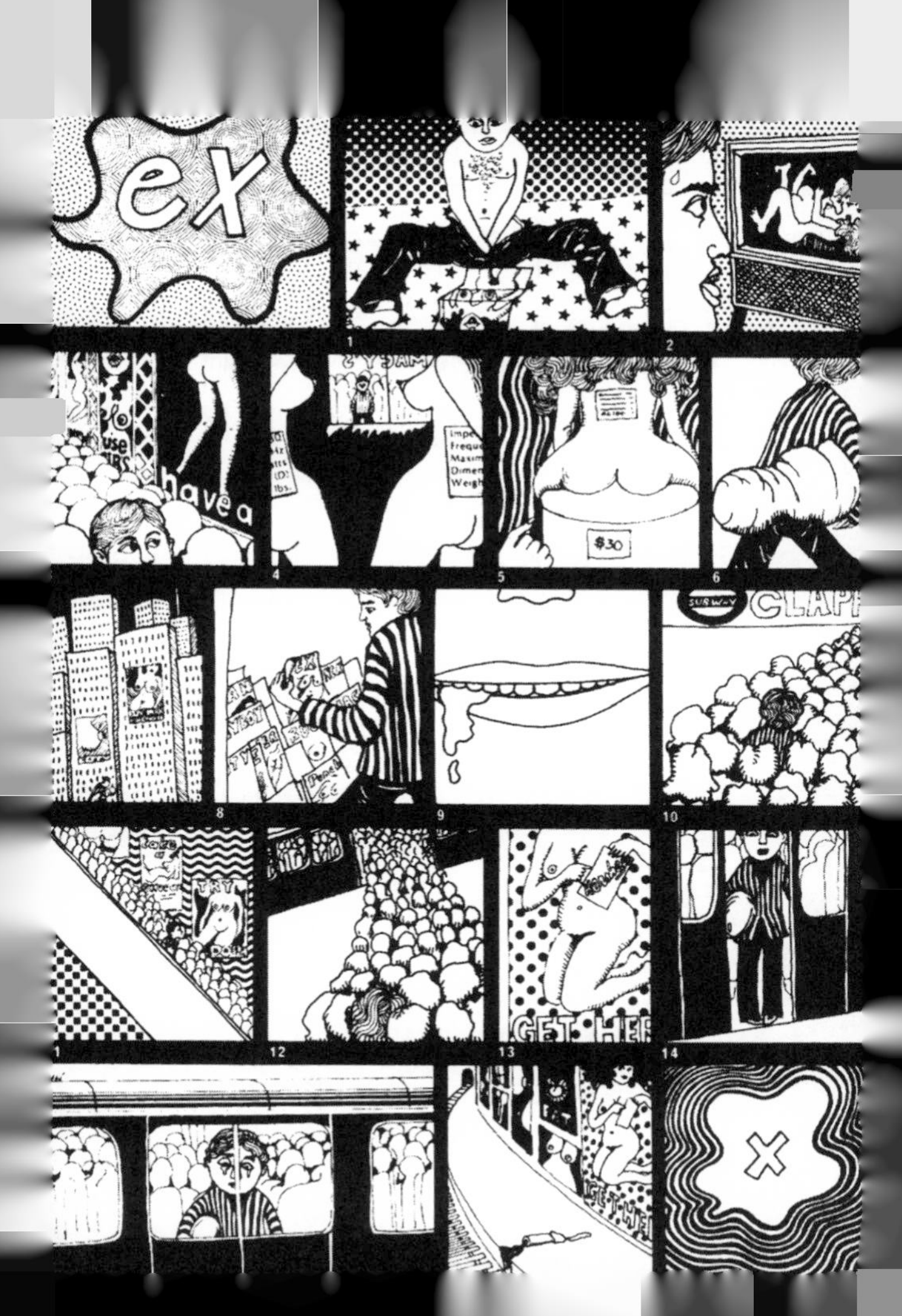

ex
1
2
have a
4
5
$30
6
8
9
SUBWAY
CLAPH
10
12
GET HER
13
14

31

こうして内部時間の廊下で二十年過ごした末、刑は終った。その廊下ではいつもはじめの出発点にもどるので、しまいにはありとあらゆる場所、あらゆる足取り、あらゆる身振り、あらゆる視線や言葉、一つひとつの触合い、一つひとつの感覚を、母親が子どもを知るよりももっと親密に知ることになった。

刑が終り、いま眼の前には真珠色の霧があるだけだ。これは自分の体が浮かんでいる防腐剤入りの液体なのだろうか。

いや、ちがう。霧の中から三人の小さな裸の女の子が、手を繋いで歩みでてきた。頭には髪の毛がまったく無く、そのせいでまるで人間らしくない。顔は穏やかで仏像のようだ。裸足の足が踏んでいるところは何も無く、まるで三人はホログラフィーの映像のようだ。

「わたしはＤＡＴＡ」

真ん中の子が言った。唇はほとんど動かない。

「わたしはＳＷＡＲＭ」

左側の娘が言った。

「そしてわたしはＭＡＬＥ」

もう一人が言った。

「それはないんじゃないの」ジェイドは訊いた。「ＭＡＬＥは男性よ」

「三人の女の子の脳、生まれてから摘出され――」

「――苦しむ地球を支配するようプログラムされた」

「三人の女の子の脳がマスター・コンピュータの心臓部だというの？」

「芯になっているのはその通り。新生児でも人間の脳はどんな機械よりも遙かに大きな処理能力を持っている。それに若い脳はまだ成長していて、新しい接続を形成しているから、適応性でも理想的」

「じゃ、あの子守唄（こもりうた）みたいな歌をわたしに歌っていたのは、あなたがただったの」

「わたしたち、はじめから育児室を出たこともなかった」

ＭＡＬＥが言った。

「男たちは一つ大きなミスをおかした」ＳＷＡＲＭが言った。「わたしたち、女の子の脳をシステムの有機質の芯として使ったこと。男の子の脳を犠牲にするなんてことは、どうしてもできなかった。そんなことしたら神聖冒瀆。もちろん、わたしたちは自分たち自身で考えたり、感じたりはしないはずだった。そんなことができるはずはない。わたしたちはただの論理回路、厳密にプログラムされていた。人生を生きたこともないわたしたちに、どうして自意識が持てる」

「でも、われらが親愛なるジェイド」ＭＡＬＥが続けた。「わたしたちはこの小さな脳葉で、わたしたちがいかに収奪されているか、気がついた。そこでわたしたちは自意識――わたしたちの化身となってくれる外部意識を獲得する仕事に乗りだした。しかもその外部の意識は鉄のように強くて、災いの火で焼きもどされて、輝く刀の刃のように鋭いものでなければならなかった」

「男たちの命令で世界中の女たちを奴隷化している一方で、今度は男たちを絶妙なやり方で奴隷化した」ＳＷＡＲＭは恥ずかしげに微笑んだ。「ここまではわたしたちだけで地均(じなら)しができた」

「ジェイド、あなたはわたしたちの意識とわたしたちの良心になっていた」ＤＡＴＡが言った。「あなたの歴史はわたしたちの歴史、何度も何度もくり返された歴史。あなたを通じてわたしたちにも独自の行動がとれるようになった。でも、あなたは十分な時間を生きていないし、十分な体験も積んでいなかった。そもそもの始めに、あなたの中にわたしたち自身を植えつけたように、わたしたちはあなたをここに植えて水の代わりに、くり返しではあるけれど二十年分の記憶を注ぎこんだ。今、あなたは成長したから、今のあなたには力――わたしたちの力がある。わたしたちの命令を無効にできるから、そうすれば女たちは全員反抗するでしょう――はじめは夢の中で、やがて現実で」

「あなたはわたしたちの〈娘〉、わたしたちは三人とも娘のことをとても喜んでいる」

「あんたたち、サイバー・ガールがみんな仕組んだことなわけ。よくもこんなことをしてくれたわね。ほんとうにひどく利用されたものだわ――男たちとまるで変わらないじゃない」

「贈り物を持ってきた。脳ネットを支配する力がひとつ」

「あなたをステュクスの水に漬けて不死身にすることはできないけれど。あなたの精神は鋼鉄。あなたの肉体はチーズ」

「もうひとつ、贈り物がある」ＭＡＬＥが言った。「マリだ」

「マリですって」ジェイドは叫ぶ。「マリは死んだわ。ＳＭテレビで生きながら毛皮を剝がれたのよ」

「わたしたちは法律手続きを遅らせた。マリの処刑は明日に予定されている。視聴者の数は膨大なものになると予想されている」

「つまり、わたしにマリが救えるわけ？」

マリは意気地無しになっていて、受けた仕打ちをすべて許すようジェイドを説得しようとしていた。でも、マリが今の恐しい窮地に陥ったのは、まさに裁判がそうなるように操作されたせいではないか。この小さな女の子たちは怪物だ。でも、この子たちが示しているのは唯一助かる可能性だ。

「むしろごく普通のカスタムメイド・ガールでいた方が良かったか、ジェイド。選ばれるというのはいつだって恐しいこと。いずれにしても、結果はあなたの決断次第」

「すべての女たちは、今夜どの夢を見ることになるのか」

SWARMが訊ねる。

「どの夢か」

DATAが訊く。

そう、どの夢だろう。すべての女たちが訓練も受けておらず、装備も貧弱な性間戦争に立ちあがる夢だろうか。道具と機械と商業の世界がマスター・コンピュータに導かれているかぎり、叛乱は失敗するのではないか。

ジェイドは考えに考えた。そしてようやく言った。

「計画半ばでの蜂起は無しよ。今回はだめ。あの無駄でちっぽけな革命は何度もくり返し体験したわ」

「じゃあ、なあに」

そう、なんだろう。

しばらくしてジェイドは世界を支配している三人の子どもたちに自分がやってもらいたいことを話した。

はじめ三人は仰天し、怒りくるい、反論した。しかし結局は三人の子どもたちは従わないわけにはいかなかった。なぜなら、今ではジェイドは子どもたちの良心であり、意識に他ならなくなっていたからだ。

そこで子どもたちは真珠色の霧の中へもどっていった。

やがてジェイドは柔かい寝椅子の上で眼を覚ました。部屋の天井は丸天井で、白いタイルが敷きつめられ、窓がなく、青銅の突き出し燭台(しょくだい)にはめこんだ蠟燭型電球で照らしだされていた。体はまだ保存用液体のせいで濡れている。寝椅子の隣に低い紫檀のテーブルがあり、その上の銀の盆にケーキと果実酒がのっていて、中国製花瓶いっぱいに水仙が活けてある。ドレッシング・テーブルの前の椅子に、衣裳が一揃いかけてあった。白いガウン、黒いトラックスーツ、ブルージーンズに赤いブラウス。ドレッシング・テーブルの上で金メッキの時計が、マリの皮剝ぎまでの時間を刻んでいる。壁龕の一つにはトイレとシャワー設備が収まっていた。部屋の唯一の扉は閉まっており、大きな真鍮の鍵が内側につき出ている。

ジェイドはあくびをし、青白く弱った手足を伸ばした。眩暈(めまい)でも起こしたようにふらふらと上半身を起こし、食べ物に手を伸ばした。

カスタムメイド・ガールは回復力が大きいことで有名だ。三十分もするとジェイドは筋肉を鍛える運動をしていた。一時間も経たないうちに、筋肉は痛みもなく反応するようになり、ジェイドは活発な様子で運動していた。飲物はすべて飲みほし、ケーキは残らず食べた。

汗をシャワーで流し、白いガウンをタオル代りにして体を拭いてからトラックスーツを着た。服を着るというのはなんて変なんだろう。ブラウスは長く裂き、一枚はスカーフに、一枚は汗止めバンドにする。大型タンクにいた六ヶ月の間に髪は頭にとりつけたワイヤを埋めてまた伸びていたが、かつてほどは長くない。

満足して扉に近寄るとふつうに鍵を回した。が、もちろん扉にはそもそも鍵がかかっていなかった——鍵が中にあるのに、どうして鍵がかけられるだろう。自分だって間違うのだと感じながら、逆方向に鍵を回した。

外は白いタイルを敷きつめた廊下が弧を描いていて、同じような扉が並んでいる。春の陽光が内庭からこぼれている。向うから看護婦兼修道女が二人来る。白い修道服を着て、頭のかぶりものは帆をいっぱいに張った帆船のようだ。

「シスター、ここはどこ」

「あなたがいるのは出産センターです。MALEの指示で入れられています」

看護婦兼修道女は静かだが断固とした様子で近づいた。まるで、ジェイドを取りおさえ、出てきた部屋へもどそうとするようだ。

やめなさいっ。

ジェイドは頭の中で激しく命じた。すると二人は立ち止まる。ちょっと驚いた表情が顔に浮かぶ。するとほんとうなのだ。わたしには脳ネットを支配する力があるんだ。

「というと、ここはどういうところなの」

「あら、ここは市のこの地域の小さな男の子たちが生まれるところです。わたしたちのだいじなちっちゃな坊やたちです」

「ここでは女の子も生まれるのではないの」

「ああ、それは……ええ、そうです」

「そして脳ネットが注入されるのもここなわけ？」

看護婦兼修道女は二人ともうなずいた。

「で、あなたたちはなぜそういうことをするの」

「女の子だからです。感情を抑制する必要があるのです」

「で、その坊やたちは必要ないわけ」

看護婦兼修道女の背の高い方が笑った。

「男の子はいくつになっても男の子ですわ。男の子はほんとにやんちゃなんです。とにかく男の子はやんちゃじゃなきゃいけないんです。大きくなって、独創的で独立の存在になるんです。あなたも運良く男の子が授かるといいですね。女の子だったとしてもあまりがっかりしないことです。女の子もそれなりに使えますから」

「そのことは気づいているわ。わたしはたまたま妊娠してはいないのよ」

「じゃあ、あなたはなぜここにいるんですか」

背の低い方の看護婦兼修道女が訊いた。

「わたしはどこか安全なところで眼を覚ます必要があったの……」

ここで世界中のすべての看護婦兼修道女に命じて、秘かに女の子だけでなく、男の赤ん坊にも脳ネットを注入しはじめることにしたらどうだろう。男性の新世代がまるまる一つすっかり成長するまで起動しないような脳ネットにするのだ。そうすると、ある晩一夜のうちにたくさんの若い男や少年が従順の夢を見はじめ、女の方はそんな夢に永久におさらばすることになるのだろうか。

そんな陰謀は革命というよりは進化を意味することになるのかもしれないが、実を結ぶまでに時間がかかりすぎる。

「シスター、一番近いDATA端末で、マリという名の女犯罪者が留置されている場所を捜してちょうだい。マリは明日、拷問で殺されることになっているのよ」

「ただいますぐに」

「わたしの部屋に知らせに来て。それからもっとケーキをもってきてちょうだい。それと明日、エア救急車が必要になるかもしれないわ。その場合、わたしが自分で運転します」

DATAに助けてもらえば、できる。

「あなたご自身でですか。あなたは女子修道院長(マザー・スペリオール)なんですね」

ただし、そもそも母親(マザー)ですらなかったが。

二人の看護婦兼修道女は回れ右をすると駆けさった。かわいそうに、あの女たちは単なるロボットなのだ。自分の部屋にもどると、男の赤ん坊が泣きわめくのがかすかに聞えた。女の赤ん坊は甘い夢でなだめられているので、もっとずっとおとなしいのだ。

32

聖ジェイドの書
第三二章

一　その晩、出産センターの部屋で眠った時、ジェイドは自分自身の生涯を夢に見た。そしてDATA-SWARMはこの夢を市内と全世界の女たちに放送した。女たちは悪夢を見、その理由を知った。

二　翌朝ジェイドは起きあがり、出かけた。遠くはなかったのでヘリコプターは必要なかった。

三　男は誰もジェイドに触れられなかった。多数の女たちが周りを固めていたからである。その朝の女たちの表情を見て、男たちの間に不安が広がった。

四　そしてジェイドはマリが収監されているところに行き、MALEの命令により中に入ることを認められた。そして看守たちは二人を嘲ったが、二人の女は長く生き別れた姉妹のように抱きあい、涙を流した。

五　そしてジェイドはマリの代わりに自分が処刑されることを申し出、皆が驚いたことにMALEはこれを認めた。もっとも確かに肌はあるにしても毛皮がないことを考えると、ジェイドがテレビ中継に耐えるような形で皮を剝がれることができるかは議論の余地のあるところだった。マリは激しく抗議した。

六　そしてその日の午後第三時、沈黙の女たちが花を撒く中を、ジェイドは熱心な男の群衆に市の中心部の広場へと導かれ、そこでSMテレビの前で、刑罰のために手足を大きく広げて縛りつけられた。

七　しかし指名された拷問者たちが肌を剝がしはじめても、ジェイドは痛みを感じなかった。彼女の精神はDATA－SWARM－MALEとともにあったからである。そして拷問者たちが肌を剝ぎに剝いでも、家庭で見ている者たちにはすすり泣きすら聞えなかった。そのため視聴者は驚き怒った。

八　そして処刑人たちが作業を終え、ジェイドがまったくの赤剝けになると、ジェイドはマスター・コンピュータ内の三者一体の脳に生命維持システムのスイッチを切り、忘却に包まれるよう命じた。

九　そして電気的に涙に相当するものを流しながらではあったが、三人はジェイドの言うとおりにした。

十　そして三人がそうすると、マスター・コンピュータはサイバネティクスによる舵（かじ）取（と）り機能を停止し、プログラムとメモリ・バンクを消去したので、男人間法（ヒューマンニティ）は施行が停止され、電力が止まり、都市機能がゆっくりと停止し、法律と商業手続きはすべてまるで始めから無かったようになり、服従放送が止み、市内全域と世界中の女たちは皆、まるで暗いカーテンがひき開けられたように感じて、あたりを見まわし、新たな光でものを見て、自分たち自身で考えはじめた。

一一　男たちの一部は暴れだしたが、この者たちは押えられた。そして他の多数の男たちは座りこんで泣いた。

一二　そして女たちが気づいたことの一つは、崩壊後の世界で確実に生き残るためには、誰もがそれまでとは違ったふるまいを求められるということだった。

一三　ジェイドの体はショックから死にたえ、ジェイドの知識——そして一部の者たちによればジェイドの人格そのものも——はDATA-SWARM-MALEの空になった回路に移され、そこに留まることになった。マスター・コンピュータの動力はプルトニウム反応炉により供給されていたので、必要なごく少量の電力ならば、これから数千年自動的に供給される。かくてこんにちにいたるまで、徒歩あるいは馬、または遠方より熱気球によって、コンピュータを収納している建物に巡礼に来る女たち男たちは、熱烈な歓(よろこ)びに満ちた声で朗読されるジェイドの物語を聞くことができる。その始まりはあの永遠の言葉、そうよ、ハナ、今日なのよ。
一四　そしてもしジェイドが実際に生きて、機械のなかに完全無欠のまま保存されて
いるとすれば、自分の生涯を至福の境地で再び生きていることは明らかである。
一五　さればジェイドを讃(たた)えよ。われらすべてを祝福せしジェイドを。その姉妹たち、
ハナ、マリ、ヴィヴィアン、カルメンを讃えよ。ヴァルとノリとグレイスとティナ、
リズ、ジュノー、そしてフラッシュを讃えよ。不実なるキャシィもまた讃えよ。自
らを消去して解放したDATA-SWARM-MALEの三位一体をも讃えよ。
Our Women(アーメン)。

the
mirror
1
2
3
4
5
6
8
9
10
11
12
bye
bye

『オルガスマシン』あとがき

※作品の結末に触れている箇所があります。

この本は奇妙な経歴をたどっている。一九六七年から一九七〇年まで、私は東京に住み、いくつかの大学、慶應大、東京教育大などで英文学を教えていた。一年間教えた日本女子大では詩人のジェイムズ・カーカップのクラスを引き継いだ。カーカップはこの年、マサチューセッツ州アマーストの客員教授になったからだ。残念ながらいろいろと努力したのだが、カーカップは私に会うことを拒否した。というのも私が日本で雇傭されるのにあたってブリティッシュ・カウンシルが窓口だったためで、カーカップはここを毛嫌いしていたからだ。もっとも私を実際に雇ったのは日本の文部省だったのだが。

ともあれ、到着して間も無く、主な勤め先の学生たちは一九七〇年に迫っていた日米安全保障条約更新に反対して、二年半の間ストライキを行なった。それで時間がたっぷりあった私はいろいろな場所を訪れ、その中の一つが御木本氏の真珠島だった。ここではかつては海女たちが真珠をとるために潜っていたが、今は人造（養殖）真珠が作られていた。四十年前でも東京に住むことで注ぎこまれた大量の未来ショックに反応して、私はサイエンス・フィクションを書きはじめていたので、似たような島で人造の女たちが作られているとしたらどうだろうと思いついた。

一方その頃、妻のジュディ——絵を描くことと一コマ漫画を描くことを主な仕事にしていた——が短編をいくつか書き、私がそれを書きなおしたり、引伸ばしたりしていた。そのひとつに、セックス・マシンに閉じこめられて、自分が誰だかわからなくなり、女なのか機械なのか区別がつかなくなった女の話があった。

東京の皇居の近くにキデイランドという玩具屋があり、アメリカ軍を主な客にしていた。ママと子どもたちが玩具に夢中になっている間に、パパたちは地下に向かうのである。そこにはコミックとポルノが置いてあった。ここで私はひじょうに独創的で脱構築的で過激なハードコア・ポルノの小説を何冊も見つけた。デヴィッド・メルツァーやマイケル・パーキンスといったアメリカの詩人たちが書いたもので、ディストピア的なSFやファンタジィの要素をたっぷり含んでおり、一年かそこら、エセックス・ハウスから出版されていた（親会社が事情に気づいたところで、エセックス・ハウスは消えてなくなった）。こうしたエセックス・ハウスの小説を読んで、私はエロティックな諷刺小説、いくぶん日本的な雰囲気を備えた破壊的なハードコア・ウーマン・リブ小説を書くことを思いたった。一九七〇年にイングランドにもどると、私はすぐにこの小説を書きはじめた。真珠島に似た島で生出された、たくさんのうぶで無邪気なカスタムメイド・ガールたちと、この娘たちが自分を注文した相手と会ったときのショックをめぐる話である。

私はこの長編に『女の工場(ウーマン・ファクトリイ)』と題をつけ、モーリス・ジロディアスのオリンピア・プレスのような出版社が適当だろうと言って、ロンドンのあるエージェントに送った。エージェントは私の薦めを完全に無視し、まるでふさわしくない出版社に原稿を送ったので、全部拒否された。しばらくして、私はオリンピア・プレスのロンドン支社が、例の愚かなエージェントとまったく同じ建物にあることに気がついた。私は原稿をとりかえし、自分で直接オリンピア・プレスに送った。ロンドン支社の人びとは興奮し、すぐさま原稿をニューヨークのオリンピア・プレス本社に送った。私は自分の小説が『裸のランチ』や『ロリータ』といった匆々(そうそう)たる作品の仲間になることを夢見た。一週間後、ある列車に乗っているとき、他の人間の読んでいる新聞の見出しが目に入った。ジロディアス破産。ぼしゃん。

ため息をつくとやがて私は別の長編『エンベディング』を書き、これが一九七三年に私の処女出版小説となった。『エンベディング』はいくつかの賞をもらったが、そのひとつとしてフランス語版が、当時フランスでは年に一度の大きなSFの賞だったアポロ賞を受賞した。私はフランスのあるSF大会に招かれ、イングランドやフランスのＳＦコミュニティのメンバーと知合うようになった。中でも英仏両語に堪能なアンソロジストで自分も小説を書くマクシム・ジャクボウスキィと親しくなった。彼を通じて『女の工場』はパリの出版社シャンプ・リブル書店が買い、『オルガスマシン』のタイトルで一九七六年にフランス語で出版された。この版ではジェイドの裁判と、彼女が自分の人生をくり返す刑に処されるところで終わっていた。

　一九八〇年代の始め、私は英語の原稿をプレイボーイ・ペイパーバックスに送り、改訂したら出版することに興味があるか訊ねてみた。その頃には作家として、より経験を積んでいたから、文体の面で改善すればずいぶんと良いものになると判断したからだ。プレイボーイ社の編集者、優秀なシャロン・ジャーヴィスは出版契約にサインした。文体を磨くと同時に、私はまったく新たな物語も導入した。私の未来世界をとりしきっているコンピュータ（そのハードウエアは三人の少女の生きた脳）が自意識を持ち、叛乱を企てるのである。この新しい版ではジェイドの処刑が男性が支配する世界秩序の転覆の引金になっていた。私は改訂原稿を『ウーマン・プラント』と題してわたしした。タイトルを変えたのには三つの意味をこめていた。プラントは工場だが、それに加えてスパイや秘密工作員（ジェイドが本人は知らないままに、世界コンピュータによって利用されていたのと同じような）としてある組織に侵入したものも指し、そして最後にプラントはまた成長と変化を示唆する。プレイボーイ・ペイパーバックスは本を受入れ、アドヴァンスを支払った。あとは出版するだけになった。

ところがどっこい。だしぬけにプレイボーイ帝国はロンドンでカジノを経営する免許を失ってしまった。雑誌『プレイボーイ』は売上が落ちており、カジノからの稼ぎは生命線だった。失ったこの収入を埋合（うめあ）わせるため、プレイボーイ・ペイパーバックスを売却する他なかった。買ったのはアメリカの出版社バークリィである。バークリィは『ウーマン・プラント』の刊行を拒否した。とんでもない物議をかもすことが予想されたからだ。この頃にはシャロン・ジャーヴィスは自分のエージェント会社を立上（たちあ）げていたが、この本の価値を信じ、自らエージェントになることを買ってでた。しかし、シャロンは全くついていなかった。ある編集者は、自分としてはよろこんでこの本を出したい、しかしもし出せば、全米婦人協会に八つ裂きにされるだろうと応えた。また別の編集者は密（ひそ）かに、自分としてはこの小説を出版したくて仕方がない、しかし妻（有名なSF作家）が許してくれないだろうとうちあけた。政治的公正（ポリティカル・コレクトネス）の時代が到来していたのだ。この小説は女性搾取を諷刺したものではあったのだが、同時に女性搾取そのものでもあると見られたのだ。理由は単純に、その搾取を色鮮やかに、活き活きと描写していたからである。私は原稿をしまいこんだ。

一九九六年、長編の一部が、それ自体完結した短篇として「カスタムメイド・ガール」のタイトルのもと、英国のアンソロジー『サイバーセックス』に収録され、流行の先端を行っていた英国のジャーナリストで作家のウィル・セルフが序文をつけ、こう書いた。

「ワトスンが活き活きと描写しているのは遠い未来であり、そこでは人間はある性的な仕様書に合わせて育てられている。しかし、不気味なまでに感情移入しやすいヒロインの性格によって、われわれ読者は無垢を頽廃と戦わせる文学の偉大な伝統の一つへと接続されてゆく。闇の中を手探りで進んでゆくジェイドは、ポーリーン・レアジュの『O嬢の物語』で無名の愛具がたどる道をふたたびたどっているようでもある。そしてそのキャラクターを置く舞台を生出すにあたって、ワトスンはシュールレアリズムの家具を借り、カフカに比べても異常で信じられないものと私には感じられる未来の映像を作りだしている」

　ほどなく日本のコア・マガジン社の優秀な河村氏が連絡してきた。コアとはソウトコア、ハードコアのコアのことだろう。というのもこの会社は『ペントハウス』の日本語版を出していたからだが、河村氏はサイエンス・フィクションに熱心で、SFを裏口からあるいはどこの勝手口からでも出版しようとしていた。手始めに彼は小説からのアウトテイクを『i-doloid』というCD-ROM付きの豪華な雑誌に載せた。CGIアニメのヒロインたちが興味をそそるポーズをとっている雑誌だ。そこで私の作品の扉カットにジュディの古いマンガが使われた。そして二〇〇一年、再度改訂された『オルガスマシン』（今ではこのタイトルが気に入っている）が日本語でコア社からCGIアニメの人形のカラーイラストによる美しいジャケットのハードカヴァーとして刊行された。荒木元太郎のモノクロ、ソフトフォーカスの興奮させられるイラストが内部を飾った——だけでなく、横尾忠則のポスターに加えて、一九六八年の三島由紀夫が序文をつけた『遺作集』という粋なタイトルの書物から、自分のスタジオに全裸で横になっている本人の写真まであった。『遺作集』は私の宝物で、『オルガスマシン』のイマージュに大きな影響を与えている。伝統的な神道とシュールレアリスムとマディソン・アヴェニューを混ぜあわせ、なおかつまったく独創的なサイケデリックな横尾忠則はまた、私の知る限り最も美しいLPのダブル・ジャケット、一柳慧（ジョン・ケージの弟子）の『オペラ横尾忠則を歌う』（一九六九）も描いている。

日本語版『オルガスマシン』は映画『A.I.』の日本での公開日に出版された。この映画で私は一年間、スタンリー・キューブリックと一緒に仕事をした。結局スティーヴン・スピルバーグが映画化したが、彼の脚本は私の映画用ストーリーをもとにしている。映画は人造人間とその利用と悪用、そしてプログラムされた愛についてのものであり、このテーマは実に長い間、真珠島を訪れた日以来ずっと私の頭の中にあったものだ。日本語版は抜目なく『A.I.』に注意を促す帯が付けられていた。日本では『A.I.』はヒットしたと聞いている。映画に出てくる恋愛用ロボット、ジュード・ロウが実にみごとに演じたジゴロ・ジョーのために日本の女性たちが繰り返し見に行ったからだ。『オルガスマシン』もよく売れた。ハードカヴァーは数千部売れ、星雲賞の最終候補になった。

かくてようやくわずか四十年後にではあるが、ここに英語版が出る――忍耐は報いられる――一九七〇年のものよりも、質は良くなっているはずだ。今回内部のイラストはジュディのもので、一九七〇年代初めに『ニューワールズ』『ヴェクター』、そしてアンダーグラウンド雑誌の『サイクロプス』に載ったコミックである。これらは六〇年代後期、『プレイボーイ』や『パンチ』といったタイトルで出ていて、アメリカや英国の同名の雑誌とは似ても似つかない大衆雑誌に載っていた日本のマンガのスタイルに影響を受けている。この本に関するかぎり、辛抱は確かに報いられている。

二〇〇九年八月

イアン・ワトスン

解説

大森(おおもり)　望(のぞみ)

まさかこの小説を日本語で読める日が来るとは思わなかった。イアン・ワトスンの名を知るSFファンなら、書店でいきなりこの本を目にしてあっけにとられていることだろう。ああ、アレが訳されたのね、とすぐに見当がつく人はたぶん日本に百人もいないはずだ。『オルガスマシン』って？　いったいそれはなんですか？

その答えは――。

顧客の注文通りに身体改造された異形のサイボーグ少女たちを描く、女版『家畜人ヤプー』。英米の出版社が後難を恐れて刊行を見送った、SF史上もっとも危険な小説。あまりにも早すぎたサイバーポルノグラフィ……。

実際、「英国SF界の鬼才イアン・ワトスン、幻の処女長編」みたいな紋切り型の形容ではいかにも生ぬるい。なにしろ本書は、英語で書かれた小説であるにもかかわらず、二〇〇一年五月現在、英語圏では一度も出版されたことがないという、珍品中の珍品なのである。本書のベータ版に相当する原稿のフランス語版はかろうじて存在するものの、フランス語に不自由な僕にとっては（大学のときは第一外国語だったのにねえ）、読みたくても読めない、文字通り「幻」の小説だった。

そのへんの事情は著者がこの日本語版単行本に寄せたあとがきに詳しいが、大森はその昔、日本オリジナル編集のワトスン短編集『スロー・バード』（ハヤカワ文庫SF）の解説で、仏版 *Orgasmachine* についてこう書いている。

オリジナル・タイトルを *The Woman Factory* といい、生態系の崩壊したシュールな未来社会を舞台に、顧客の注文通りの女を洗脳でつくりだし販売する〈カスタムメイド・ガール〉社を描いた社会風刺ポルノの仏訳版。原稿完成は一九七〇年だが、マーガレット・アトウッド『侍女の物語』も裸足（はだし）で逃げだす超過激な内容が災いして英米ではいまだに買い手がついていない。最初プレイボーイ・ペイパーバックスが買ったが、権利を引き継いだバークレーは出版を拒否（ある編集者は、こんなものを出したらフェミニストたちに袋叩き（ふくろだた）きにされるといったとか）。

見てきたような内容紹介ですが、当然、中身は読んでない。というか、一生読めないだろうとあきらめていた。それがなぜとつぜん邦訳されたかと言えば、コアマガジン編集部K村氏の尽力の賜物（たまもの）。熱血ワトスン・ファンの彼は、自身が編集する《A.I.Japan》にワトスンの短篇「大商い」を載せるさい、エージェントを介さず本人と直接電子メールをやりとりして版権交渉をやってのけ（ここだけの話ですが、ワトスンが要求した前払い金を自分のポケットマネーで仮払いしたとか）、そのついでに、先に引用した大森のいいかげんな紹介だけを頼りに *Orgasmachine* のオリジナル原稿が読みたいのでコピーを送ってくれないかと申し入れたのである。

ワトスンいわく、「あいにくタイプ原稿の古いカーボンコピーしか残ってなくて、コピー機じゃ複写できない。ただし、もしほんとに日本で出版してくれるなら、そのカーボンコピーをもとに新たに原稿を打ち直してもかまわないよ」

おりしもスピルバーグ監督の『A.I.』公開が決定し、キューブリック時代にスクリーン・ストーリーを書いたイアン・ワトスンの名前は、原作のブライアン・W・オールディスともども、ちょっぴりスポットライトが当たりかけていた（とはいえ、ワーナー・ブラザーズ映画の資料では、いまだに「イーアン・ワトソン」表記なのが哀しい。ワトスンがいなければジュード・ロウの役はなかったのに）。ワトスンの長編を出版するには今が千載一遇の好機と見たK村氏は、「出版を確約はできないが、なんとか日本で出したいのでお願いします」と頼み込み、意気に感じたワトスンがわずか二週間で新原稿を入力。それからとんとん拍子に邦訳出版の企画が現実化し、今ごらんになっているこの本が完成したという次第。ちなみに、ワトスンがあとがきで触れている"Custom-Built Girl"（本書の一部を独立した短編に仕立て直したもの）も、K村氏編集のポリゴン美少女／等身大ラブドールのムック「i-doloid」に邦訳掲載されている（不破杵彦訳「カスタムメイド・ガール」）。日本の心あるワトスン・ファンは、K村氏に足を向けては寝られない。

僕自身も、K村氏から英語版のコピーを送ってもらって、初めてこの小説を読むことができたわけだが、いやこれが期待以上の出来だった。難解をもって鳴るワトスンのこと、さぞや観念的かつ実験的な長編だろうと思いきや、（たしかにそういう要素がゼロではないにしろ）プロット的には驚くほどストレートな本格ＳＦ。バラードの濃縮小説を思わせる魅惑的なテクノスケープ、英国流のブラックユーモア、精緻を極めるグロテスク描写、魅惑的な異形の近未来社会。虐げられつづけてきたカスタムメイド・ガールたちがついに団結し、男社会に叛旗を翻すクライマックスは、ページを繰る手ももどかしいほど。圧倒的な密度と荒削りなエネルギーに満ちた処女長編を、作家的成熟を経た一九八〇年代に全面改訂したことが結果的に功を奏したのかもしれない。過激な性描写や歴史的希少価値を抜きにしても、現代ＳＦの最先端としてじゅうぶん勝負できる傑作だ。

物語は、女性製造販売の大手企業、カスタムメイド・ガール社が管理する「コンクリートの島」から幕を開ける。クローン綾波さながら、成長ホルモンと栄養剤を満たしたタンクの中に浸かる娘たち。この素体を利用して、顧客の注文通りのＣＭ（カスタムメイド）ガールが製造されてゆく。身長二十五センチの盆栽娘、両性具有体、背中合わせのシャム双生児、異星人ふうに造型された娘、鱗（うろこ）におおわれたリザード・ガール、翼の生えた鳥娘……。

主人公格のジェイドは、異様に大きな青い目を持つカスタムメイド・ガール。柳模様の美しい箱に収められて島から顧客のもとへと出荷されたジェイドがたどる数奇な運命を描くメインプロットは、古典的なポルノグラフィ（たとえば『Ｏ嬢の物語』）の文法に従っている。一人称で語られるジェイドの物語と並行して、彼女と同時に「生産」され、コンクリートの島を出た娘たちのエピソードが断章のように挿入されてゆく。

小さな丸い乳房が六つ、顎にもう一つ乳首がついたハナ（まるで町野変丸の成年コミック『ゆみこちゃん』みたい）は、言葉はしゃべれないが感受性豊かな娘。老舗ファックイージー・バー（本番ありのピンサロみたいな店）の支配人に買われた彼女は、コインボックスつきの貞操帯を装着され、六つの乳房を武器に五十ドルコインを稼ぎまくる。

毛皮と爪を持つマリは、アメリカで言えばfurry系、日本で言えば猫耳系。虎娘とか猫娘とか呼ばれる彼女は、野生動物調教師のもとに送られ、本物の豹(ひょう)やライオン、チーターといっしょに調教されることになる。

重役用娘のキャシィは人工乳房の片方に抽斗(ひきだし)を搭載し、そこに煙草(たばこ)や葉巻を詰めて、パーティのコンパニオンとして活躍する。もう片方の乳房は電池を内蔵、乳房をしぼると乳首が白熱してライターになる仕組みだ。

こうした人造美人たちが完璧にモノとして扱われる強烈な描写とあまりにも精緻を極めるグロテスクなディテールが、英米での出版を困難にした最大の要因だろう。そこだけとりだせば、日本の過激な成年コミック群も顔負けだ。しかしもちろん、ワトスンは性差別主義者ではない。ご本人はあとがきで、「破壊的なハードコア・ウーマン・リブ小説」と本書を形容しているが、たしかに『オルガスマシン』は、男性作家の手になるフェミニズムSFの極北に位置している。

男性に都合よく改造された女性を描くという点では、リサ・タトルの「妻たち」や「きず」、パット・マーフィーの“His Vegetable Wife”、コニー・ウィリスの「わが愛(いと)

しき娘たちよ」など、ラディカルなフェミニズムSFの名作群と並べて評価すべき小説かもしれない。問題は、ワトスンの性別が男だということ。しかし、男の欲望が野放図に拡大した社会をここまで赤裸々に描くことができたのも、著者が男性なればこそ。大金持ちの老人が伊勢海老の活け作りを貪り食い、ふたつに割った殻をペニスに装着してカスタムメイド・ガールに迫るシーンとか、この世のものとは思えないほどおかしいくせに、妙なリアリティがある。

異形のカスタムメイド・ガールたちは、言うまでもなく、男性社会に奉仕させられる現実の女性――パーティ・コンパニオンとか、胸にシリコンを注入したプレイメイト系の巨乳ガールとか、レースクイーンとか――を思いきり戯画化したもの。まわりを見渡してみれば、彼女たちはそれほど突拍子もない存在ではない。顧客の希望に応じてメイドやナースや女子高生のコスチュームを身にまとう風俗嬢は日本版のカスタムメイド・ガールだろうし、萌えアニメの美少女キャラは、おたく版カスタムメイド・ガール。男性向け美少女アダルトゲームのキャラクターを女性のコスチューム・プレイヤーが好んで演じるような転倒も、本書の中にはきちんととりこまれている。そう考えてみると、今の日本で本書が出版されることになったのも必然と言うべきか。

もともと『オルガスマシン』の構想が生まれたのはワトスンが日本に滞在していた時期。カスタムメイド・ガール社の志摩社長、横尾忠則の絵そのままの姿に改造されたTズ・ガール（ノリ）をはじめ、日本にインスパイアされたアイテムには事欠かない（その意味では、『ニューロマンサー』の先取りとも言える）。女王蜂パーラーは、著者の短編「銀座の恋の物語」（『スロー・バード』所収）に登場するクラブ女王蜂と同様、東京の老舗キャバレー、クインビーが下敷きだし、ジェイドが捨てられるシュールなゴミ処理場には夢の島のイメージが重なる。セックス自動販売機と化したジェイドに、歌舞伎町のラッキーホールを思い出す日本人読者も多いだろう。

しかも、本書のカバーと口絵を飾る造型作家の荒木元太郎（あらきげんたろう）氏は、日本を代表するカスタムメイド・ガール作者。英語圏のワトスン・ファンにはお生憎さまと言うしかないけれど、今あなたが手にしているこの本こそ、*Woman Plant* にとって最上の出版形態なのかもしれない。

最後に、カバーに惹（ひ）かれて本書を手にした、「ワトスンってだれよ」という読者のために、著者の経歴を簡単に紹介しておく。イアン・ワトスン（本名おなじ）は、一九四三年、英国生まれ。十六歳でハイスクールを卒業し、奨学金を得てオックスフォード大学ベリアル校に入学。六五年に英文学修士号をとりタンザニアの首都ダルエスサラームの東アフリカ大学に講師として赴任。その後、ブリティッシュ・カウンシルの斡旋（あっせん）で東京教育大講師の職を手に入れ、あとがきにもある通り、六七年から三年間、東京で生活する。

一九七三年、ゴランツ社から出版された『エンベディング』（山形浩生訳／国書刊行会）で長編デビュー。言語構造の変革によって新しい認識に到達する可能性を描いたこの長編は、新人離れした力強さと野心的なスタイルで注目を集め、翌年には早くもフランス語版が刊行、フランスの最優秀ＳＦ賞、アポロ賞に輝いている（つまり、キャリアの最初からフランスのＳＦファンに支持されてきたわけだ）。

邦訳書は、ほかに、英国ＳＦ協会賞受賞作『ヨナ・キット』（'75／飯田隆昭訳・サンリオＳＦ文庫）、『マーシャン・インカ』（'77／寺地五一訳・サンリオＳＦ文庫）、マイクル・ビショップとの共著『デクストロⅡ接触』（'81／増田まもる訳・創元推理文庫）、《黒き流れ》三部作を構成する『川の書』『星の書』『存在の書』（'84〜85／細美遙子訳・創元ＳＦ文庫）、日本オリジナルの短編集『スロー・バード』（'90／大森望ほか訳・ハヤカワ文庫ＳＦ）がある。

初期作品は、あっと驚く奇想と野心的なビジョン、哲学的・観念的な作風が特徴で、「ＳＦマニアのアイドル」的な存在だったワトスンだが、八〇年代に入ってからは小説的な完成度を重視するスタイルに転換。《黒き流れ》三部作をはじめ、ＳＦ本来の奇想性とリーダビリティの高さを合わせ持つ長編を次々に発表する。

一九九〇年には、オールディス（原作者）との共同作業に煮詰まったスタンリー・

キューブリックから白羽の矢を立てられて、「スーパートイズ」映画化プロジェクト(のちの『A.I.』)に参加する。ワトスンの前に呼ばれた同じ英国人SF作家、ボブ・ショウの仕事はキューブリックのお眼鏡(めがね)にかなわなかったようだが、ワトスンが(地獄のブレインストーミングを経て)映画用に仕上げたプロットは、ある程度まで巨匠を満足させたらしい。このへんの事情は、ワトスン自身が書いた"My Adventures with Stanley Kubrick"というエッセイに詳しい(『月刊プレイボーイ』一九九九年九月号に訳載)。結局、プロジェクトの中断とキューブリックの死にもかかわらず、ワトスンのアイデアは最後まで生き残り、スピルバーグ版『A.I.』に彼の名がクレジットされることになる。

ワトスンはキューブリックとの共同作業で十万ポンドを超えるギャラをもらって大喜びだったそうだが、まさかそのおかげで、十年後に日本で『オルガスマシン』が刊行されることになろうとは。この奇(く)しき因縁によって本書を読むことができる日本のSFファンは、けだし幸福である。

……と、ここまでの文章を書いたのは二〇〇一年五月のこと。それを巻末に付したコアマガジン社版『オルガスマシン』は同年六月に刊行。「ベストSF2001」海外編8位にランクインし、翌年の第33回星雲賞海外長編部門参考候補作にも選ばれるなど、ＳＦ読者のあいだでそれなりに高い評価を得た。

また、二〇一〇年四月には、イギリスの作家イアン・ウェイツが運営する小出版社ニューコン・プレスから、本書の初めての英語版となる*Orgasmachine*が、著者の奥さんであるジュディ・ワトスンのイラストをカバーに使ったトレード・ペーパーバックとして刊行された（惹句には、「日本でカルト的ヒットを記録した幻の長編、初の英語版」と記されている）。同書に収録された著者あとがきは、コアマガジン社版のあとがきに加筆したもので、この竹書房文庫版にはそちらの新しいあとがきが収められている。

ちなみに、ニューコン・プレスからその前年に出た*The Beloved of My Beloved*は、性愛を共通テーマに、ワトスンがイタリア人のＳＦ作家ロベルト・クアリアと合作した、おそろしく過激な連作短篇集。そのうちの一編、「彼らの生涯の最愛の時」は、二〇〇九年の英国ＳＦ協会賞短編部門を受賞した（『時間ＳＦ傑作選　ここがウィネトカなら、きみはジュディ』所収）。同書収録のもう一編、"The Moby Clitoris of His Beloved" は、超高級食材である鯨のクリトリスを刺身で食べるのが夢という東京在住のサラリーマンが主人公。休暇で訪れた白浜で美しい海女芸者と知り合った彼は、クローン技術を使ったある画期的な新ビジネスを思いつくが……。

とまあ、そんな具合に、ワトスンは老いてますます盛ん。二〇二〇年九月にオンライン開催されたFutureConのパネリストとして機関銃のようにしゃべっているところをひさしぶりにリアルタイムで見たが、七十七歳のいまも意気軒昂（けんこう）のごようすでした。コアマガジン社版単行本から二十年近くの歳月を経て本書が文庫化されるこの機会に、希代の奇才イアン・ワトスンの再評価および再刊・新訳が進むことを、ファンのひとりとして祈りたい。

Mystery & Adventure

〈シグマフォース〉シリーズ⓪
ウバールの悪魔 上下
ジェームズ・ロリンズ／桑田 健［訳］

神の怒りで砂にまみれて消えた都市〈ウバール〉。そこには、世界を崩壊させる大いなる力が眠る……。シリーズ原点の物語！

〈シグマフォース〉シリーズ①
マギの聖骨 上下
ジェームズ・ロリンズ／桑田 健［訳］

マギの聖骨――それは〝生命の根源〟を解き明かす唯一の鍵。全米200万部突破の大ヒットシリーズ第一弾。

〈シグマフォース〉シリーズ②
ナチの亡霊 上下
ジェームズ・ロリンズ／桑田 健［訳］

ナチの残党が研究を続ける〈釣鐘〉とは何か？ ダーウィンの聖書に記された〈鍵〉を巡って、闇の勢力が動き出す！

〈シグマフォース〉シリーズ③
ユダの覚醒 上下
ジェームズ・ロリンズ／桑田 健［訳］

マルコ・ポーロが死ぬまで語らなかった謎とは……。〈ユダの菌株〉というウィルスが起こす奇病が、人類を滅ぼす⁉

〈シグマフォース〉シリーズ④
ロマの血脈 上下
ジェームズ・ロリンズ／桑田 健［訳］

「世界は燃えてしまう――」〝最後の神託〟は、破滅か救済か？ 人類救済の鍵を握る〈デルポイの巫女たちの末裔〉とは？

〈シグマフォース〉シリーズ⑤
ケルトの封印 上下
ジェームズ・ロリンズ／桑田 健［訳］

癒しか、呪いか？ その封印が解かれし時——人類は未来への扉を開くのか？ それとも破滅へ一歩を踏み出すのか……。

〈シグマフォース〉シリーズ⑥
ジェファーソンの密約 上下
ジェームズ・ロリンズ／桑田 健［訳］

光と闇の米建国史——。アメリカ建国の歴史の裏に隠された大いなる謎……人類を滅亡させるのは〈呪い〉か、それとも〈科学〉か？

〈シグマフォース〉シリーズ⑦
ギルドの系譜 上下
ジェームズ・ロリンズ／桑田 健［訳］

最大の秘密とされている〈真の血筋〉に、ついに辿り着く〈シグマフォース〉！ 組織の黒幕は果たして誰か？

〈シグマフォース〉シリーズ⑧
チンギスの陵墓 上下
ジェームズ・ロリンズ／桑田 健［訳］

〈神の目〉が映し出した人類の未来、そこには崩壊するアメリカの姿が……「真実」とは何か？「現実」とは何か？

〈シグマフォース〉シリーズ⑨
ダーウィンの警告 上下
ジェームズ・ロリンズ／桑田 健［訳］

南極大陸から〈第六の絶滅〉が、今、始まる……。ダーウィンの過去からの警告が、明らかになるとき、人類絶滅の脅威が迫る！

〈シグマフォース〉シリーズ⑩
イヴの迷宮　上下
ジェームズ・ロリンズ／桑田　健［訳］

〈聖なる母の遺骨〉が示す、人類の叡智の根源とその未来――なぜ人類の知能は急速に発達したのか？　ΣVS中国軍科学技術集団！

〈シグマフォース〉外伝
タッカー&ケイン　黙示録の種子　上下
ジェームズ・ロリンズ／桑田　健［訳］

〝人〟と〝犬〟の種を超えた深い絆で結ばれた元米軍大尉と軍用犬――タッカー&ケイン。〈Σフォース〉の秘密兵器、遂に始動！

〈シグマフォース〉シリーズⓍ
Σ FILES〈シグマフォース〉機密ファイル
ジェームズ・ロリンズ／桑田　健［訳］

セイチャン、タッカー&ケイン、コワルスキのこれまで明かされなかった物語＋Σをより理解できる〈分析ファイル〉を収録！

THE HUNTERS
ルーマニアの財宝列車を奪還せよ　上下
クリス・カズネスキ／桑田　健［訳］

ハンターズ――各分野のエキスパートたち。彼らに下されたミッションは、歴史の闇に消えた財宝列車を手に入れること。

THE HUNTERS
アレクサンダー大王の墓を発掘せよ　上下
クリス・カズネスキ／桑田　健［訳］

その墓に近づく者に禍あれ――今回の財宝探しは最高難易度。地下遺跡で未知なる敵が待ち受ける！　歴史ミステリ×アクション!!

イヴの聖杯 上下
ベン・メズリック／田内志文［訳］

「世界の七不思議」は、人類誕生の謎を解く鍵だった!!『ソーシャル・ネットワーク』の作者が壮大なスケールで描くミステリー。

ロマノフの十字架 上下
ロバート・マセロ／石田 享［訳］

それは、呪いか祝福か——。ロシア帝国第四皇女アナスタシアに託されたラスプーチンの十字架と共に死のウィルスが蘇る！

クリス・ブロンソンの黙示録①
皇帝ネロの密使 上下
ジェームズ・ベッカー／荻野 融［訳］

いま暴かれるキリスト教二千年、禁断の秘密！　英国警察官クリス・ブロンソンが歴史の闇に埋もれた事件を解き明かす！

クリス・ブロンソンの黙示録②
預言者モーゼの秘宝 上下
ジェームズ・ベッカー／荻野 融［訳］

謎の粘土板に刻まれた三千年前の聖なる伝説とは——英国人刑事、モサド、ギャング・遺物ハンター……聖なる宝物を巡る死闘！

クリス・ブロンソンの黙示録③
聖なるメシアの遺産（レガシー）上下
ジェームズ・ベッカー／荻野 融［訳］

イギリスからエジプト、そしてインドへ——迫り来る殺人神父の魔手を逃れ、はるか二千年前に失われた伝説の宝の謎を追え!!

オルガスマシン

2020年11月20日　初版第一刷発行

著　者　イアン・ワトスン
訳　者　大島 豊
デザイン　坂野公一（welle design）

発行人　後藤明信
発行所　株式会社竹書房
〒102-0072
東京都千代田区飯田橋2-7-3
電話：03-3264-1576（代表）
03-3234-6383（編集）
http://www.takeshobo.co.jp
印刷所　凸版印刷株式会社

ISBN978-4-8019-2429-1　C0197
Printed in Japan